grafit

Chemnitzer Str. 31, D-44139 Dortmund
Internet: http://www.grafit.de
E-Mail: info@grafit.de

Umschlagfoto: ANTONIUS / buchcover.com
Druck und Bindearbeiten: CPI – Clausen & Bosse, Leck
ISBN 978-3-89425-372-1
1. 2. 3. 4. 5. / 2012 2011 2010

Gabriella Wollenhaupt

Grappa und die keusche Braut

Kriminalroman

grafit

Die Autorin

Gabriella Wollenhaupt, Jahrgang 1952, arbeitet als Fernsehredakteurin in Dortmund. Ihre freche Polizeireporterin Maria Grappa hatte 1993 ihren ersten Auftritt. Seitdem stellte sie neunzehn Mal ihre Schlagfertigkeit unter Beweis.

Zwischendurch wagte die Autorin einen Ausflug in die Historie: *Leichentuch und Lumpengeld* spielt im Vormärz und steht den Grappa-Krimis in Sachen Witz und Ironie in nichts nach.

www.gabriella-wollenhaupt.de

Im großen Pflanzenwuchsgetriebe
Des Lebensackers ist kein Kraut,
Das so viel Gift zusammenbraut,
Als langsam abgedorrte Liebe.

Wilhelm Jensen (1837–1911)

Die Personen

Anton Brinkhoff .... ist handwerklich begabt

Caroline von Fuchs .... hat ein Herz für Tiere

Maria Grappa .... zweifelt bis zuletzt

Simon Harras .... ist ganz der Alte

Peter Jansen .... will sich verändern

Friedemann Kleist .... hat es schwer

Wolfgang Lerchenmüller .... mag süße Sachen

Lara Lindenthal .... hat keine Gewissensbisse

Wayne Pöppelbaum .... schießt immer noch scharf

Abel Ritter .... macht Dienst nach Vorschrift

Sarah, Susi, Stella .... sind die Seelen vom Ganzen

Anneliese Schmitz .... bekommt ungebetenen Besuch

Patrick Sello .... spielt gern Theater

Richard Sello .... versteht zu spät

Margarete Wurbel-Simonis .... sucht die Lebensmitte

Die Chatter

.... Keusche-Braut

.... LostHope

.... Nimmmich16

.... Paranoia

.... RichterAdam

.... Tussi-de-Luxe

.... Venus

.... Viper

.... Wurstbrot

Schock im Schloss

Ich erinnere mich noch genau. Es war der Montag nach einem wunderbaren Wochenende, das wir ganz entspannt verbracht hatten. Mein Frühstücksgast mochte sein Spiegelei von zwei Seiten gebraten. Gerade als ich es auf dem Bratenwender balancierte, schlug mein Handy Alarm. Der Klingelton signalisierte, dass der Anrufer auf meiner Freundesliste stand.

»Gehst du mal bitte dran?«, sagte ich.

Friedemann Kleist griff nach dem Apparat, der auf dem Küchenschrank lag. »Hier bei Maria Grappa«, hörte ich ihn sagen. Inzwischen war es mir gelungen, das Ei zu wenden.

»Pöppelbaum!« Kleist reichte mir das Mobiltelefon.

Ich stellte die Kochplatte aus.

»Na? Mal wieder ganz mit Privatleben beschäftigt?«, fragte der Bluthund.

»Geht dich das etwas an?«, erkundigte ich mich zuckersüß. »Was gibt es? Ich hab heute frei.«

»Na dann, einen schönen Tag.«

»Nun sag schon!«

»Geiselnahme. Im Schloss Waldenstein.«

Ich warf einen kurzen Blick auf Kleist. Er hatte sich hinter dem *Bierstädter Tageblatt* versteckt.

»Erzähl mehr!«, bat ich. Nur nicht zu viel fragen, dachte ich, sonst verwandelt sich mein Gast gleich wieder in den Kommissar.

»Genaues weiß man nicht«, sagte Pöppelbaum. »Die Bullen sperren gerade alles ab. Das Spezialkommando ist angefordert und es wurde eine Nachrichtensperre verhängt. Das haben wir bestimmt mal wieder diesem verdammten Kleist zu verdanken!«

Ich schluckte. Warum wusste der gerade Verdammte nichts von der Sache? Dann erinnerte ich mich. Er hatte sein Handy gestern Abend abgestellt, denn wir wollten es uns gemütlich machen. Auch er hatte ein paar freie Tage.

»Wo treffen wir uns?«, fragte ich.

Kleist ließ die Zeitung sinken und fixierte mich mit leisem Amüsement. Ich wusste genau, was er dachte. Dass wir beide nicht wirklich in der Lage waren, unsere Arbeit zu vergessen.

Pöppelbaum schlug den Parkplatz einer Gaststätte vor, eines Ausflugslokals, das sich in der Nähe des Internates befand. Ich versprach, so schnell wie möglich dorthin zu kommen.

»Tut mir leid«, seufzte ich. »Du solltest dein Handy einschalten. Es müssten einige Anrufe drauf sein. Es gibt eine – wie nennt ihr das? – Bedrohungslage.«

»Wir beide haben aber doch frei«, lächelte er. »Hast du mir gestern Abend nicht erzählt, dass jeder Mensch ersetzbar ist und man die eigene Bedeutung überschätzt?«

»Stimmt. Aber diese Geschichte kann ich nicht auslassen.«

»Dann viel Vergnügen.« Der leitende Hauptkommissar der Bierstädter Kripo machte keine Anstalten, sich vom Frühstückstisch zu entfernen.

»Ich bin dann mal weg«, kündigte ich an. »Man sieht sich. Du kannst mein Spiegelei haben. Aber dreh es erst auf die andere Seite. Du magst doch keine Weicheier.«

»Ich werde den Kampf mit den Eiern mannhaft bestehen, liebe Maria.«

Irgendwie wirkte er aufmüpfig.

Ich schenkte mir das Make-up, setzte eine Sonnenbrille mit großen Gläsern auf und stieg in mein Cabrio. Mühsam sprang der Motor des alten Wagens an – bald war wohl ein neueres Modell fällig. Der Gedanke, mich von dem Schwarzen zu trennen, tat weh – ich liebte jede Macke im Lack und störte mich nicht im Geringsten daran, dass der elektrische Dachheber immer lahmer wurde. Der Wagen begleitete mich seit zehn Jahren und hatte inzwischen – genau wie ich – einige Wehwehchen und Blessuren.

Während der Fahrt wählte ich Pöppelbaums Handynummer.

»Ich konnte eben nicht reden«, sagte ich. »Wer hat wen als Geisel genommen?«

»Ein Schüler seine Klasse. Mehr ist noch nicht bekannt.«

»Wie nah kommst du an das Gebäude ran?«

»Vergiss es. Mit einem Zoom kannst du gerade mal ein bisschen Gemäuer sehen. Die Kamerateams fluchen wie die Teufel. RTL wollte einen Heli chartern, doch der kriegt keine Flugerlaubnis.«

»Und was knattert da im Hintergrund?«

»Die Polizeihubschrauber«, antwortete der Bluthund. »Übrigens ist eine Pressekonferenz vor Ort angekündigt. In einer halben Stunde.«

»Dann bin ich da«, kündigte ich an. »Fotografier alles, was sich bewegt, und …«

»… alles, was sich nicht mehr bewegt«, vervollständigte Pöppelbaum meinen Satz. »Wer war denn eben der Mann in deiner Hütte?«

Ich beendete das Gespräch.

Was wusste ich über Schloss Waldenstein? Eigentlich nur, dass es ein Internat war, in das reiche Eltern ihre Kinder schickten, damit sie das Abitur bestanden. Ein Gymnasium mit Hotelbetrieb, Restaurant, Sportanlagen und Reitstall. Altes Gemäuer aus dem 19. Jahrhundert, umgeben von einem Park. Das Ganze mitten in einem Wald. Die Waldensteiner waren bislang publizistisch unauffällig geblieben – wenn man von einem Schwelbrand, der alljährlichen Theateraufführung zu Weihnachten und einem Reitturnier absah. Irgendwann hatte ich mal gelesen, dass eine Schülerin einen bundesweiten Wettbewerb gewonnen hatte. Sie hatte auf die Fragen, wann zum ersten Mal ein Herz transplantiert und der Gummireifen erfunden worden war, die richtigen Antworten gegeben.

Mehr wusste ich nicht. In diesen Zeiten, in denen sechzigtausend Menschen in Bierstadt von Hartz IV lebten, interessierte ein knappes Hundert Sprösslinge gut betuchter Eltern erst einmal niemanden.

Blaulicht blitzende Polizeiwagen überholten mich aufgeregt. Hubschrauber dröhnten in der Luft. Noch drei Kilometer bis zu dem Parkplatz, auf dem ich mit Pöppelbaum verabredet war.

Ob Kleist wirklich seelenruhig die Spiegeleier verputzte, die Zeitung zu Ende las und sein Handy standhaft ignorierte?

Die Zufahrt zu der Gaststätte war frei zugänglich. Ich hatte mein Auto gerade erst auf den Parkplatz gelenkt, als Pöppelbaum schon auf mich zukam.

»Ich hab da eine Idee«, überfiel er mich.

»Lass mich erst mal aussteigen!« Ich blickte mich um. Von hier aus war das Schloss nicht zu sehen – hohe Bäume versperrten die Sicht.

»Ich hatte früher mal ein Mädel hier. Katharina. Tochter von so einem Brauereifritzen aus dem Sauerland. Die lebte im Schloss.«

»Und? Die muss doch inzwischen fünfunddreißig sein«, meinte ich. »Oder versucht sie noch immer, das Abi zu schaffen?«

Der Bluthund grinste. Neuerdings trug er das Haar kurz und gegelt und warf sich gern in einen Wildhüter-Look mit kakifarbenen Hosen.

»Um zehn Uhr abends mussten die Insassen im Schloss sein«, berichtete er weiter. »Aber Kathy und ich wollten uns in der Nacht zum Knutschen treffen. Also suchten wir einen Weg, wie ich heimlich ins Schloss gelangen konnte. Es ist nie was aufgefallen und wir hatten auf unserer Parkbank manch heiße, romantische Stunde.«

»Wayne! Das hört sich nach Endzeitgesabbel eines Kerls an, der in die Midlife-Crisis stolpert«, stellte ich fest. »Verschone mich bitte mit weiteren Details.«

»Warum musst du immer so grob sein?«, klagte er. »Vielleicht gibt es den Weg von damals noch. Wir könnten versuchen, ihn zu finden. Dazu müssen wir durch den Wald. Und wenn die Lücke in der Mauer noch besteht, sind wir ruck, zuck am Schloss.«

»Zuerst hören wir uns mal an, was der Einsatzleiter zu verkünden hat.« Ich schaute auf die Uhr. »Die Pressekonferenz beginnt gleich. Los.«

Den Weg bis zum Schloss gingen wir zu Fuß. Während wir liefen, rief ich Peter Jansen an und teilte ihm mit, dass ich an der Sache dran sei.

»Der freie Tag verfällt nicht, Grappa«, versprach er. »Und danke, dass du uns nicht hängen lässt. Ich selbst muss jetzt ins Rathaus. Es ist eine Haushaltssperre verhängt worden, weil im Etat ein Loch klafft. Hundert Millionen. Und keiner will es gewusst haben.«

Die Polizei hatte Zäune aufgestellt und Sperrbänder gezogen. Sie ließ nur Journalisten auf das Gelände. Presseausweis war Pflicht.

»Ich will rein!«, schrie eine Frau. »Meine Tochter ist da drin. Lassen Sie mich los!«

Sie trat einen der Beamten gegen das Schienbein. Der Mann packte sie an den Armen, erstickte so ihre Bewegungen. Die Mutter schluchzte zum Erbarmen und wurde weggeführt. Pöppelbaum fotografierte die Sache. Bestens. Verzweifelte Angehörige machen sich immer gut in der Zeitung.

Nun wurden wir kontrolliert. »Der Pressewagen steht fünfzig Meter weiter auf der rechten Seite.«

Ich nickte. Die mobile Pressestelle der Bierstädter Kripo war mir bekannt. Über uns machte ein Polizeihubschrauber Anstalten zu landen. Der Wind fuhr mir in die Frisur und unter die Jacke.

Pöppelbaum hielt drauf. Mit der Fotokamera und der Sony. Die Fotos für das *Tageblatt* und die bewegten Bilder für den WDR.

Der Heli hatte nun auf dem Schulhof aufgesetzt und die Tür öffnete sich. Friedemann Kleist sprang heraus, begleitet von zwei weiteren Beamten. Ich grinste. So viel zum Thema ›Jeder Mensch ist ersetzbar‹, dachte ich.

Der Leiter der Polizeipressestelle hatte bereits einige Kollegen um sich versammelt – Kameras und Aufnahmegeräte waren in Position gebracht.

»Danke, dass Sie gekommen sind«, begann der Sprecher. »Wir haben es mit einer außergewöhnlichen Situation zu tun.«

In diesem Augenblick trat Friedemann Kleist hinzu. Der Pressestellenleiter stutzte, doch Kleist deutete mit einem Kopfnicken an, dass er weitermachen sollte.

»In der Schule gibt es eine Geiselnahme. Es handelt sich um einen Deutschkurs der Klasse 11. Vermutlich hält seit Beginn der ersten Stunde einer der Schüler die Lehrerin und seine fünfzehn Klassenkameraden mit Waffengewalt fest.«

»Haben Sie Kontakt zu dem Geiselnehmer?«, fragte ein TV-Kollege.

»Die Lage ist unübersichtlich«, wich der Pressemann aus. »Aber wir sind zuversichtlich, bald einen Kontakt herstellen zu können.«

»Haben die Schüler denn keine Handys?«, wollte ich wissen.

»Natürlich. Aber die müssen sie vor Unterrichtsbeginn abgeben«, sagte ein junger Mann mit braun gebranntem Gesicht, der sichtlich erschüttert war.

»Das ist Friedrich Schubert, der Vertrauenslehrer des Internates«, erläuterte der Pressepolizist.

»Wer hat die Polizei gerufen?«

»Der Direktor hat uns alarmiert, nachdem ihm die Lehrerin das Codewort für die Geiselnahme durchgegeben hatte.«

»Die Lehrerin hat telefoniert?«, fragte ich ungläubig.

»Wie sie die Warnung durchgegeben hat, weiß ich nicht.«

»Gibt es irgendwelche Forderungen?«, fragte ein Kollege.

»Ich sagte schon: Wir haben noch keinen Kontakt.«

»Wie wollen Sie vorgehen? Wie sieht Ihre Taktik aus?« Der Radioreporter hielt dem Sprecher das Mikrofon unter die Nase.

»Es handelt sich hier um eine erste Information. Über die Taktik werden wir jetzt beraten.« Er schaute zu Friedemann Kleist. Der nickte kaum merklich.

»Wir bitten Sie um Zurückhaltung. Versuchen Sie nicht, an das Gebäude heranzukommen. Die Schüler und Lehrer, die nicht von der Geiselnahme betroffen sind, haben das Schulgelände verlassen. Danke für Ihr Verständnis.«

Die Beamten zogen sich in den VW Bulli zurück. Ich fing einen Blick des Hauptkommissars auf. Er lächelte. Ja, wir waren beide Rennpferde, die losgaloppieren müssen, wenn sie die Bahn vor sich sehen.

»Okay, wir versuchen es«, raunte ich Pöppelbaum zu. »Mehr als zurückschicken können sie uns ja nicht.«

»Das Schloss hat auf der Rückseite den Park und daran grenzt der Wald«, erklärte Pöppelbaum. »Zumindest war das damals so. Der Park ist eingezäunt, doch gibt es einige Stellen, an denen man durchschlüpfen kann.«

Durchschlüpfen? Ich sah an mir herab. Müsste gehen, dachte ich. Gut, dass ich mich nicht aufgebrezelt hatte. Flache Schuhe, ein mutiges Herz und ein kleiner Rest von Beweglichkeit würden zum Erfolg führen.

»Was ist denn los, Grappa? Du kommst schon noch durch eine Lücke im Zaun. Oder hast du Rücken?«

»Rücken hab ich fast immer«, gab ich zu. »Aber es wird gehen. Warum schwinden im Alter die Kräfte und die Lust, sich zu bewegen?«

»Erzähl nichts! Du warst schon immer ein faules Stück«, grinste Pöppelbaum.

Über unseren Köpfen kreiste wieder ein Polizeihubschrauber.

»Der passt auf«, stellte der Bluthund mit Blick nach oben fest. »Wir müssen ihm ein Schnippchen schlagen.«

»Und wie?«

»Ein Stück weiter die Straße hoch gibt es einen Feldweg, der in den Wald führt und von oben nicht einsehbar ist. Am Ende lassen wir den Wagen stehen und schleichen uns dann ran. Hast du irgendwas für deinen Kopf? Deine roten Haare sieht man ja vom Weltraum aus.«

»Nun übertreib mal nicht.«

Wir nahmen mein Auto, aber der Knipser fuhr, weil er die Gegend kannte.

Er musste warten, bevor er den Parkplatz verlassen konnte. Ein roter Reisebus fuhr vorbei, gefolgt von einem Sattelschlepper mit einem roten Absetzcontainer.

»Die Feuerwehr bereitet sich auf einen Großeinsatz vor, wie man sieht«, bemerkte Pöppelbaum trocken.

»Hoffentlich werden die Sachen nicht gebraucht«, kommentierte ich.

Der Heli kreiste weiter über uns. Nun kamen uns drei dunkle Kleinbusse mit getönten Scheiben entgegen. Sie hatten Blaulicht gesetzt, fuhren aber ohne Martinshorn.

»Das ist das SEK, wird auch Zeit – schade, dass wir deren Ankunft nicht ablichten können. Macht sich immer gut, so schön martialisch.« Pöppelbaum war mal wieder ganz das professionelle Auge.

Er reduzierte die Geschwindigkeit und bog scharf rechts ab – in einen Weg, der nur für landwirtschaftliche Fahrzeuge zugelassen war. Beherzt lenkte er den Wagen über die Schlaglöcher.

»Bisschen sanfter bitte! Du ruinierst mein Baby«, maulte ich.

»Irgendwie hat sich hier alles verändert«, meinte der Bluthund. »Der Wald kommt mir ganz anders vor.«

»Pflanzen haben die Angewohnheit zu wachsen«, entgegnete ich.

»Hier müsste es sein.« Der Weg wurde immer schmaler. Irgendwann war er zu schmal. Der Wagen blieb stehen.

»Dann mal los.«

Pöppelbaum packte seine Gerätschaften und wir marschierten los. Ich versuchte, mir die Strecke zu merken. Ein krumm gewachsener Baum auf der rechten Seite des Pfades, die Schneise auf der linken Seite und der gefällte Baumstamm, der über und über mit Moos bedeckt war.

»Wir werden uns verlaufen«, prophezeite ich. »Und irgendwann finden sie unsere Leichen – von Rehen angefressen. Oder von Wildschweinen.«

»Du spinnst, Grappa!« Pöppelbaum drückte einen breit gewachsenen Busch auseinander. »Wusste ich es doch. Hier ist es!«

Wir standen vor einer Mauer. Sie schien bröckelig. Wo Steine fehlten, war mit Maschendraht geflickt worden.

»Alles zu«, stellte ich fest. »Und zu hoch, um drüberzuklettern. Jedenfalls für mich.«

»Warte mal.« Pöppelbaum rüttelte an den Steinen. Und tatsächlich – sie bewegten sich. Er zog einige heraus und ließ sie auf den Boden fallen. Nach zehn Minuten war die Lücke in der Mauer groß genug, um uns beide durchzulassen. Den Maschendraht schob der Knipser beiseite.

»Und jetzt hier lang.«

Ich folgte.

»Schon wieder ein Zaun«, murrte ich kurz darauf.

Ein mannshoher grüner Maschendraht versperrte uns den Weg.

»Der ist neu. Aber leicht zu überwinden.« Der Fotograf zog ein Werkzeug aus der Tasche – eine Kombination aus Zange, Seitenschneider, Schere, Säge, Messer und Korkenzieher. Pöppelbaum fackelte nicht lange. Er knipste einen Draht an der Oberkante durch und zog ihn dann Reihe für Reihe nach unten aus dem Geflecht heraus. Es entstand ein Spalt.

»Das machst du ja wie ein geübter Gartenschreck«, bewunderte ich ihn.

»Auf diese Weise kann man den Zaun leicht wieder zumachen, Grappa.«

»Das ist trotzdem Hausfriedensbruch«, meinte ich und zwängte mich durch die Zaunlücke. »Oder Schlossfriedensbruch.«

»Seit wann bist du so zimperlich?«, griente er. »So, jetzt sind wir schon im Park. Wir laufen ein Stück geradeaus und dann rechts über den Rasen. Für einige Momente sind wir dann von oben und vom Haus aus zu sehen, also müssen wir rennen. Schaffst du das?«

»Am besten, du trägst mich«, schlug ich vor.

Er schnaubte verächtlich.

Eine Lautsprecherstimme übertönte alles: »Achtung, Achtung, hier spricht die Polizei. Bitte bewahren Sie Ruhe. Bitte nennen Sie Ihre Forderungen.«

Wir blieben zunächst im Schatten der Büsche, erreichten dann den Rasen. Die hellgrüne Fläche wurde von Rhododendren gesäumt und war so eben, wie mit der Nagelschere geschnitten. Vor uns befand sich die Rückseite des Schlosses. Ich musterte die Fenster. Keine Bewegungen, keine Schatten oder gar Gestalten.

»Das Klassenzimmer, in dem die Geiselnahme stattfindet, ist vielleicht auf der anderen Seite«, überlegte ich. »Das erhöht unsere Chance, nicht bemerkt zu werden.«

Pöppelbaum filmte, tauschte den Chip der Kamera aus und versteckte ihn im Saum seiner Jacke.

»Sicher ist sicher. Siehst du den Schuppen da?« Er deutete auf ein kleines, steinernes Häuschen, das einer zu groß geratenen Hundehütte ähnelte. »Darin verkriechen wir uns erst mal. Und jetzt los!« Er stürmte über den Rasen, ich hinterher – nicht nach rechts, links oder gar nach oben schauend. Als ich unser Ziel erreicht hatte, schnappte ich nach Luft und musste feststellen, dass das Häuschen schon belegt war.

»Hallo, Maria.« Friedemann Kleist schaute mich strafend an. Er war in Begleitung eines Kollegen. Beide trugen schusssichere Westen und Helme.

»Du hier?«, stotterte ich. »So ein Zufall.«

Pöppelbaum blieben die Worte im Hals stecken.

»Könntet ihr zwei bitte mal aus der Schusslinie gehen?«, fragte der Hauptkommissar.

»Da oben ist doch nichts«, entgegnete ich.

»Doch, da ist was. Eine Geiselnahme. Genau auf der Etage, die von hier aus zu sehen ist.«

Die Lautsprecherdurchsage ertönte wieder. Eine Reaktion aus dem Gebäude erfolgte nicht.

»Verstehe. Hat sich denn schon was getan? Habt ihr Kontakt zu dem Geiselnehmer? Oder zu der Lehrerin?«

»Nein. Es gibt nach wie vor keinerlei Informationen darüber, was sich da oben abspielt. Umso mehr kann eure Aktion die Befreiung der Geiseln gefährden. Aber das wirst du dir ja denken.«

»Tut mir leid.« Ich versuchte einen zerknirschten Gesichtsausdruck. »Immerhin machen wir auch nur unseren Job.«

Kleist reagierte nicht. Ich bemerkte, dass sich mehrere Männer der Spezialeinheit – mit Sturmhauben und kugelsicheren Westen ausgestattet – an der Wand des Schlosses entlangdrückten. Lautlos wie Raubkatzen.

Kleist griff nach seinem Funkgerät. »Nein, das SEK bleibt vorerst draußen. Wir müssen den oder die Täter in Sicherheit wiegen. Wir wissen doch gar nicht, wie viele Täter es sind und was sie von unseren Aktionen mitbekommen. Und ob sie Sprengstoff haben.«

Die Luft vibrierte vor Spannung. Doch gleichzeitig war es für einen Moment unheimlich ruhig – weder aufgeregte Polizeisirenen noch knatternde Hubschrauberrotoren waren zu hören.

»Die Stille ist gespenstisch«, flüsterte ich.

Genau am Ende meines Satzes fielen Schüsse. Unzählbar viele Schüsse. Ein akustisches Inferno.

Pöppelbaum hielt die Kamera Richtung Fensterfront. Glas splitterte. Schreie, die einem das Blut in den Adern gefrieren ließen. Arme und Gesichter hinter den Scheiben. Und immer weiter Schüsse. Ich schloss die Augen.

Dann war es wieder still. Totenstill. Bis noch ein Schuss fiel. Dann noch einer. Und dann setzte wieder eine Ruhe ein, die entsetzlich war.

Die Sache war schiefgelaufen. Richtig schief.

»Zugriff!«, brüllte Kleist ins Funkgerät und sprintete mit seinen Mitarbeitern durch den Park.

Zehn Minuten später trat eine Gruppe von Männern aus dem Haupteingang des Schlosses. Sanitäter und Polizisten. Ich erkannte den Amtsarzt Dr. Benthien. Die Männer gingen langsam, wie in Zeitlupe. Sie schwiegen und hielten Kopf und Blick gesenkt.

»Um Gottes willen«, flüsterte ich.

Einer der Sanitäter löste sich von der Gruppe, machte wenige schnelle Schritte zu einem Baum und übergab sich.

Die Feuerwehr hatte ein großes Zelt aufgebaut. Dr. Benthien sprach den Einsatzleiter an. Der schüttelte mit dem Kopf und deutete auf die Tragen.

Männer griffen danach und gingen ins Gebäude.

Vielleicht am schlimmsten war, dass es keine Schmerzensschreie gab.

Es folgte eine furchtbare Prozession, mit Tüchern bedeckte, leblose Körper wurden an mir vorbeigetragen.

Pöppelbaum und ich versuchten, unsichtbar zu bleiben.

Langsam wurde ich meiner Erschütterung Herr und sah mich um. Friedemann Kleist stand neben einem älteren, grau wirkenden Mann vor einer Trage, auf der eine Frau lag. Sie immerhin lebte, ihr Körper war nicht vollkommen abgedeckt.

»Wer ist das?«, fragte ich einen der Beamten.

»Das ist Hauptkommissar Dr. Kleist«, kam es zurück.

»Ich meine den anderen Herrn«, fasste ich nach.

»Das ist der Direktor von der Anlage hier«, antwortete der Polizist brav. »Er heißt Lerchenmüller.«

Lerchenmüller hielt die Hand der Frau in seiner und redete auf sie ein.

»Das muss die Lehrerin sein«, flüsterte ich Pöppelbaum zu. »Sie scheint ansprechbar. Kriegst du sie aufs Foto?«

»Wenn die beiden Herren mal aus dem Bild gehen, schon«, murmelte Pöppelbaum, das Auge am Sucher.

Nun schoben die Sanitäter die Frau in den Wagen. Pöppelbaum kam zwar zum Schuss, doch zufrieden war er nicht. »Vielleicht kann ich mit dem Bearbeitungsprogramm noch was rausholen«, meinte er.

»Ich brauche Infos«, stellte ich fest. »Lass uns zum Pressemobil gehen.«

»Was ist mit dir, Grappa? Du bist weiß wie ein Betttuch!«

»Ich bin doch kein Automat.«

»Wie meinst du das?«, fragte der Bluthund ungläubig.

»Ich erklär's dir später.«

Nur keine Schwäche zeigen, dachte ich. Der Kopf muss klar bleiben, damit ich die richtigen Fragen stellen kann, um einen guten Artikel schreiben zu können.

Um den Pressewagen auf dem Schulhof drängten sich die Kollegen. Auch war es ungewöhnlich ruhig, keine der üblichen Frotzeleien war zu hören.

»Wann können wir mit mehr Informationen rechnen?«, fragte ich.

Der Pressemensch vertröstete uns auf den Nachmittag. Die Lage sei noch zu unübersichtlich. »Die Staatsanwaltschaft übernimmt den Fall. Der zuständige Dezernent ist gerade eingetroffen.«

Einige Kollegen murrten.

»Lassen Sie uns unsere Arbeit tun«, bat der Polizist. »Je schneller wir hier fertig sind, desto früher bekommen Sie die Informationen, die Sie brauchen.«

Eine Gruppe Spurensicherer in weißen Overalls bewegte sich aufs Schloss zu. Sie hatten Plastiktüten und die üblichen Gerätschaften dabei.

Auf dem Weg in die Redaktion verspürte ich eine gewisse Erschöpfung. Ich fühlte mich wie ein alter Cowboy, der aus dem Sattel zu kippen droht.

Warum hatte ich damals nur das hektische Polizeiressort gewählt und nicht die bürgerliche Kultur? Ich beschäftigte mich mit Blut und anderen Körpersäften, während die Kulturdamen der Redaktion es sich gut gehen ließen – in Museen auf Häppchenorgien und nach Theaterpremieren bei Stehempfängen.

Apropos Häppchen. Mir knurrte der Magen. Die Erschöpfung war vielleicht auch die Folge einer Unterzuckerung. Bluthund Pöppelbaum hatte mich zu meinem Cabrio gebracht und war dann umstandslos verschwunden.

Ich hielt an einem Schnellimbiss, den ich kannte. Er wurde von zwei netten Omas in Kittelschürzen geführt und war stets sauber und ordentlich. Ich bestellte eine Diätcola und Reibekuchen. Die lagerten kalt unter Glas, wurden dann nicht frittiert, sondern ordentlich in der Pfanne erhitzt. Köstlich! Fabrikteig war das nicht.

Anschließend ging es mir wesentlich besser.

»Wo warst du denn so lange«, begrüßte mich Peter Jansen, als ich sein Büro betrat. »Wayne ist schon eine ganze Weile wieder da.«

»Ich musste mich stärken.« Dezent hauchte ich ihn an. »Was dagegen?«

»Kartoffelpuffer«, schnüffelte er.

»Ja, und leckere«, bestätigte ich und setzte mich. »Ich brauchte das. Das ist eine Sache, die selbst mir unter die Haut geht.«

»Was weißt du bisher?«, erkundigte sich Jansen.

»Fast nichts. Erst hieß es, es gäbe eine Geiselnahme. Dann fielen plötzlich Schüsse. Und dann wurden lauter Tote aus dem Haus getragen. Immerhin hat die Lehrerin überlebt.«

»Jetzt haben auch wir unser Winnenden«, stellte Jansen fest. »Was ist nur mit den Kindern los?«

»Auch Erwachsene töten wahllos Menschen.«

»Stimmt leider. Wie viele Zeilen brauchst du?«

»Es kommt drauf an, was die Bullen heute noch rauslassen. Krieg ich eine halbe Seite?«, fragte ich. »Zur Not haben wir wenigstens Fotos. Pöppelbaum und ich waren die Einzigen, die wirklich nah an das Schloss herangekommen sind.«

Ich berichtete ihm von unserer Pirsch durch den Wald und der kaputten Mauer.

»Und ich dachte schon, dein gelegentlicher Liebhaber hätte dir zuliebe eine Ausnahme gemacht.« Der Schalk blitzte in Jansens Augen.

»Ach was. Kleist ist ein guter deutscher Beamter. Noch Fragen?«

»Nö. Und jetzt raus hier. Ich muss was über das neue Haushaltsloch im Etat der Stadt schreiben.«

»Ein neues? Oder die alten Löcher, die wir schon kennen?«

»Insgesamt fehlen in diesem Jahr hundert Millionen. Die Stadtkämmerin hat eine Haushaltssperre erlassen. Bierstadt muss eisern sparen.«

»Auweia«, meinte ich. »Und das so kurz nach der Kommunalwahl. Klingt irgendwie nach Beschiss. Warum haben die das den Leuten nicht erzählt, bevor die ihre Stimmen abgegeben haben?«

»Na hör mal«, knurrte Jansen. »Politiker sind zwar schlicht gestrickt, aber so blöd, dem Stimmvieh die grausame Wahrheit vor der Wahl zu stecken, nun doch nicht.«

»Das gibt Ärger«, tippte ich. »Ein gefundenes Fressen für die Opposition.«

»Die Kämmerin hat sich auch prompt krankgemeldet und ist auf Tauchstation gegangen. Keiner weiß, wo sie sich befindet.«

Im Großraumbüro begab ich mich zu Pöppelbaum und schaute ihm über die Schulter. Er präsentierte seine Fotokollektion. Die Bilder von der Rückfront des Schlosses brachten nichts, das Splittern der Scheiben war kaum zu erkennen. Anders die Tragen. Er hatte ganz nah an die Opfer herangezoomt. Die Bilder zeigten, dass einige Tote nur notdürftig abgedeckt waren. So hatte ich das gar nicht wahrgenommen. Ich sah viel Blut und manchmal ein Gesicht.

»Mein Gott«, murmelte ich.

»Mein stärkstes Objektiv«, erklärte Pöppelbaum.

»Solche Bilder können wir nicht bringen«, entschied ich. »Kein Gesicht darf erkannt werden. Wir sind ja nicht die BILD-Zeitung.«

»Und warum mache ich mir dann die Arbeit?« Pöppelbaum war fassungslos. »Wenn das so abgelaufen ist wie üblich, ist einer von den Schülern, die da liegen, der Täter! Wenn wir wüssten, wer, hätten wir ein Foto des Amokläufers exklusiv.«

»Vergiss es! Wir zeigen die Rettungswagen, meinetwegen auch, wie die Sanitäter eine Trage reinschieben – mehr aber nicht.«

»Was ist denn in dich gefahren?«

Die zunehmende Lautstärke unseres Disputes hatte die Kollegen angelockt. Einige schauten gebannt auf den Monitor.

»Ich hab einen Sohn in dem Alter«, verriet Kulturredakteurin Margarete Wurbel-Simonis Altbekanntes. »Wenn ich mir vorstelle, dass er unter den Toten sein könnte. Schrecklich!«

»Ihr Sohn geht auf dieses Internat?«, verstand der Bluthund Bahnhof.

»Nein! Ich hatte nie so viel Geld, dass ich ihn auf ein Internat hätte schicken können«, schniefte Wurbelchen.

»Dann haben unsere knappen Gehälter ja doch ihren tieferen Sinn«, meinte ich.

Sekretärin Susi hatte Tränen in den Augen. »Wer macht denn so was Schreckliches?«, schniefte sie. »Die armen Kinder.«

»Meist ist es ja ein Kamerad, also auch ein armes Kind«, entgegnete ich. »Hat es eigentlich noch kein Fax oder eine Mail gegeben, Susi? Es soll eine Pressekonferenz stattfinden – langsam müssen Zeit und Ort doch bekannt sein.«

»Ich schau mal eben nach.«

Kurze Zeit später kehrte sie zurück. »In zehn Minuten. Das schaffst du, Grappa.«

Immer derselbe Raum im Polizeipräsidium. Immerhin hatte er einen neuen Anstrich bekommen – ein aufregendes helles Grau. Wie oft hatte ich hier schon die Äußerungen der Exekutive über mich ergehen lassen? Hatte gehört, wie über qualvoll zu Tode gekommene Menschen bürokratisch verlautbart wurde. Geschädigte – das war das Lieblingswort der Pressestaatsanwälte, wenn es um die Opfer ging.

Der Bluthund folgte in meinem Schlepptau. Auch wie immer. Wir setzten uns auf unsere angestammten Plätze. Die Kollegen vom Radio ebenfalls. Nur die Fernsehleute machten mal wieder viel Wind. Der Kameramann fummelte an den Jalousetten der Fenster, um mehr Licht zu bekommen. Sein Tonassistent verhedderte sich im Kabel und verlor dann noch den Mikroaufstecker, an dem der Name des Senders prangte. Der TV-Reporter kämmte sich die Haare, er wollte wohl später einen geschniegelten Eindruck machen.

Pöppelbaum waren meine Studien nicht verborgen geblieben. »Tja, Grappa«, grinste er. »Wir sind beim falschen Medium. Für die Leute geht Fernsehen immer vor. Wirst du gleich wieder erleben, wenn die Oberbullen und Oberstaatsanwalt Ritter hier auflaufen.«

»Dr. Kleist ist anders. Der behandelt alle Journalisten gleich.«

»Genau«, nickte der Fotograf. »Gleich schlecht.«

»Heute früh konnten wir uns doch nicht beklagen.«

»Das liegt dann wohl doch an deinem Charme.«

Die Tür öffnete sich und zwei Frauen brachten Thermoskannen und Kaltgetränke.

»Früher gab's auch mal Schnittchen«, merkte Pöppelbaum an.

»So prickelnd waren die nicht. Cervelatwurst und Fabrikkäse aus der Polizeikantine«, erinnerte ich mich. »Aha, es geht los.«

Der Polizeipräsident rauschte ins Pressezimmer, begleitet von Kleist, Oberstaatsanwalt Ritter, dem Leiter der Pressestelle und zwei weiteren Herren, die ich nicht kannte.

»Wie Sie ja bereits wissen, hat es heute früh eine Geiselnahme im Schlossinternat Waldenstein gegeben«, begann der Polizeipräsident. »Nach ersten Ermittlungen hat ein achtzehnjähriger Schüler zu Beginn der ersten Schulstunde eine Maschinenpistole auf seine Klassenkameraden und die Lehrerin gerichtet. Was genau danach geschah, ist noch unklar. Drei Stunden nach Bekanntwerden der Bedrohungslage hat der Schüler das Feuer eröffnet und alle fünfzehn anwesenden Mitschülerinnen und Mitschüler seines Deutschkurses erschossen oder tödlich verletzt. Keiner der Jugendlichen hat überlebt. Danach hat der Junge die Waffe gegen sich selbst gerichtet und sich ebenfalls getötet. Nur die Lehrerin ist mit dem Leben davongekommen.«

Geraune. Sechzehn tote Jugendliche! Das war selbst für die Hartgesottensten unter uns zu viel.

»Haben Sie bitte Verständnis, dass noch vieles im Unklaren ist«, machte Kleist weiter. »Die einzige Zeugin, die Lehrerin, hat einen Schulterdurchschuss, steht unter einem schweren Schock und ist nicht vernehmungsfähig. Sie konnte uns lediglich den Namen des Täters nennen.«

»Wie heißt der Junge?«, fragte der BILD-Reporter.

»Der will die Eltern schütteln«, kommentierte Pöppelbaum.

»Wir halten uns aus Gründen des Persönlichkeitsschutzes in dieser Frage zurück«, zeigte sich Kleist verschlossen.

»Welche Persönlichkeiten wollen Sie denn schützen?«, ereiferte sich der BILD-Mann. »Die der toten Kinder?«

»Halten Sie sich doch bitte an die Spielregeln«, mahnte der Polizeipräsident.

»Wie haben Sie erfahren, dass es eine Geiselnahme gibt?«, kam die nächste Frage.

»Die Lehrerin konnte den Direktor der Schule informieren«, antwortete der Oberstaatsanwalt.

»Und die Schüler? Was ist mit Handys?«

»Die Schülerinnen und Schüler dürfen ihre Mobiltelefone nicht mit in den Unterricht nehmen. Das ist Vorschrift auf Schloss Waldenstein. Aber wenigstens Frau Lindenthal gelang es, einen Notruf abzusetzen.«

Aha. Lindenthal. Die Kollegen horchten auf. Endlich war ein Name gefallen, ein Ende zum Anpacken.

»Notruf?«, fragte ich. »An den Direktor? Warum nicht an die Polizei?«

Kleist ergriff erneut das Wort. »Es gibt in jeder Schule Notfallpläne für den Fall einer Bedrohung. Darin ist auch geregelt, was im Fall einer Geiselnahme zu tun ist. Seit Erfurt sind alle Bildungseinrichtungen für dieses Thema sensibilisiert. Ein wichtiger Punkt ist, dass die Kinder, die noch außerhalb der Gefahrenzone sind, so schnell wie möglich das Schulgebäude verlassen. Deshalb hat jede Schule ein Codewort, das die anderen warnen soll. Frau Lindenthal konnte dieses Wort per SMS an das Handy des Direktors schicken. Herr Lerchenmüller hat dann sofort über die Lautsprecheranlage eine Durchsage gemacht und dabei dieses vereinbarte Wort benutzt. So konnten die anderen Lehrer die Schülerinnen und Schüler unverzüglich nach draußen führen.«

»Wie lautete dieses Codewort?«, fragte jemand aus der Runde.

Kleist zögerte, doch dann sagte er: *»Keusche Braut!«*

Erstauntes Raunen.

»Shakespeare ist zurzeit ein großes Thema in dem Internat. Demnächst startet der Shakespeare-Monat, so hat mir der Direktor des Internates die Wahl des Codes erklärt«, fügte der Hauptkommissar hinzu.

»Und wo kommen bei Shakespeare die Worte *Keusche Braut* vor?«, fragte ich.

»Ich kenne dessen Werke auch nicht mehr en détail«, räumte Kleist ein. »Aber ich habe natürlich nachgeschlagen. In dem Gedicht *Einer Liebenden Klage* heißt es: ›Ich fesselte des Himmels keusche Braut, wohl hatte sie gefastet, sich kasteit, doch unterlag sie, da sie mich geschaut; Gelübd' und Weihen waren bald entweiht! O mächt'ge Liebe, Schwur, Gelübd' und Eid, ohnmächtig sind sie gegen dich und klein, denn du bist Alles, und die Welt ist dein!‹«

»Wow! Das ist bestimmt das erste Gedicht, das hier in diesem Raum aufgesagt worden ist«, flüsterte Pöppelbaum.

»Er hat es eben drauf.«

»Nun himmle den Kerl nicht so an«, konterte er.

Ich versetzte ihm einen Knuff mit dem Ellenbogen.

»Was können Sie uns über den Geiselnehmer sagen?«, fragte ein Kollege. »Was könnte sein Motiv sein?«

»Das wissen wir noch nicht.«

»Was sagen seine Eltern dazu?«

»Die Angehörigen des mutmaßlichen Täters sind informiert«, ergriff Oberstaatsanwalt Abel Ritter das Wort. »Sie waren im Ausland und sind inzwischen auf dem Weg nach Bierstadt.«

»In welchem Krankenhaus wird die überlebende Lehrerin behandelt?«, ließ der BILD-Reporter nicht locker.

»Keine Auskunft dazu!«, wehrte Ritter ab.

»Der Kollege hat bestimmt einen Arztkittel in seiner Tasche«, raunte ich Wayne zu.

»Mit welcher Waffe wurde geschossen?«

»Sind alle Angehörigen der Opfer informiert?«

»Ist die Tat im Internet angekündigt worden?«

Frage um Frage prasselte auf die Ermittler nieder. Aber fast keine konnte eindeutig beantwortet werden. Kleist machte einen zunehmend genervten Eindruck und schaute, wie um das zu unterstreichen, auf seine Armbanduhr. Sein Verständnis für Journalisten und ihre Arbeit war trotz unserer näheren Bekanntschaft gering. Ich hatte noch viel Arbeit vor mir.

»Wir müssen an die Lehrerin ran«, meinte Pöppelbaum, als wir im Aufzug nach unten schwebten. »Sie ist die Einzige, die erzählen kann, was da oben passiert ist.«

»Sag bloß! Glaubst du wirklich, dass die Bullen die Frau unbewacht lassen? Außerdem ist die Arme verletzt und nicht vernehmungsfähig. Hast du doch eben gehört.«

Wir waren im Foyer angekommen. Hier fand gerade eine Ausstellung statt – Mitarbeiterinnen und Mitarbeiter der Polizeikreisbehörde stellten Selbstgemaltes aus. Stillleben mit Obst, Blumenvase und Weinflasche, lasziv verrenkte Pin-up-Girls in grellen Farben vor südlichen Landschaften, wuschelige Kätzchen und stramme Deutsche Schäferhunde.

»Komm, schnell weg hier«, stöhnte ich.

»Moment, vielleicht hängt hier ja auch was, was dein Schatz gepinselt hat«, grinste Pöppelbaum.

»Wohl kaum.«

»Ich wusste es!«, rief er im nächsten Moment. »Da hängt doch ein Brustbild von dir, Grappa!«

Er deutete auf eine vollbusige Rothaarige mit Schlauchbootlippen in weißer Bluse und Schnürleibchen.

»Wenn er das Bild gemalt haben sollte, dann hat er Wahnvorstellungen«, lachte ich. »Und jetzt ab zu Frau Schmitz. Mandelhörnchen für den Nachmittag.«

Die Tür des Bäckerladens war verschlossen. Verblüfft rüttelte ich an dem Griff.

Durchs Fenster erkannte ich sofort, dass etwas nicht stimmte. Einige Körbe lagen auf dem Boden, daneben waren Brotlaibe und Teilchen verstreut.

»Hier ist was passiert!«, stieß ich hervor. »Wo ist Frau Schmitz?«

»Keine Ahnung, Grappa!« Pöppelbaum war genauso hilflos wie ich.

»Sieht nach Einbruch oder Überfall aus. Wir müssen die Polizei rufen!«

»Ich glaub, die war schon da. Guck mal!« Der Bluthund streckte seinen Finger in Richtung eines Polizeisiegels, das über den Spalt zwischen Rahmen und Tür geklebt war.

»Hoffentlich ist der Schmitz nichts passiert«, rief ich. »Ich muss mich sofort erkundigen!«

Im Auto wählte ich die Nummer der Polizeipressestelle. Der Kollege dort hatte von nichts eine Ahnung und niemanden in Reichweite, den er fragen konnte – Schloss Waldenstein forderte sämtliche Kräfte.

»Aber es muss dort einen Einsatz gegeben haben. Das Polizeisiegel klebt an der Tür«, wandte ich ein.

»Ich kann Ihnen zu dem Fall nichts sagen«, tönte es aus dem Hörer. »Gedulden Sie sich bitte und fragen Sie später noch einmal nach.«

Mir fiel nichts ein, was ich noch hätte tun können.

Während der Fahrt überkamen mich Erinnerungen an meine Schulzeit. Sie war schwierig gewesen. Das hatte vor allem an meinem manchmal ungestümen Verhalten gelegen. Mein Gefühl für Gerechtigkeit war seit der Kindheit gut ausgeprägt und ich neigte zu harschen Reaktionen – auch vor Publikum –, wenn mir etwas ungerecht erschien. Ich hatte mich sehr oft über meine Lehrer geärgert. Daher hatte ich mehr als einmal die Fäuste geballt. Aber zu einer Waffe greifen und Menschen töten? Nein. Das, was heute geschehen war, war ganz und gar unbegreiflich.

In der Redaktion erwartete uns Jansen. Er hatte sämtliche Informationen über Schloss Waldenstein im Netz zusammengesucht und die wichtigen ausgedruckt. Auch eine Liste mit den Namen der Lehrerinnen und Lehrer war dabei.

Ich ging die Liste durch. »Lara Lindenthal – das ist sie. Deutsch und Philosophie.«

Jansen nickte zufrieden und druckte ihr Foto auf dem Farbdrucker aus. »Oha!«, rief er.

Die Frau auf dem Foto war auf eine aufregende Art attraktiv. Dunkles, dichtes Haar, das nur mühsam zu einer Hochsteckfrisur gebändigt worden war, ein bleiches Gesicht mit dunklen Augen und einem vollen, blutrot geschminkten

Mund. Die Augenbrauen in Form gezupft, an den Ohren brave Zuchtperlen und um den Hals eine kurze Goldkette mit Kruzifix.

»So brav ist die nicht, wie die sich gibt«, redete Jansen weiter. »Da helfen Kreuz und Zuchtperlen nicht wirklich.«

»Was meinst du?«, fragte ich.

»Dieser Blick, Grappa! Wenn du so gucken könntest, wärst du nicht beim *Tageblatt*, sondern beim *Playboy*, und zwar nicht als Schreiberin.«

»Was für ein ungewöhnliches Kompliment«, spielte ich die Beleidigte. »Die guckt doch ganz normal.«

»So einen Blick verstehen nur Männer«, grinste mein Chef.

»Echt?«

Ich schaute mir das Foto erneut an. Je länger ich es betrachtete, umso mehr konnte ich nachvollziehen, was Jansen meinte. Der Blick der Lehrerin hatte etwas Laszives. Oder entstand dieser Eindruck nur wegen der schweren Augenlider?

»In diese Frau ist jeder Schüler über fünfzehn verschossen«, behauptete Jansen. »Vielleicht hat der Täter sie deshalb geschont. Weil sie so schön ist.«

»Ich war nie in einen meiner Lehrer verliebt«, berichtete ich. »Die erinnerten immer an eine Kombination aus Rübezahl und Rumpelstilzchen.«

»Du taugst halt nicht fürs Romantische, Grappa. Ich habe mich mit schöner Regelmäßigkeit in junge Referendarinnen verguckt – aber zum Austausch von Körperflüssigkeiten ist es leider nie gekommen. Und jetzt geh schreiben.«

Ich verzog mich in die Einzelzelle, fuhr den PC hoch und holte mir Pöppelbaums Fotos auf den Monitor. Ich entschied mich für eine Totale des Gebäudes. Zwei Bilder zeigten die Polizeiaktion und ein weiteres Foto den Abtransport der Verletzten. Auf der Homepage des Internates stieß ich auf eine Seite, auf der das pädagogische Konzept des Schlossinternates vorgestellt wurde. *Die Wahl der richtigen Schule entscheidet über die Zukunft Ihres Kindes* – las ich.

> Als Eltern möchten Sie Ihren Kindern alle Möglichkeiten eröffnen, im Leben Erfolg zu haben. Sie wissen aus persönlicher Erfahrung, dass es in der Berufswelt härter zugeht als früher. Die beste Vorbereitung besteht in einer Ausbildung, die erstklassige Qualifikationen bietet. Wer Schule und Studium mit sehr gutem Ergebnis absolviert, hat vielversprechende Aussichten auf einen dauerhaft interessanten und sicheren Arbeitsplatz. Das Konzept unseres Internates qualifiziert die Waldensteiner Schülerinnen und Schüler in besonderem Maße für die Herausforderungen der Zukunft. Die Klassen haben höchstens 18 Schülerinnen und Schüler. So kann eine jede, ein jeder individuell gefördert werden. Nach nur zwölf Schuljahren bestehen die Jugendlichen das Abitur auf hohem Leistungsniveau. Unser Konzept ist sehr gefragt. Bei der Auswahl unserer Schützlinge achten wir darauf, dass die Schülerinnen und Schüler dem Leistungsprinzip positiv gegenüberstehen. Auch ihre Interessen und ihre Persönlichkeit schauen wir uns genau an. Denn wir legen Wert darauf, verantwortliche und mündige Menschen heranzuziehen.

Irgendwo muss dieses pädagogische Konzept erhebliche Mängel haben, dachte ich. Das Töten von Gleichaltrigen war immerhin nicht ausdrücklich vorgesehen.

Die Gebühr, welche die Eltern für das Internat aufbringen mussten, hatte es in sich: Sie lag pro Monat bei 2.400 Euro. Aber es gab auch Stipendien für begabte Kinder, die dummerweise im Prekariat aufwuchsen.

Es wurde Zeit zu tippen.

Zwei Stunden später lehnte ich mich zufrieden zurück.

AMOKLAUF IM SCHLOSSINTERNAT:
16 TOTE SCHÜLERINNEN UND SCHÜLER

Noch liegt vieles im Dunkeln, noch stehen alle unter einem schweren Schock. Was geschah am Morgen im Nobelinternat Schloss Waldenstein? Fest steht, dass die Lehrerin Lara Lindenthal (36) in den frühen Morgenstunden eine SMS mit den beiden Worten *Keusche Braut* an den Internatsleiter Dr. Lerchenmüller geschickt hat – dem Codewort für eine Bedrohungslage. Der Direktor handelte sofort und sorgte dafür, dass die Schule geräumt wurde.

Nur der Deutschkurs, den ein 18-jähriger Schüler mit einer Maschinenpistole bedrohte, blieb zurück. Was ging in dem Schulraum vor sich? Der Direktor informierte die Polizei. Die zog alle verfügbaren Kräfte zusammen und riegelte die Schule ab. Es gelang jedoch nicht, Kontakt zu dem Geiselnehmer aufzunehmen. Gegen Mittag eskalierte die Situation: Plötzlich fielen unzählige Schüsse. Glas splitterte. Die Spezialkräfte der Polizei stürmten das Schloss. Zu spät: Alle Schülerinnen und Schüler der betroffenen Klasse waren entweder sofort tot oder erlagen binnen weniger Minuten ihren Schusswunden. Der Täter richtete sich selbst. Nur die Lehrerin hat überlebt. Sie ist schwer verletzt und nicht vernehmungsfähig.

Jansen las den Artikel.

»Eigentlich ist der Begriff ›Amok‹ hier fehl am Platz«, bemerkte er. »Der Täter hat sich die Waffe ja wohl vorher besorgt und die Sache vermutlich geplant. Amok ist immer etwas Spontanes. Dass einer von einer Sekunde zur anderen ausrastet und tötet. Das, was wir Journalisten ›Amoklauf an Schulen‹ nennen, ist geplanter Massenmord.«

»Stimmt schon«, räumte ich ein. »Aber es hat sich nun mal so eingeschliffen. Sogar im Polizeibericht ist oft von ›Amoklauf‹ die Rede.«

»Es kann ja stehen bleiben, Grappa. Ich wollte nur meinem Ruf als Sprachästhet gerecht werden«, lächelte er. »Das

Ergebnis ist eh dasselbe. Sechzehn tote junge Menschen. Und das ist schlimm.«

Im Gegenzug bat er mich, seinen Bericht über das Bierstädter Haushaltsloch zu lesen. Die Stadt war pleite, für alle Bereiche wurden Einsparungen angekündigt und der Regierungspräsident drohte mit dem Einsatz eines Zwangsverwalters.

»Wer haftet eigentlich, wenn eine Stadt pleitegeht?«

»Letztendlich der Steuerzahler, Grappa – also wir alle.«

Auf dem Weg nach Hause fuhr ich noch einmal an der Bäckerei Schmitz vorbei. Es hatte sich nichts verändert – die Tür war geschlossen und das Polizeisiegel klebte unversehrt auf dem Rahmen. Ich versuchte erneut, die Pressestelle der Polizei zu erreichen. Niemand hatte Zeit, sich zu kümmern. In meiner Not wählte ich Kleists Handynummer. Er hörte sich meine Bitte geduldig an und versprach, mich zurückzurufen.

»Gibt es etwas Neues in der Amoksache?«, fragte ich dann noch. »Und jetzt bitte keinen Hinweis auf euren Dienstweg.«

»Wir konnten kurz mit der Lehrerin reden. Der Täter ist ein achtzehnjähriger Schüler, ausgerechnet einer der Schulsprecher. Er soll seine Tat im Internet angekündigt haben. Angeblich gibt es ein Video. Aber das müssen wir noch überprüfen.«

»Oh, danke!«, meinte ich. »Das ist wirklich neu.«

»Ich kümmere mich jetzt um deine Bäckerin«, kündigte Kleist an. »Und danach trinken wir ein Glas zusammen. Einverstanden?«

Zehn Minuten später wusste ich Bescheid: Anneliese Schmitz war am Morgen in ihrer Bäckerei überfallen worden. Von Jugendlichen.

»Zuerst haben sie Brötchen verlangt, wollten sie aber nicht bezahlen. Als Frau Schmitz drohte, die Polizei zu rufen, verwüsteten sie den Laden und schlugen Frau Schmitz nieder.«

»Ist sie schwer verletzt?«

»Nur Platzwunden. Und vielleicht eine Gehirnerschütterung. Sie ist zur Beobachtung ins Krankenhaus gebracht worden.«

»Habt ihr die Täter geschnappt?«

»Nein. Aber es gibt eine Täterbeschreibung. Reden konnte Frau Schmitz nach dem Überfall noch.«

Ich lachte erleichtert auf. »Das wär auch schrecklich, wenn sie verstummen würde. Ich besuche sie morgen.«

Kleist nannte mir den Namen der Klinik und unterbrach das Gespräch dann plötzlich. Im Hintergrund hörte ich Stimmen.

»Maria«, sagte Kleist ernst. »Ich muss Schluss machen. Aus unserem Treffen wird nichts. Der Vater des Täters ist eingetroffen. Ich muss mit ihm reden.«

Als ich zu Hause Kleists Auto in meinem zweiten Carport stehen sah, machte mein Herz einen kleinen Hüpfer. Aber dann wurde mir klar, dass er am Morgen abgeholt worden war. Wenn seine Kollegen ihn hier mit dem Hubschrauber aufgenommen hatten, hatte die Nachbarschaft ja was zu gucken gehabt.

Ich zog die Schuhe aus, warf einen Blick in den Abschminkspiegel des Gästeklos und inspizierte dann die Küche. Kleist hatte aufgegessen, aber nicht aufgeräumt. Die Teller standen auf dem Tisch und die Pfanne enthielt noch das Fett von der Spiegelei-Braterei. Ich räumte alles weg. Immerhin hatte Kleist den Käse in den Kühlschrank zurückgelegt.

Als ich die Tür des Kühlschranks öffnete, fiel mir das Rinderfilet ins Auge, das wir eigentlich am Abend hatten zubereiten wollen. Ich nahm es heraus und wetzte mein schärfstes Messer, um extreme Schärfe zu erreichen. Dann schnitt ich hauchdünne Scheiben und arrangierte sie in Kreisen auf einem großen Teller. Die Vinaigrette war schnell gemacht. Olivenöl und der Saft einer Zitrone. Aus dem Garten noch einige Blätter Salbei und königliches Basilikum. Den Parmesan dreimal über die Reibe und schon war das herrlichste Carpaccio fertig. Ein Glas Weißen dazu – so konnte ich mich am Rechner niederlassen.

Wo findet man Videos? Bei *Youtube.com.* Bis tief in die Nacht durchforstete ich das Portal nach einem Video, das eine Amoktat in dem Internat ankündigen sollte. Ich tippte den Begriff *Schloss Waldenstein* in die Suchfunktion ein und stieß auf Filme, die Schülerinnen und Schüler beim Ausritt zeigten, beim Kunstunterricht und auf einer Klassenfahrt. Aber kein Video, in dem ein Schüler seine Mordtat ankündigte. Vielleicht wählte ich die falschen Begriffe. Oder das Portal war falsch gewählt. In *schülerVZ,* das Online-Netzwerk für junge Leute, kam ich nicht rein. Ich war nicht registriert und zur Registrierung fehlte mir das Empfehlungsschreiben eines anderen *schülerVZ*-Nutzers.

Ich war müde. Die Bilder verschwammen vor meinen Augen. Mein kühles, einsames Bett wartete.

Bildungsurlaub

Am Morgen hatte ich das untrügliche Gefühl, am Abend zuvor etwas Wichtiges vergessen zu haben. Ich ließ das Gespräch mit Kleist noch einmal Revue passieren und putschte mich dabei mit einem extrastarken Espresso auf. Der Hauptkommissar würde inzwischen mit dem Vater des Täters gesprochen haben. Aber er würde mir sicherlich nicht erzählen, was die Vernehmung ergeben hatte.

Ich sah mir noch einmal die Homepage von Schloss Waldenstein an. Die Lehrerseiten hatte ich mir bereits alle angeguckt, jetzt überprüfte ich die Seiten, auf denen einzelne Schülerinnen und Schüler zu Wort kamen. Manche beschrieben den Schulalltag in euphorischen Worten, lobten die Lehrer die zahlreichen Aktivitäten und das angenehme Miteinander. Alles diente natürlich dem Ziel, ein leistungsstarker und gesellschaftlich kompatibler Mensch zu werden.

Ich geriet auf die Präsentation der Schülervertretungen. Da wusste ich plötzlich, was mir durchgegangen war. Kleist hatte erwähnt, dass der Täter Schulsprecher gewesen war. Von dem Foto strahlten mir zwei junge Menschen entgegen. Ich las die Bildunterschrift: *Unsere beiden Schulsprecher Patrick Sello und Caroline von Fuchs, Klasse 11.*

Patrick Sello war ein außergewöhnlich gut aussehender junger Mann. Er hatte den leicht arroganten Blick, den die Menschen haben, die auf der Sonnenseite des Lebens geboren werden. Caroline von Fuchs stand ihrem Mitstreiter in nichts nach. Eine junge Frau mit offenem Lachen und glänzenden grünen Augen. Sie trug ihr hellblondes Haar wie eine Ballerina zu einem konservativen Knoten gebunden.

Ich ließ das Foto auf mich wirken. Blickte ich in die Gesichter von Toten? Oder gab es auf dem Internat mehrere elfte Klassen? War dieser Patrick Sello der Amokläufer?

Ich googelte den Namen *Sello.* Er war bekannt und weit verbreitet. Die Sello-Sippe bestand aus einer großen Anzahl von Gärtnern – die meisten im Dienste des preußischen Königs. Aber es gab auch Sellos, die keinen interessanten historischen Hintergrund hatten. Das brachte mich nicht weiter.

Ich öffnete die Trickkiste meines journalistischen Daseins. Darin befanden sich einige erfolgreiche Bluffs.

Ja, so würde es gehen, beendete ich meinen Denkprozess. Aber nicht mit Kleist – der würde mich sofort durchschauen.

Ich verdrängte den Gedanken an unseriöse journalistische Praktiken und wählte die Nummer des Oberstaatsanwaltes Abel Ritter. Er ging sogar selbst ans Telefon.

»Hallo, hier Grappa vom *Tageblatt.* Ich brauche mal Ihren fachmännischen Rat, Herr Ritter.«

Ich war gespannt, ob er mir auf den Leim gehen würde.

»Bei uns in der Redaktion hat gerade ein Herr Sello angerufen«, plapperte ich weiter. »Er ist der Vater eines Schülers auf Schloss Waldenstein. Er hat so merkwürdige Andeutungen gemacht, die ich nicht verstanden habe.«

»Was für Andeutungen?«, fragte Ritter.

»Dass sein Sohn Patrick unschuldig sei. Dass er niemals Selbstmord begehen würde ... Es schien fast so, als sei dieser Sello der Vater des Amokläufers. Der Mann war jedenfalls schrecklich aufgeregt.«

»Und welchen Rat wollen Sie von mir?«

Ich schluckte. »Ich wollte nur wissen, ob ich Ihre Ermittlungen in irgendeiner Weise gefährde, wenn ich den Namen Patrick Sello erwähne – als den des mutmaßlichen Täters?«

»Seit wann lassen Sie sich von der Staatsanwaltschaft raten, was Sie zu schreiben haben?«, wunderte sich der Chefermittler. »Aber wenn Sie es schon mal tun, dann kürzen Sie bitte den Nachnamen ab. Um die Angehörigen zu schützen. Die haben es zurzeit nicht gerade leicht.«

Ich bedankte mich und legte den Hörer auf – grinsend. Patrick Sello, so hieß also der Täter!

Ich rief Jansen an und informierte ihn, dass ich erst später in die Redaktion kommen würde. Als er den Grund dafür erfuhr, meinte er: »Irgendwo ganz tief in dir, Grappa, bist du ja doch auch menschlich.«

»Bist du dir da sicher?«, fragte ich. »Ich fühl mich grad gar nicht so. Ich hab nämlich den Staatsanwalt übel belogen und voll reingelegt.«

Ich gab ihm einen Kurzbericht.

»Das muss der Ritter wegstecken, falls er überhaupt dahinterkommt«, tröstete mich mein Chef. »Vierzig Zeilen auf der Eins?«

Anneliese Schmitz saß hoch aufgerichtet in ihrem Krankenbett, trug eine weiße Wolljacke und hielt das *Bierstädter Tageblatt* in den Händen. Ihre linke Wange zierte ein Riss, der mit den schmalen Pflasterstreifen überklebt war, die man aus Fernsehkrimis kennt. Als sie mich sah, leuchteten ihre Augen auf. Gleichzeitig bildete sich auch eine Unmutsfalte auf ihrer Stirn.

»Wie isses?«, begann ich forsch.

»Muss«, erwiderte sie mit kräftiger Stimme, aber eher knurrend. Auf die Gegenfrage: »Und selbst?«, wartete ich vergebens.

»Ich habe mir Sorgen gemacht, Frau Schmitz. Ihr Laden war geschlossen und man konnte die Unordnung sehen. Und es klebte ein Polizeisiegel an der Tür.«

»Von Ihren Sorgen habe ich in Ihrer Zeitung aber nichts gelesen, Frau Grappa.«

Oh. Sie hatte ihren Namen im Blatt gesucht und nicht gefunden. Auf die Idee, den Überfall auf die Bäckerei in die Zeitung zu bringen, war ich gar nicht gekommen.

»Wir hatten gar keine Informationen über das Geschehene, da konnten wir auch nichts schreiben«, redete ich mich heraus, »und dann die ganze Aufregung wegen der Sache in der Schule. Aber nun können Sie mir ja alles höchstpersönlich erzählen. Wir bringen dann morgen einen Bericht.«

Ich zog den Block aus meiner Tasche und das Glas mit den Rollmöpsen, das ich unterwegs gekauft hatte.

Ich gab es ihr mit den Worten: »Frau Schmitz, Sie backen immer diese leckeren Mandelhörnchen. Aber ich denke, mit denen von der Konkurrenz hätte ich Ihnen keinen Gefallen getan. Darum habe ich Ihnen das Kontrastprogramm mitgebracht.«

Sie nahm die Konserve gnädig entgegen. Ihre Stimmung hob sich sichtlich.

Eigentlich hatte ich sie nur besuchen wollen, aber nun musste ich arbeiten.

»Erzählen Sie doch mal«, begann ich das Interview.

Und die Bäckersfrau erzählte und genoss es, selbst Bestandteil eines Kriminalfalls geworden zu sein. Auch wenn es sich nur um räuberische Erpressung handelte und das erpresste Gut fertig geschmierte Brötchen waren.

»Sie hätten sich nicht wehren sollen«, gab ich zu bedenken. »Es hätte viel schlimmer für Sie ausgehen können. Es sind schon Leute für weniger umgebracht worden.«

»Nee, Frau Grappa!« Frau Schmitz schüttelte energisch den Kopf. »Ich kann mich doch nicht von dummen Blagen rumschubsen lassen. So weit kommt das noch. Sie sehen ja, was dabei rauskommt, wenn die nicht früh genug was zwischen die Hörner kriegen.«

Sie deutete auf meinen Artikel über das Drama in dem Internat.

»Frau Schmitz, ich muss dann mal.«

»Und Sie schreiben wirklich über mich?« Ihre Augen blitzten.

»Ja. Aber nur kurz. Wir haben sechzehn tote Teenies.«

»Schon klar, Frau Grappa, dass ich mit meinen Brötchen da nicht gegen anstinken kann.«

»Danke für Ihr Verständnis. Wann kommen Sie denn hier wieder raus?«

»Das erfahr ich heute Nachmittag.«

Ich stand auf. »Dann gute Besserung. Ich fühl mich ganz komisch ohne Ihre Mandelhörnchen.«

»Nicht, dass Se noch krank werden.«

»Ich halt grad noch so durch«, lächelte ich.

»Schönen Tach auch!«, rief sie mir hinterher.

In der Redaktion herrschte Trubel. Ich war mit meinen Gedanken bei den toten jungen Menschen und einer verletzten Bäckerin. Deshalb begriff ich nicht gleich, was eigentlich los war.

Ich setzte mich an den PC und hörte erst mal zu, was im Großraumbüro gesprochen wurde. Nach ein paar Minuten hatte ich herausbekommen, wer sich in der heißen Diskussion gegenüberstand. Mein Chef Peter Jansen stritt sich mit der Kollegin Wurbel-Simonis. Aber um was es genau ging, erschloss sich mir immer noch nicht.

Sekretärin Stella klärte mich auf. »Der Chef hat ihr den Bildungsurlaub gestrichen«, raunte sie mir zu.

»Wieso will die sich denn weiterbilden?«, fragte ich. »Die tut doch immer so, als hätte sie die Weisheit mit Löffeln gefressen.«

»Hat er ihr auch so ähnlich gesagt.«

»Ich bestehe auf meinem Recht nach dem Bildungsurlaubsgesetz«, kreischte Wurbelchen. Ihre Stimme war kurz vorm Umkippen.

»Ich hab Ihnen alles gesagt, was ich dazu zu sagen habe«, meinte Jansen ärgerlich. Sein Teint war rot gefleckt und der Ton scharf.

»Die anderen bekommen auch immer, was sie wollen, Herr Jansen!« Ihr Blick suchte und fand mich. »Wenn die Grappa irgendwas will, kriegt sie es sofort.«

»Ich hab noch nie Bildungsurlaub gemacht«, widersprach ich.

»Das merkt man Ihren Artikeln an«, zickte sie.

Ich zuckte die Schultern.

»Sie haben mich noch nie leiden können, Herr Jansen«, krakeelte die Kulturtussi weiter. »Ich habe das Seminar jedenfalls schon gebucht. Ich werde mich beim Betriebsrat über Sie beschweren.«

»Tun Sie, was Sie nicht lassen können.« Jansen wandte sich der Tür zu. »Meine Entscheidung ist gefallen. Und jetzt ist dieses Gespräch beendet, Frau Dr. Wurbel-Simonis. Ihr Termin im Opernhaus zur Vorstellung des neuen Jugendorchesters läuft im Übrigen schon seit zehn Minuten.«

»Ich melde mich ab und suche meinen Arzt auf«, schnaubte sie, warf den dauergewellten Kopf in den Nacken und zog ab.

»Auch gut«, rief ihr Jansen nach. »Dann fällt Ihr Bericht über das Orchester eben aus. Immerhin haben wir sechzehn tote Kinder in der Stadt.«

Auch er verschwand.

»So kenne ich das Wurbelchen gar nicht«, kommentierte ich das Geschehen. »Zu was für einem Seminar wollte sie denn?«

Stella überlegte. »Frauen in der Lebensmitte – zwischen Schicksal und Entschlackung – oder so ähnlich.«

»Jetzt kapier ich, warum Peter so reagiert hat«, lachte ich. »Esoterik ist ein rotes Tuch für ihn.«

»Sie hat mir einen Prospekt gegeben. Guck mal, Grappa!« Stella reichte mir einen Hochglanzprospekt. »Es heißt *Esoterik-Hotel ›Kleine Fluchten‹* und alles ist auf Feng-Shui ausgerichtet. Igitt! Ich könnte nicht den ganzen Tag rohen Fisch essen.«

Ich blätterte und las vor: »*Laotse sagt: ›Was krumm ist, wird gerade werden.‹ Unser Hotel ist streng nach ökologischen Richtlinien erbaut, alle verwendeten Baustoffe sind frei von Giften und Chemikalien. Wir haben uns bei dem Konzept für unser Hotel von Feng-Shui leiten lassen. Die Zimmer heißen Erde, Wasser, Sonne und Himmel. In jedem Zimmer befindet sich eine kleine CD-Sammlung mit esoterischer Bambusflötenmusik.* – Von rohem Fisch steht da aber nichts.«

»Du hast Feng-Shui mit Sushi verwechselt«, mischte sich Simon Harras ein, der Sportkollege. »Aber macht nichts, ist beides Oberquatsch. Meine Tante war mal auf so einem Seminar. Kollektives Weinen, orgiastische Atemübungen für die Lockerung des Unterbauchs und Nacktmeditation am Kamin. Geh da bloß nicht hin, Grappa. Du bist schon komisch genug.«

»Keine Sorge! Es geht nicht um mich. Die Wurbel will dahin und Jansen hat ihr den Kurs nicht als Bildungsurlaub genehmigt. Deshalb das Theater eben«, klärte ich ihn auf.

»Gut so. Die Wurbel hat jeden Morgen Panikattacken. Hat sie mir selbst erzählt.« Harras strich sich über den mächtigen Bauch, über dem sich ein selbst gestrickter Pullover in wilden Farben spannte.

»Sie sollte einfach mal ihren Spiegel verhängen«, grinste ich. »So als vorläufige Maßnahme.«

»Grappa! Du bist ein echtes Biest! Du lässt auch keinen Gag aus, wenn es um die Wurbel geht.« Seine Empörung war allerdings nur gespielt.

Ich wollte das Video finden. Immerhin verfügte ich ja jetzt über mehr Informationen als in der Nacht – ich kannte den Namen des Täters.

Zuerst aber las ich die Online-Zeitungen der Konkurrenz und war zufrieden: Niemand wusste mehr als ich. Alle hatten sie den vollen Namen der verletzten Lehrerin gebracht, aber niemand war bis zu ihr vorgedrungen.

Ich loggte mich erneut bei *Youtube* ein. Tippte: *Patrick Sello.* Antwort: *Keine Videos zu* Patrick Sello *gefunden.* Ich machte mit *Sello Amok* weiter. Antwort: *Keine Videos zu* Sello Amok *gefunden.*

Ich versuchte weitere Wortkombinationen. Ich fand zwar einiges zu *Patrick*, zu *Sello* und jede Menge zum Thema *Amoklauf*, aber nichts passte.

Ob die Kripo bei ihrer Recherche weitergekommen war? Sollte ich Kleist anrufen?

Nein, dachte ich, ich schaffe das allein.

Aber wie?

Mein Telefon klingelte. Es war Jansen. Er bat mich in sein Büro.

»Sag mal, Grappa«, begann er, als ich mich auf den Stuhl vor seinem Schreibtisch gesetzt hatte. »Behandle ich die Wurbel wirklich schlechter als dich?«

»Na jaaa«, dehnte ich, um Zeit zu gewinnen. »Wir zwei haben halt einen besseren Draht zueinander. Aber so ist das im Leben. Man kann nicht alle Menschen mögen.«

Jansen hüstelte. Die Auseinandersetzung mit Wurbelchen saß ihm offenbar in den Knochen. »Ich bin euer Vorgesetzter und bemühe mich, alle gleich fair zu behandeln. Schade, dass mir das nicht zu gelingen scheint.«

»Ach, komm!« Ich lächelte ihn aufmunternd an. »Das Leben ist kein Ponyhof.«

»Blöder Spruch, Grappa! Wieso sollte das Leben auf einem Ponyhof erstrebenswert sein?«

»Keine Ahnung«, räumte ich ein. »Irgendeiner erfindet einen Spruch und alle plappern ihn nach – ohne groß nachzudenken. Aber um auf deine Einstiegsfrage zurückzukommen: Du behandelst die Wurbel nicht schlecht, nur leicht distanziert. Das merkt sie natürlich. Ihr solltet vielleicht mal zusammen einen trinken gehen.«

»Gott bewahre!«, rief er. »Dann will sie womöglich noch mit mir kuscheln.«

»Bestimmt nicht. Lass ihr doch einfach das Seminar. Oder bringst du das nicht?«

»Ich überlege es mir, Grappa-Baby«, antwortete er. »Wenn sie allerdings den Betriebsrat einschaltet, kann sie mich mal.«

»Warte es ab. Ich geh jetzt schreiben. Ich brauche noch zwanzig Zeilen zusätzlich. Für eine Meldung über Anneliese Schmitz. Sie ist überfallen worden.«

In meinem Zimmer fiel mein Blick aufs Handy.

Ich hatte eine SMS empfangen. Absender: Friedemann Kleist. *Bitte um Anruf.* Aber gerne!

Er meldete sich und fragte sofort: »Woher kennst du den Namen des Täters?« Sein Ton war nicht besonders freundlich.

»Informantenschutz«, entgegnete ich.

»Maria! Komm mir nicht so!«

»Ich mache meine Arbeit und du deine. Eine freie Presse als vierte Gewalt im Staat, Kontrollorgan der Mächtigen.«

»Bla, bla.«

»Woher weißt du das eigentlich?«

»Von Ritter. Angeblich hat Herr Sello dich angerufen. Ich muss dir ja nicht sagen, dass das eine Lüge ist! Der Mann saß fast die ganze Nacht in meinem Büro. Völlig verzweifelt darüber, was sein Sohn gemacht haben soll.«

»Ich würde gern mal mit ihm reden. In welchem Hotel ist er abgestiegen?«

»Du bist reichlich unverschämt«, konstatierte Kleist.

»So würde ich das nicht nennen«, widersprach ich. »Ich arbeite nur gern erfolgsorientiert. Wie du auch.«

Er knallte den Hörer auf, dass es nur so schepperte.

Irgendwie sind Polizeireporter und Kriminalisten geborene Feinde, dachte ich – nicht zum ersten Mal. Und wenn beide auch noch ehrgeizig sind, geht es gar nicht. Ein gewisses Bedauern stieg in mir auf, aber ich drängte das Gefühl zurück. Nur nicht schwächeln, Grappa!

Nichtsdestotrotz musste ich an Vater Sello heran. Ich bat Pöppelbaum, zum Schloss zu fahren und dort die Augen offen zu halten. »Mach unbemerkt Fotos von den Leuten, die sich dort herumtreiben«, sagte ich. »Aber sei dezent. Es sind bestimmt Angehörige der Opfer dort.«

»Dezent ist mein zweiter Vorname, Grappa!«, erwiderte der Bluthund ernst. »Kannst dich auf mich verlassen.«

Ich fuhr den PC hoch, um endlich die zwanzig Zeilen über den Überfall auf die Bäckerin zu tippen. Kaum hatte ich die ersten Worte in die Tasten gehauen, als mein Handy klingelte. Kleist? Die Nummer war unterdrückt.

»Hier Brinkhoff«, hörte ich. »Warum ist der Bäckerladen geschlossen?«

Ich erzählte ihm, was passiert war. Er war entsetzt und kündigte an, Anneliese Schmitz zu besuchen.

Guter alter Brinkhoff! Jahrelang war er der Hauptkommissar gewesen. Nun war er im Ruhestand.

»Wie geht es denn sonst so, Frau Grappa?«, wollte er wissen.

»Ich sehne mich nach den Zeiten zurück, als Sie Chef der Mordkommission waren. Ihr Nachfolger ist manchmal etwas spröde.«

»Wir hatten aber auch jede Menge Stress miteinander«, erinnerte sich Anton Brinkhoff.

»Stimmt. Aber die Zeit verklärt alles. Was treiben Sie so?«

»Ich bin erst seit drei Tagen zurück in Bierstadt. Ich war in Bayern wandern mit ehemaligen Kollegen. Hätte ich mir schenken können.«

»Warum das?«

»Immer nur über die alten Zeiten reden, ist schnell öde«, berichtete er. »Besonders, wenn in der Rückschau die jeweiligen Heldentaten immer bombastischer werden. Und Sie sind an der Internatsgeschichte dran?«

»Ja. Eine furchtbare Sache. Und es geht nur schleppend weiter. Aber ... vielleicht könnten Sie mir helfen.« Mir war eine Idee gekommen. »Der Vater des mutmaßlichen Täters ist in der Stadt. Ich würde gern wissen, in welchem Hotel er untergebracht worden ist. Haben Sie noch Verbindung zu Ihrer früheren Sekretärin? Die hat doch immer die Zimmerbuchungen vorgenommen.«

»Frau Schönwald, ja. Ich kann es mal versuchen. Oder verstoße ich jetzt gegen eine Anweisung meines verehrten Nachfolgers Dr. Kleist?«

»Der hat mir keine Anweisungen zu geben. Und Ihnen auch nicht. Wäre echt toll, wenn Sie mir helfen könnten, Herr Brinkhoff. Ich werde über den Mann natürlich nur schreiben, wenn er damit einverstanden ist – das verspreche ich.«

»Ich melde mich.«

Die nächste halbe Stunde beschäftigte ich mich mit der Verrohung der Jugend, mangelnder Herzensbildung und forderte ein schnelles Umdenken in der Pädagogik.

Was als kleiner Überfall auf eine rechtschaffene Bäckerin beginnt, kann als Amoklauf mit sechzehn Toten in einem Internat enden, schrieb ich.

Peter Jansen lud mich zum Essen ein. Er zweifelte noch immer an seinen Führungsqualitäten. Ich versuchte erst gar nicht, ihm das auszureden, sondern genoss es zu schlemmen, ohne bezahlen zu müssen.

Brinkhoffs Nachricht lag auf meinem Schreibtisch, Sarah hatte sie notiert. Es standen nur zwei Worte auf dem gelben Zettel: *Römischer Kaiser.*

Ich jubelte und klingelte den Bluthund an. Er war auf dem Weg zurück in die Redaktion.

»Ich habe einige Fotos im Kasten«, berichtete er. »Viel war allerdings nicht zu holen. Natürlich jede Menge Bullen. Ans Gebäude bin ich nicht rangekommen, die Spusi arbeitet immer noch auf Hochtouren. Ich bin danach noch zum Rechtsmedizinischen Institut gefahren. Die fahren zurzeit ein Drei-Schicht-System. Ist das nicht grausig?«

Ja, das war es. Ich verjagte die Bilder, die vor meinen Augen aufkamen.

»Ich hab Kontakt zum Vater des Täters«, erzählte ich. »Na ja, jedenfalls fast. Ich weiß, in welchem Hotel er logiert. Wir besuchen ihn heute Abend.«

»Weiß er das?«, fragte Pöppelbaum.

»Nein. Aber das klappt schon irgendwie.«

»Klar, Grappa.«

Eine halbe Stunde später sichteten wir die Fotos, die Pöppelbaum vor dem Internat gemacht hatte. Hunderte von kleinen Grablichtern brannten auf dem Schulhof. Daneben lagen Blumen und ich sah Banner mit Aufschriften wie: *Warum?* Und: *Wir denken an Euch!*

Pöppelbaum wurde müde, die Maus zu bedienen, und stellte auf Diashow. Die Fotos blätterten sich nun in kurzen Abständen automatisch auf.

»Halt!« In meinem Kopf hatte sich etwas festgesetzt. »Kannst du mal rückwärts klicken?«

Der Bluthund konnte – und zwei Fotos zurück sah ich das Bild, das in meinem Unterbewusstsein die Irritation ausgelöst hatte. Es zeigte eine Gruppe von Schülerinnen und Schülern, die auf dem Schulhof standen und offensichtlich in eine Diskussion verwickelt waren. Mit dabei ein katholischer Geistlicher im Habit eines Mönches. Ein Mädchen fiel mir auf. Ich holte das ausgedruckte Foto, das die beiden Schulsprecher zeigte, verglich und war mir sicher: Das Mädchen neben dem Geistlichen, das Pöppelbaum vor einigen Stunden fotografiert hatte, war Caroline von Fuchs. Ich musste mich an diese Caroline hängen. Und zwar so bald wie möglich. Sie lebte – und das allein war schon eine Sensation.

»Dieses Mädchen hier ist die Schulsprecherin«, sagte ich und deutete auf das Foto.

Pöppelbaum nickte. »Das habe ich auch bemerkt.«

»Ich muss an sie ran«, meinte ich entschlossen. »Sie kennt die toten Schüler und vielleicht auch die näheren Umstände. Uns fehlt das Fleisch an der Geschichte, verstehst du?«

»Klar, Grappa«, nickte der Bluthund. »Du willst Emotionen pur. Die Fakten reichen dir nicht. Kann ich verstehen. Aber – erhoffe dir nicht zu viel.«

»Wieso?« Ich verstand nicht.

»Dieses Mädchen hat allen anderen Journalisten, die sich dort rumtrieben, die kalte Schulter gezeigt. Und ihren Mitschülern geraten, nicht mit den Medien zu reden. Und die Jungs und Mädels haben gekuscht.«

»Nicht, wenn Grappa kommt!«, gab ich an. »Ich hab noch jeden zum Sprechen gebracht. Früher oder später.«

»Außer denen, die dir eben nichts gesagt haben«, grinste Wayne.

»Ach ja? Gibt es die denn?«, muffelte ich.

»Wenn ich mal Zeit habe mach ich dir eine Liste«, versprach er.

»Ich werde dafür sorgen, dass du keine Zeit hast.«

»Trotzdem wirst du dir bei ihr eine blutige Nase holen, ich hab dir nämlich was mitgebracht«, tönte der Knipser geheimnisvoll und zog ein Blatt Papier hervor.

Es war eine Art Flugblatt, überschrieben *An die Damen und Herren Journalisten*. Ich überflog es.

Es enthielt die Bitte, dass die Journalisten die Betroffenheit und Trauer der Schüler und Schülerinnen respektieren möchten und davon absehen sollten, die jungen Leute um Stellungnahmen anzugehen. Den Schülern wurde empfohlen, auf Fragen nicht einzugehen und sich wortlos zu entfernen, wenn sie angesprochen wurden. Unterzeichnet war der Schrieb mit *Für den Schülerrat: Caroline von Fuchs, Schulsprecherin*.

Ich seufzte. Wer sich so gegen Kontakte mit Journalisten aussprach, würde wohl kaum auf mich eingehen. Caroline musste warten.

Pöppelbaum und ich bezogen Beobachtungsposten im Foyer des Hotels. Dem Mann an der Rezeption hatten wir erzählt, dass wir mit einem Gast verabredet seien. Wir setzten uns so, dass wir den Eingang im Auge hatten.

»Ich komm mir vor wie ein Geier, der auf seine Beute wartet«, gab ich meinem flauen Gefühl Ausdruck. »Und die Beute hat keine Ahnung, dass auf sie gewartet wird. Und sie ist völlig verzweifelt und traurig.«

»Grappa!« Pöppelbaum schaute mich empört an. »Wessen Idee war es denn, dem Vater im Hotel aufzulauern?«

»Auflauern? Nun mach mal halblang!«

»Was willst du nur?«, seufzte der Fotograf. »Eine Exklusivgeschichte oder nicht?«

»Natürlich will ich die Story. Aber wenn Sello nicht mit uns reden will, verschwinden wir sofort. Wir sind schließlich kein billiges Boulevardmagazin!«

»Genau! Wir doch nicht, Grappa!«

In diesem Augenblick beobachtete ich durch die Glastür des Hotels, wie ein Wagen vorfuhr, dessen Fahrer mir bekannt vorkam. Ich duckte mich. Kleist brachte höchstpersönlich einen Gast zum Hotel. Welch noble Geste. Das konnte nur Sello sein.

»Alarm!« Auch der Bluthund hatte die Szene verfolgt.

»Bleib ruhig«, flüsterte ich. »Wird schon nichts passieren.«

Ich behielt recht.

Kleist und der Fremde verabschiedeten sich voneinander. Der Mann betrat das Hotel.

Er war genauso attraktiv wie sein toter Sohn – nur ein paar Jahrzehnte älter. Ich verspürte das Bedürfnis, mein Make-up aufzufrischen, doch es war zu spät.

Er fragte nach seinem Schlüssel. Seine Stimme war leise und angenehm. Der Schlüssel wurde ihm gereicht, er ging zum Aufzug und wartete.

»Also los!« Ich stand auf und ging zu dem Mann.

»Herr Sello?«

»Ja, bitte?«

Bingo. Er war es.

Ich blickte in müde dunkle Augen.

»Mein Name ist Grappa. Maria Grappa. Ich bin Reporterin der örtlichen Zeitung.«

»Presse?« Er machte eine abwehrende Handbewegung. »Ich habe kein Interesse an Medienkontakten. Mein Sohn hat diese schreckliche Tat nicht begangen. Die Lehrerin lügt.«

Schön, dachte ich, wir sind ja schon mitten im Gespräch.

»Ich möchte Ihnen die Gelegenheit geben, Ihre Meinung zu äußern. Erzählen Sie mir, warum Sie glauben, dass Patrick unschuldig ist. Erzählen Sie mir, was er für ein Junge war. Ich werde nur das schreiben, was Sie mir sagen.«

»Ich habe heute meinen Sohn in der Gerichtsmedizin identifiziert. Auch andere Eltern waren da. Sie hätten mich fast gelyncht.«

»Wollen wir nicht woanders weitersprechen?«, fragte ich.

Sello schaute mich prüfend an.

In dem Moment schlenderte Pöppelbaum heran.

»Mein Fotograf«, erklärte ich. »Aber wirklich nur, wenn Sie gestatten.«

»Will ich nicht«, sagte Sello. »Keine Fotos. Auf keinen Fall.«

Pöppelbaum nickte verstehend, hob eine Hand zum Gruß und trollte sich.

»Gibt es hier ein ruhiges Eckchen?«, fragte ich.

»Wir können uns ins Café nebenan setzen.«

Sello ging voran. Die Frauen, die hier Kaffeeklatsch hielten, musterten ihn wohlwollend. Doch er erwiderte keinen der Blicke. Wo war wohl die Mutter des toten Jungen? Waren die beiden verheiratet?

Wir bestellten zwei Kännchen Kaffee und einen Cognac für Sello.

»Zunächst einmal mein herzliches Beileid«, begann ich. »Haben Sie irgendeine Ahnung, was in Ihrem Sohn vorgegangen sein könnte, dass er so eine Tat begehen konnte?«

»Ich glaube nicht, dass mein Sohn das wirklich getan hat«, entgegnete Sello fast trotzig. »Ich kenne Patrick als liebenswerten und sanften Menschen. Warum hätte er seine Mitschüler erschießen sollen?«

»Aber die Lehrerin hat ihn als Täter genannt!«

»Diese Frau Lindenthal, ja.« Sello stockte.

»Glauben Sie ihr nicht?«, fragte ich. »Warum sollte sie ihn beschuldigen? Sie hätte doch nichts davon. Patrick ist tot und alle anderen, die in dem Kurs waren, auch. – Wo ist eigentlich Patricks Mutter?«

Sello schüttelte den Kopf. »Meine Frau hat den Kontakt zu mir und Patrick vor vielen Jahren abgebrochen. Ich weiß nicht, wo sie ist.«

»Warum hat sie Sie und den Jungen verlassen?«

»Ihre Fragen gehen jetzt eindeutig zu weit. Bleiben wir bei den Vorfällen in der Schule.« Sello griff das Glas und schüttete den Cognac in sich hinein.

»War Patrick ein guter Schüler?«, kam ich seiner Forderung nach.

»Natürlich. Auf Schloss Waldenstein haben alle Schüler hervorragende Noten. Das kann man ja wohl auch verlangen, angesichts der Höhe des Schulgelds.«

Da hatte er recht.

»Was wollte Ihr Sohn nach dem Abitur machen? Das Gleiche studieren wie Sie?«

»Nein, Jura und Wirtschaft wären nichts für ihn gewesen«, meinte Sello. »Patrick war eher musisch veranlagt. Er hatte ein gutes Gefühl für Sprachen, hat gemalt, fotografiert und Filme gedreht. Da kam er wohl nach seiner Mutter.«

Jetzt nichts Falsches sagen, ermahnte ich mich. »Ist Ihre Frau Künstlerin?«

»Ja. Bildhauerin. Aber, ob sie es heute noch ist, weiß ich nicht. Ich sagte ja schon, dass wir keinen Kontakt mehr haben.«

»Wie alt war Patrick, als sie ging?«

»Drei. Als er anfing, Fragen zu stellen, habe ich ihm gesagt, dass sie tot ist. Damit hatten sich dann alle weiteren Fragen erledigt.«

Ich schluckte. Meine anfängliche Sympathie für Sello schmolz. »Sie haben eben davon gesprochen, dass Ihr Sohn Filme gedreht hat. Was sind das für Streifen?«

»Was die Jugend heute so macht. Videoexperimente im Internet.« Sello gab der Kellnerin einen Wink und bestellte noch ein Glas Cognac.

»Ihr Sohn soll die Tat in einem Video angekündigt haben. Kennen Sie diesen Film?«

»Ja. Die Polizei hat ihn mir heute gezeigt.«

Hörte ich richtig? Mir wurde heiß und kalt zugleich. Es gab tatsächlich ein Video. Jetzt musste ich mich mit meinen Fragen millimeterweise an diesen Film heranpirschen.

»Ist er noch bei *Youtube* zu finden? Wissen Sie das?«

»Sie kennen ihn?«, fragte Sello irritiert.

»Ja«, log ich. »Patrick machte einen ziemlich coolen Eindruck.«

»Da kenne ich Patrick besser«, widersprach Sello. »Natürlich hat er versucht, cool zu wirken. Aber wie Sie ja selbst gesehen haben, hat er keineswegs einen Amoklauf angekündigt. Auch wenn die Polizei das jetzt so deutet. Patrick hat sich zu allgemeinen gesellschaftlichen Fragen geäußert. Zweifellos ziemlich provokant, ja! Aber er hat niemanden mit dem Tod bedroht.«

»Mich wundert trotzdem, dass solche Filme von *Youtube* eingestellt werden.« Wann biss er endlich an?

»Was reden Sie denn ständig von *Youtube?*«, fragte Sello verärgert. »Das Video war in einem Onlineportal zu sehen, das nur für Schüler zugänglich ist. Patrick wollte mit dem Film die Jugendlichen seines Alters erreichen und nicht die ganze Welt.«

Sollte ich nach dem Namen fragen? Oder lieber in der Redaktion alle Diskussionsforen für Schüler aufrufen?

»Passenderweise heißt dieses Portal ja auch *ausstieg.de*«, redete Sello weiter. »Wer träumt nicht mal davon, irgendwann auszusteigen? Patrick war ein hochintelligenter Kerl, der eben über das Leben nachgedacht hat.«

ausstieg.de. Wie final – in diesem Fall, dachte ich.

»Woher hatte Patrick eigentlich die Waffe?«

»Das hat mich die Polizei auch gefragt. Ich habe keine Ahnung.«

»Und wieso konnte er mit einer Maschinenpistole umgehen?«, fiel mir ein.

Auch darauf wusste Sello keine Antwort.

Irgendwie war dieses Gespräch nicht sehr ergiebig. »Vielen Dank, dass Sie Zeit für mich hatten«, sagte ich deshalb freundlich.

»Ihre Fragen zu der Waffe gefallen mir überhaupt nicht. Sie gehen davon aus, dass Patrick geschossen hat. Aber das ist einfach falsch!«

»Ich danke Ihnen für Ihre Geduld. Würden Sie mir noch Ihren Vornamen verraten?«

Er hieß Richard. Damit würde ich ihn im World Wide Web finden.

Jansen wartete auf mich. Pöppelbaum hatte ihm berichtet, dass Sello bereit gewesen war, mit mir zu reden. Jansen hatte mir sechzig Zeilen frei gehalten.

»Schreibst du überhaupt was?«, fragte er. »Oder soll ich eine weitere Folge des Bierstädter Haushaltsloch-Dramas verfertigen?«

»Ich schreibe. Aber vorher muss ich ein Video finden. Vielleicht ist es noch bei *ausstieg.de* zu sehen.«

»Ich helfe dir: Ich suche den Film und du schreibst«, nickte Jansen.

Google verriet mir einige Minuten später, dass Richard Sello juristischer Berater und Wirtschaftsprüfer mehrerer Großkonzerne war. Nichts Spektakuläres. Eine Bildhauerin namens Sello kam im Netz nicht vor.

»MEIN SOHN WAR EIN LIEBENSWERTER JUNGE« – EXKLUSIVINTERVIEW MIT DEM VATER DES AMOKLÄUFERS PATRICK S.

textete ich.

Richard S. kann sich die schreckliche Tat, die sein 18-jähriger Sohn Patrick begangen haben soll, nicht erklären: »Mein Junge würde so etwas niemals tun.« Die Polizei jedoch hält den Gymnasiasten nach wie vor für einen fünfzehnfachen Mörder. Er soll am Montag im Nobelinternat Schloss Waldenstein seine Mitschüler und sich selbst erschossen haben. Die überlebende Lehrerin Lara Lindenthal (36) hat Patrick S. als Täter identifiziert.

Ich gab wieder, wie der Vater seinen Sohn charakterisiert hatte, erlaubte mir dann aber auch die Frage, wie gut Eltern ihre Kinder kennen können, wenn sie diese gegen gutes Geld in eine Vollversorgung schicken.

»Ich habe das Video gefunden.« Jansen stand im Zimmer – sichtlich erschüttert. »Komm am besten mit in mein Büro.«

»Super!« Ich folgte ihm. »Ist es so schlimm?«

»Wenn ich das blutige Ende der Geschichte nicht kennen würde, täte mir der Junge leid«, erzählte mein Chef.

Sellos Abrechnung – so der Titel. Jansen startete es. Auf dem Monitor erschien Patrick – ganz in Schwarz gekleidet, als sei er einem Vampirfilm entsprungen. Er saß an einem Tisch, hatte ein paar Zettel vor sich liegen, schaute in die Kamera und sprach:

Wenn man weiß, dass man in seinem Leben nicht mehr glücklich werden kann, und sich von Tag zu Tag die Gründe dafür häufen, dann bleibt einem nichts anderes übrig, als aus diesem Leben zu verschwinden. Und dazu habe ich mich entschieden.
Man hat mir gesagt, ich muss zur Schule gehen, um später ein schönes Leben führen zu können. Aber was bringen einem das dickste Auto, das größte Haus, die schönste Frau, wenn es letztendlich für den Arsch ist? Wenn deine Frau beginnt, dich zu hassen. Wenn dein Auto Benzin verbraucht, das du nicht bezahlen kannst. Und wenn du niemanden hast, der dich in deinem Haus besuchen kommt!
Das Einzige, was ich intensiv in der Schule beigebracht bekommen habe, ist, dass ich ein Verlierer bin. In den ersten Jahren in diesem Scheißschloss war ich der Konsumgeilheit verfallen. Ich habe danach gestrebt, Freunde zu gewinnen. Aber es war der falsche Weg. Ich erreichte nur Menschen, die mich nicht als Person, sondern als Statussymbol sahen.
Aber dann bin ich aufgewacht! Ich habe erkannt, dass die Welt, wie sie mir erschien, nicht existiert, dass sie eine Illusion ist, die hauptsächlich von den Medien erzeugt wird. Eine Welt, in der Geld alles regiert. Auch in der Schule: Man muss das neueste Handy haben, die neuesten Klamotten und die richtigen »Freunde«. Ich konnte sehr gut mithalten, ich komme aus wohlhabendem Hause. Aber dann widersetzte ich mich dem Konsum. Ich hörte auf mit den Markenklamotten und kleidete mich betont schlicht. Das teure Handy tauschte ich gegen ein altes ein. Plötzlich war ich es nicht mehr wert, beachtet zu werden. Ich war kein Jock mehr und bekam die Quittung. Jocks sind die, die meinen, sich aufgrund ihrer teuren Klamotten oder der schönen Mädchen an ihrer Seite über alle anderen erheben zu können. Ich verabscheue diese Menschen. Nein, ich verabscheue Menschen.
Ich habe in den achtzehn Jahren meines Lebens erfahren müssen, dass man nur glücklich werden kann, wenn man sich der Masse fügt, der Gesellschaft anpasst. Aber ich bin frei! Niemand

darf in mein Leben eingreifen, und tut er es doch, hat er die Konsequenzen zu tragen! Kein Politiker hat das Recht, Gesetze zu erlassen, die mir Dinge verbieten. Kein Bulle hat das Recht, mir meine Waffe wegzunehmen, schon gar nicht während er selbst eine am Gürtel trägt.

Ihr habt diese Schlacht begonnen, nicht ich. Meine Handlungen sind ein Resultat eurer Welt, einer Welt, die mich nicht sein lassen will, wie ich bin. Ihr habt euch über mich lustig gemacht, das Gleiche werde ich nun mit euch tun. Aber ich habe einen ganz anderen Humor!

Ich will, dass ihr erkennt, dass niemand das Recht hat, unter einem Deckmantel aus Gesetz und Religion in fremdes Leben einzugreifen!

Ich will, dass sich mein Gesicht in eure Köpfe einbrennt!

Ich will nicht länger davonlaufen!

Ich will Rache!

Als Letztes möchte ich den Menschen, die mir was bedeuten oder die jemals gut zu mir waren, danken und mich für all dies entschuldigen!

Ich bin weg …

»Unfassbar«, sagte ich. »Patrick sagt, dass er Rache will. Und sein Vater hält ihn für unschuldig. Was für ein Traumtänzer!«

»Die Dinge, die der Junge anprangert, haben schon Hand und Fuß«, meinte Jansen nachdenklich. »Ich hab mir als junger Mensch ähnliche Fragen gestellt. Die Warum-Frage, die Wer-bin-ich-Frage und vor allem die Was-soll-der-ganze-Scheiß-Frage.«

»Stimmt, ich auch. Auch Konsumterror gibt es schon seit ewigen Zeiten und immer wurden Menschen ausgegrenzt und für bekloppt gehalten, wenn sie nicht mit der Masse schwimmen wollten.«

»Hast du deshalb Leute, mit denen du nicht klargekommen bist, abgeknallt, Grappa?«

»Nö. Aber bei einigen hätte ich es machen sollen. Dann wäre der Welt viel Elend erspart geblieben! Willst du wissen, welche?«

»Lass lieber stecken, Grappa«, griente er. »Ich will nicht die ganze Nacht hier sitzen. Wir drucken den Text der Videobotschaft komplett ab. In einem Extrakasten neben deiner Reportage.«

In der Nacht prüfte ich mal wieder die Online-Ausgaben der Konkurrenz. Natürlich hatten sich inzwischen auch die überregionalen Zeitungen des Themas angenommen. Eine Wochenzeitung hatte einen Psychologen zu dem Thema befragt. Ich las den Artikel trotzdem.

Eine Frage war interessant: Warum sind die Täter meist junge Männer?

Die Antwort: *Kulturell betrachtet, versuchen Männer, sich über die Rolle des Rächers wieder eine Identität zu verschaffen. Mädchen richten Gewalt eher gegen sich selbst, junge Männer meist gegen andere.*

Alles paletti in der Backstube

»Frau Schmitz ist wieder auf dem Damm.« Brinkhoffs Anruf weckte mich um acht Uhr morgens. »Ich hab sie gestern Abend aus der Klinik abgeholt und mit ihr zusammen den Laden auf Vordermann gebracht. Jetzt ist wieder alles wie früher.«

»Sie sind ein Schatz«, lobte ich.

»Wir wollten Sie zum Frühstück einladen. Haben Sie Zeit?«

Sofort zog der Duft von frischen Brötchen in meine Nase und mir lief das Wasser im Mund zusammen.

»In einer halben Stunde könnte ich in der Bäckerei sein.«

Ich brauchte dann doch eine Dreiviertelstunde. Dass ich morgens immer mehr Zeit benötigte, um mich im Bad präsentabel zu machen, hatte ich noch nicht verinnerlicht.

Die Bäckerin war ganz in ihrem Element, als ich die Tür aufschob. Es herrschte viel Andrang, der Artikel im *Tageblatt* hatte die Kundschaft neugierig gemacht. Anneliese Schmitz hatte ihn ausgeschnitten und hinter die Glastür geklebt: *Kinder überfallen Bäckerei – Frau verletzt.*

»Tach auch«, grüßte ich.

»Tach, Frau Grappa«, strahlte die Schmitz. Auf ihrer Wange leuchtete ein buntes Pflaster in Neonfarben.

»Wie isses?«

»Muss. Und selbst?«, kam es zurück.

»Muss.«

Endlich stimmten die Rituale wieder.

»Gehen Se schomma vor«, meinte sie. »Er ist hinten. Ich mach hier nur noch fertig.«

Anton Brinkhoff saß zeitunglesend im Bistro, vor sich noch unberührte Leckereien.

»Hallo, Herr Brinkhoff«, rief ich.

»Tach auch, Frau Grappa.« Er drückte meine Hand. »Hat ja geklappt mit dem *Römischen Kaiser.* Guter Artikel übrigens.«

»Ohne Sie hätte ich ihn nicht schreiben können«, entgegnete ich. »Danke dafür.«

Ich setzte mich und freute mich auf ein gemütliches Frühstück. Prompt klingelte es aus meiner Handtasche. Nummer unterdrückt.

»Hier Grappa.«

»Glückwunsch zu deinem Artikel«, sagte Friedemann Kleist.

»Danke. Du bist schon der zweite Mensch, der mir heute dazu gratuliert.«

»Wie bist du an Sello herangekommen?« Oha. Der Ton war ungnädig.

»Ich habe einen Privatdetektiv auf dich angesetzt«, schwindelte ich.

»Sehr witzig. Ich hätte es bemerkt, wenn mich jemand verfolgt hätte.«

»Doch, es stimmt. Du hast Sello gestern Nachmittag höchstselbst zum Hotel *Römischer Kaiser* gefahren – erinnerst du dich?«

»Maria! Ich mag solche Spielchen nicht.«

»Ich auch nicht. Eigentlich. Aber deine ach so offene Informationspolitik provoziert meine Kreativität. Wenn ich nichts weiß, kann ich nichts schreiben. So einfach ist das«, zickte ich.

»Es gibt heute eine Pressemitteilung zu der Waffe, die Patrick Sello benutzt hat. Guck sie dir an, dann hast du was zu schreiben.«

»Karge Infos. Ja. Ich brauche die menschlichen Geschichten. Und die bekomme ich von dir nicht«, sagte ich.

Brinkhoff grinste sich eins. Ob er ahnte, wer mein Gesprächspartner war?

»Habt ihr die Lehrerin noch mal vernommen? Was sagt sie?«, fragte ich.

»Wir reden mit ihr«, antwortete er kurz. »Können wir uns heute Abend treffen?«

»Ich bin zu Hause. Du weißt ja, wo ich wohne. Komm doch einfach spontan vorbei, dein Auto steht sowieso noch bei mir«, beendete ich das Gespräch.

»Er ist aber auch manchmal schwierig, der Herr Doktor«, lachte Brinkhoff. »Allerdings sind Sie nicht einfacher.«

Ich schenkte mir die Antwort, denn Frau Schmitz war auf dem Weg zu uns. Sie balancierte drei Becher Kaffee in den Händen.

»Ich hab den Laden kurz dichtgemacht«, berichtete sie. »Damit wir in Ruhe klönen können.« Sie stellte die Becher ab. »Und nun haut rein, Leute.«

Wir kamen der Aufforderung nach. Die Brötchen knackten beim Aufschneiden, der Pavé d'Affinois begann gerade zu laufen und der spanische Serrano war lange gelagert und deshalb trocken.

»Schönen Artikel haben Sie geschrieben, Frau Grappa«, lobte die Bäckerin. »Die haben mir heute die Bude eingerannt, die Leute. Aber die andere Sache mit dem Vater des Mörders war auch prima. Ist ja schlimm, dass ein Bengel aus gutem Hause so was macht. Hatte der das denn nötig? Die Blagen, die mich überfallen haben, waren jedenfalls nicht solche. Die hatten einfach Kohldampf.«

»Gewalt blüht nicht nur auf ödem Boden«, dozierte ich. »Der Mörder hat seine Gründe ja in einer Videobotschaft offengelegt. Die Geldgeilheit der Gesellschaft, die Hartherzigkeit, emotionale Enge statt toleranter Tiefe. Patrick Sello hat das brillant analysiert. Er war ein sehr intelligenter junger Mann.«

»Warum kriegt so einer denn keine Hilfe?«, fragte die Bäckerin. »Der Vater hätte dem doch bestimmt 'ne Therapie bezahlen können.«

»Ach je«, meinte Brinkhoff. »Diese Seelenklempner machen einen doch auch nur in der Richtung fit für diese Gesellschaft, dass man funktioniert und keinesfalls stört und aneckt.«

Ich musterte Brinkhoff erstaunt. »Das haben Sie aber toll gesagt. Ich hätte nie gedacht, dass ein Exbulle wie Sie sich in profunder Gesellschaftskritik ergeht.«

Anton Brinkhoff sah mir in die Augen. »Frau Grappa«, meinte er nach einer Weile. »Ich habe in meinem Berufsleben jeden Tag so viel Scheiße gesehen, dass es ein Wunder ist, dass ich nicht draufgegangen bin.«

»Und warum sind Sie es nicht?«

Er nahm noch eine Scheibe Schinken, steckte sie sich in den Mund, kaute zu Ende und sagte dann: »Weil ich keine

Zeit hatte, nachzudenken über das alles. Wenn Sie an einem Tag in der Woche eine Wasserleiche zu bearbeiten haben, am nächsten kommt ein geschändetes und ermordetes Mädchen und an Tag drei ein erschossener Tankwart – dann denken Sie nicht über den Sinn des Lebens nach. Sie haben diese Fälle nämlich aufzuklären und Erfolge zu präsentieren. Und wenn die Mörder dann vor Gericht kommen, nehmen einen die Verteidiger dermaßen auseinander, dass man sich fast entschuldigt, dass man es gewagt hat, einen Mädchenmörder oder einen Räuber zu ermitteln. Und – glauben Sie mir, meine Damen – ich habe mehr als einmal einen Angeklagten quietschvergnügt aus dem Gerichtssaal verschwinden sehen – frei wie ein Vogel und mit einem höhnischen Blick in meine Richtung.«

Brinkhoff hatte sich in Rage geredet. Ich mochte ihn immer mehr.

»Also«, mischte sich die Bäckerin ein. »In anderen Ländern geht das anders. Aber nicht schlechter, find ich jedenfalls. Ich hab da heute was gelesen. In der BILD.«

Sie holte das Blatt vom Nebentisch. »Ich les das mal eben vor.« Sie setzte sich in Positur. *»Scharia-Gericht befiehlt Nasen- und Ohren-Amputation. Ein Gericht in Lahore (Ost-Pakistan) hat angeordnet, die Nasen und Ohren zweier Angeklagter zu amputieren. Grund: Die beiden Brüder, Sher Mohammad und Amanat Ali, sollen ihrer zweiundzwanzigjährigen Cousine Fazeelat Bibi zuvor selbst Nase und Ohren abgeschnitten haben. Grund für die Bluttat der Brüder: Sher Mohammad hatte dem jungen Mädchen einen Heiratsantrag gemacht, den es aber ablehnte. Daraufhin überfielen die zwei Verurteilten das Mädchen und verstümmelten es. Im Namen der Scharia werden die Männer mit einer Körperstrafe zur Rechenschaft gezogen. Diese Strafen heißen ›Spiegelstrafen‹, weil sie Gleiches mit Gleichem vergelten.* Das ist doch wohl der Hammer, oder?«

»Andere Länder, andere Sitten«, zuckte ich die Achseln. »Aber ich muss sagen, dass mir das in dem speziellen Fall, den Sie gerade vorgelesen haben, gut gefällt.«

»Ja, hat was«, stimmte mir die Bäckerin zu. »Ich würd die Bälger, die mich verprügelt haben, auch gern mal in die Finger bekommen.«

»Na, na, meine Damen!«, empörte sich Brinkhoff. »Ich muss Selbstjustiz ablehnen. Für die Bestrafung der Bäckereiräuber ist ein Gericht zuständig.«

»Im ersten Fall hat ein Gericht das Urteil gefällt«, wandte ich ein.

»Sollten die Zeiten, in denen Dieben die Hand abgehackt wird, nicht langsam vorbei sein?«

»Klar. Aber der Satz: Was du nicht willst, dass man dir tu, das füg auch keinem anderen zu – der macht schon irgendwie Sinn. Warum soll der nicht auch rückwärts gelten?«

Frau Schmitz stimmte mir in vollem Umfang zu.

Brinkhoff musterte uns, schüttelte den Kopf und grinste. »Wer hat eigentlich behauptet, dass Frauen das schwache Geschlecht sind?«

»Ein Möchtegernmacho natürlich«, gab ich zurück. »Wenn er uns als schwach bezeichnet, gewinnt er automatisch an Stärke. Aber wissen Sie was, Herr Brinkhoff?«

»Nee.«

»Eigentlich kommt es doch nur auf den Charakter an.«

»Da haben Sie recht. Und deshalb mache ich jetzt einen Vorschlag – auch wenn ich das nach der Etikette nicht dürfte. Wir kennen uns jetzt schon so lange, haben Höhen und Tiefen miteinander durchlebt – wir drei sollten uns endlich duzen. Ich heiße Anton.«

Ups.

Aber warum eigentlich nicht?

»Wie soll ich dich denn jetzt nennen, Frau Grappa?«, fragte die Bäckerin.

»Grappa – wie alle anderen. Na ja, fast alle anderen.«

»Das wird sich irgendwie einspielen«, meinte Brinkhoff.

Der Frühstückstisch war inzwischen leer gegessen. Wir redeten noch eine Weile und ich fühlte mich so wohl, dass ich fast die Zeit vergaß. Aber ich musste zur Arbeit.

»Vielen Dank, Frau Schmitz«, sagte ich. »Wann gibt es denn wieder Mandelhörnchen?«

»Mach ich heut Nachmittag frisch«, antwortete sie.

»Prima. Dann ist es mit der Fastenzeit ja endlich vorbei. Tach auch.«

Die Redaktionskonferenz hatte gerade erst begonnen. Ich wünschte allen einen guten Morgen, zog meinen Stuhl an den Konferenztisch und hörte zu. Jansen hatte das Tagesprogramm festgelegt.

»Ich bleibe an der Haushaltslüge dran«, erklärte er. »Da hat sich nämlich etwas Spektakuläres ereignet. Ihr erinnert euch, dass sich die Kämmerin krankgemeldet hat? Ich habe heute drei Fotos zugemailt bekommen. Von einem Bierstädter, der unterwegs zur Insel Amrum war. Die befindet sich in der Nordsee und ist als Feriengebiet bekannt. Und ratet mal, wer sich ebenfalls auf der Fähre befand? Richtig, unsere Kämmerin. Hier! Wir dürfen die Fotos veröffentlichen.«

Er reichte drei Abzüge herum. Sie zeigten tatsächlich die abgetauchte Dezernentin mitsamt Begleitung: einer anderen mittelalten Frau und einem tiefergelegten fetten Hund mit braun-weiß-schwarzem Kuh-Look.

»Und das kann keine Fotomontage sein?«, fragte ich.

»Nein. Der Mann hat die Kämmerin bis zu ihrer Unterkunft verfolgt. Ich habe daraufhin dort angerufen und mir bestätigen lassen, dass Frau Dr. Liane Muthmann und Lebensgefährtin in der Pension *Dünenglück* abgestiegen sind. Inklusive Hund.«

»Was ist das wohl für ein Vieh?«, fragte ich.

»Eine Englische Bulldogge«, erklärte Jansen. »So hässlich, dass das Vieh schon wieder schön ist. Dieser Hund da heißt übrigens Mobby.«

»Frau Dr. Muthmann hat ihren Hund nach unserem SPD-Vorsitzenden benannt?«, grinste ich. »Ob Mobby Madig das honoriert?«

»Was tut man nicht alles für die Karriere«, machte Simon Harras mit.

Entspanntes Lachen in der Runde. Einen Politiker beim Blaumachen und Lügen zu erwischen, das hatte was. Auch wenn es wohl ohne Konsequenzen bleiben dürfte.

»Die sollten die Frau rauswerfen!«, forderte Pöppelbaum. »Andere Leute fliegen sofort! Wegen jedem Kleinkram wird heutzutage gekündigt. Einmal Handyaufladen am Arbeitsplatz – und du kriegst die Fristlose. Und erinnert euch an die Frikadelle.«

»Arbeitnehmer haben eben andere Verträge als eine gewählte Dezernentin«, erklärte unser Chef. »Frau Muthmanns Vertrag läuft noch zwei Jahre. Wenn sie ihr Amt ruhen lässt, wird die Kohle dennoch fällig. Aber – das könnt ihr alles morgen in unserer Zeitung lesen. Leider konnte ich mit Frau Dr. Muthmann nicht reden. Sie hat immerhin einen Spruch auf ihrer Mailbox hinterlassen: dass sie ernsthaft erkrankt sei und sich in einer Klinik befinde.«

Allgemeines Kopfschütteln.

»Du, Grappa, hast übrigens in einer Stunde einen Termin bei der Staatsanwaltschaft. Es gibt Neuigkeiten im Amokfall. Und die Schule hat uns mitgeteilt, dass zur Trauerfeier am Samstag der Bundespräsident und zwei Bischöfe anreisen. Das gibt ganz großes Kino. Die ganze Welt wird sich in Bierstadt einfinden und Betroffenheitsreden ablassen.«

»Diese Reden kennen wir doch schon aus Winnenden, Emsdetten und Erfurt«, seufzte ich. »Aber die Chronistenpflicht ist uns Schreibern ja heilig.«

»Und das ist auch gut so«, sagte Jansen ernst. »Wir werden über die Trauerfeier angemessen berichten. In einer Sonderausgabe Samstagnachmittag. Die Reden bekommen wir in der Frühe – mit einer Sperrfrist versehen.«

Bei den restlichen Terminen handelte es sich um Tagesroutine: Harras würde die Neuvorstellung eines Ausnahmetalents beim Fußballbundesligisten besuchen, der Volontär die Rassegeflügelschau in den Westfalenhallen. Nur die lokale Kultur würde morgen keine Rolle spielen. Dr. Margarete Wurbel-Simonis hatte am Morgen einen Krankenschein abgegeben.

Oberstaatsanwalt Abel Ritter wurde von Friedemann Kleist und einem hohen Beamten des Landeskriminalamtes flankiert. Letzterer gehörte zu der *Task-Force Amok.* Ritter erklärte, dass diese schon gebildet worden war, als die Zahl tödlicher Vorfälle an Schulen begonnen hatte, signifikant zu steigen.

»Wir können Ihnen heute erste Erkenntnisse zu der Waffe mitteilen, die bei der Tat benutzt worden ist«, fuhr der Oberstaatsanwalt fort. Er griff vor sich und öffnete einen länglichen Sack. Sekunden später hielt er eine Maschinenpistole in den Händen. Blitzlichter flackerten, Kameras surrten.

»Das ist sie. Heckler & Koch MP5, 9 mm mal 19 Parabellum. Ein Magazin hat dreißig Schuss, bevor nachgeladen werden muss. Sie fällt unter das Kriegswaffenkontrollgesetz und kein Waffenschein berechtigt zum Besitz.«

»Und wie ist Patrick Sello an so eine Waffe gekommen?«, fragte der BILD-Kollege. Er hatte also meinen Artikel gelesen.

»Das werden wir noch klären müssen.«

»Die meisten Amokschützen greifen in Papis Waffenschrank. War das auch in diesem Fall so?«, hakte eine Fernsehreporterin nach. Sie hatte einen Block mit dem Logo des ARD-Magazins *Monitor* vor sich liegen.

»Herr Sello – und damit meine ich den Vater – besitzt keine Waffen. Er ist kein Jäger und hat weder Waffenschein noch Besitzkarte. Der Sohn hätte eine solche Waffe auch kaum einfach aus den Ferien ins Internat mitbringen können.«

»Und wo hat der Täter das Schießen gelernt?«, fragte die *Monitor*-Frau.

Jetzt ergriff Kleist das Wort. »Im Internat.«

Stille.

»Ja, meine Damen und Herren. Ich war auch sehr erstaunt.« Kleist sah in die Runde. »In diesem Institut gibt es viele Sportangebote. Reiten, Tennis, Golf, Surfen, Basketball – und Schießen. Im Keller des Internates Schloss Waldenstein befindet sich eine moderne Schießanlage. Patrick Sello hat an entsprechenden Kursen teilgenommen.«

»Schießen in der Schule?«, ereiferte sich ein anderer Kollege. »Das gibt es doch nicht! Jetzt sagen Sie bloß, dass sich im Waffenschrank der Schule eine MP5 befindet?«

»Nein«, antwortete Kleist. »Selbstverständlich gibt es keine MP5 im Waffenschrank des Internates. Die Kurse werden mit den üblichen Gewehren der Sportschützen durchgeführt. Bisher wissen wir nur, wo Sello das Schießen gelernt hat.«

»Die MP5 hat nur diese dreißig Schuss, danach muss das Magazin nachgeladen werden.« Der BILD-Kollege hatte gut zugehört. »Haben dreißig Schuss ausgereicht, fünfzehn Menschen und sich selbst zu töten?«

»Die Ladezeit mit dem Ersatzmagazin dauert etwa fünf Sekunden«, erklärte der Beamte vom Landeskriminalamt. »Bei zusammengeklebten Magazinen nur drei Sekunden. Sello hatte ein zusammengeklebtes Magazin. Er kannte sich gut aus.«

»Was ist ein zusammengeklebtes Magazin?«, fragte ich.

»Sie nehmen zwei Magazine – mit der Lageöffnung nach oben –, befestigen dazwischen ein kleines Stück Holz mit Klebeband und wickeln Klebeband darum. Die beiden Ladeöffnungen stehen dann etwa zwei Zentimeter auseinander. Sobald das erste Magazin leer ist, wird es rausgenommen und das zweite reingekippt. Das verkürzt das Nachladen etwa um die Hälfte der Zeit.«

Ich verstand diese Details nicht. Aber eins wurde mir klar: Patrick Sello hatte nichts dem Zufall überlassen.

»Wie viele Schüsse sind insgesamt abgefeuert worden?«, fragte ich.

»Fast drei Magazine. Das letzte Magazin enthielt noch zwei Patronen. Wir haben achtundachtzig Hülsen gefunden. Sello hat gezielt auf Köpfe und Oberkörper gefeuert. Er wollte offenbar sichergehen, dass alle sterben.«

»Und wie hat er sich dann selbst getötet?«

»Mit einem Schuss in den Mund. Auch dabei ist er auf Nummer sicher gegangen.«

Das Foto des gut aussehenden jungen Mannes tauchte vor mir auf. Das Gesicht mit den sympathischen Zügen, der intelligente, leicht fragende Blick. Wie konnte sich so jemand auf eine so grausame Weise töten? Ich hatte mal den Bericht über eine Firma gelesen, die sich auf die Beseitigung der Spuren von Gewaltverbrechen spezialisiert hatte. Obwohl die Mitarbeiter dieses Unternehmens einiges gesehen und gesäubert hatten – ein Selbstmörder, der sich durch einen Schuss in den Mund das Hirn wegpustet, war selbst für diese Experten schlimm.

»Was ist mit der Seriennummer der Waffe? Darüber müsste man die Herkunft doch klären können.«

»Die Nummer ist weggefräst worden«, antwortete der LKA-Mann. »Wir überprüfen jedoch mit ballistischen Untersuchungen, ob die MP5 schon bei anderen Straftaten verwendet worden ist.«

»Was sagt die Lehrerin?«, wollte ein Kollege wissen.

»Wir machen Fortschritte. Kleine Fortschritte. Die Frau steht noch immer unter Schock. Das blockiert ihre Erinnerung an den Tathergang. Ich bitte Sie deshalb um Verständnis für unsere aktuelle Zugeknöpftheit.« Kleist lächelte. Es stand ihm gut. Sogar ein Grübchen tauchte auf.

Ich bemerkte die Blicke der anwesenden Damen und grinste innerlich. Ja, Mädels, dachte ich, das ist meiner. Jedenfalls ab und zu.

Zurück in der Redaktion fasste ich zusammen, was ich vernommen hatte, und warf dann die Frage auf, wieso Jugendliche an Schusswaffen ausgebildet wurden:

> Haben uns die Fälle Winnenden, Emsdetten und Erfurt nichts gelehrt? Damals ist eine Verschärfung des Waffenrechtes gefordert worden. Was nützen solche Maßnahmen, wenn unsere Schülerinnen und Schüler Schießen als Freizeitfach wählen können?

»Ist das nicht ein bisschen dicke, Grappa?«, meinte Jansen zweifelnd, nachdem er meinen Artikel gelesen hatte. »Du kannst nicht eine ganze Sportart abschaffen. Die Übungen auf dem Schießstand des Schlosses wurden bestimmt nicht mit einer MP5 ausgeführt. Das Ding, das Patrick Sello benutzt hat, ist eine klassische Militärwaffe. Zum Töten erfunden. Selbst bei der Polizei wird sie nur von Spezialeinheiten eingesetzt.«

»Wie kam Sello bloß an dieses Mörderteil?«, grübelte ich. »Bei *ebay* wird er es kaum ersteigert haben. Mist, dass die Seriennummer fehlt.«

»Belaste dein Köpfchen nicht mit Fragen, die wir als Schreiberlinge sowieso nicht lösen können«, riet mein Chef. »Dazu gibt es die Ballistikexperten im LKA. Wir haben vorhin übrigens vom Presseamt der Stadt das Programm für die Trauerfeier am Samstag bekommen. Vier Reden werden gehalten. Der Bundespräsident, zwei Bischöfe und eine Schülerin. Das Ganze findet statt in der Bürgerhalle des

Rathauses. Große Sicherheitsmaßnahmen. Ich habe uns beide akkreditieren lassen.«

»Wie heißt die Schülerin?«, fragte ich – mich an einen speziellen Namen erinnernd.

»Die Schulsprecherin. Caroline von Fuchs.«

»Das passt. Sie ging auch in die Klasse 11 – wieso ist sie nicht unter den Opfern?«

»Wahrscheinlich hat sie blaugemacht – und richtig Glück gehabt«, stellte Jansen fest. »Die Reden bekommen wir übrigens schon morgen Abend.«

»Ich würde gern ein paar Überstunden abfeiern, Chef. Geht das?«

»Hast du etwa ein Privatleben?«, wollte er wissen.

»Nein, wie kommst du darauf?«

Ich musste das Thema Caroline jetzt doch angehen. Die Rede war ein guter Aufhänger.

Bei der Schulsekretärin behauptete ich, ein paar Fragen zur Trauerfeier zu haben.

»Könnte ich die Rede von Frau Fuchs vorab haben?«, bat ich honigsüß.

»So viel ich weiß, gibt es die Manuskripte erst kurz vor der Trauerfeier«, antwortete die Sekretärin. »Und die Rede der Schulsprecherin liegt noch nicht vor.«

»Schade! Ist es möglich, Frau von Fuchs zu sprechen?«

»Es gibt Telefon auf den Schülerzimmern«, meinte sie zögerlich. »Ich kann es ja mal versuchen.«

»Das wäre sehr nett.«

»Moment!«

Ich wartete. Nach einem heftigen Knacken in der Leitung hörte ich ein verschlafenes: »Ja?«

»Hier Meier vom Lokalradio«, log ich. »Caroline von Fuchs?«

»Wieso?« Jetzt war die Stimme hellwach und lauerte.

»Sind Sie es, oder nicht?«

»Was wollen Sie?«

»Ich habe nur ein paar Fragen«, legte ich los. »Sie haben dem Kurs angehört, der getötet wurde. Warum waren Sie nicht dabei an dem Tag?«

Ich hörte ein unwilliges Geräusch. »Sie fragen mich ernsthaft, warum ich nicht tot bin?«

»So habe ich das nicht gemeint«, stammelte ich. »Sie hatten unwahrscheinliches Glück ... denke ich.«

»Ja, hatte ich. Und noch glücklicher wäre ich, wenn wir unser Gespräch jetzt beenden könnten. Guten Tag, Frau Meier.«

Das war's. Pöppelbaum kann seine Liste mit den Leuten, die mir nichts erzählt haben, um eine Person erweitern, dachte ich. Diese kleine Zicke! Sie hatte mich – die nette Frau Meier vom Lokalradio - nach allen Regeln der Kunst abblitzen lassen.

Mein Leben spielte sich zwischen Redaktion, Übernachtungsstelle Haus, Supermarkt und Bäckerei Schmitz ab. Schon lange war ich nicht im Konzert, Theater oder Kino gewesen. Schon ewig hatte ich keine Klamotten oder Schuhe gekauft. Von Urlaub in südlichen Gefilden ganz zu schweigen.

Obwohl die Erwärmung der Erde die Sommer in Bierstadt immer angenehmer machte und ich meinen Garten in zweihundertfünfzig Jahren wohl ganzjährig würde nutzen können, spürte ich Sehnsucht nach weiter Landschaft, nach Garrigue, blauem Meer und irgendwelchen Bergen, die nicht aus Abraumschutt und gepresstem Kohlenstaub bestanden. Und gutem Essen, womöglich in einer mediterranen Altstadt oder direkt am Wasser. Vielleicht in Begleitung eines Herrn, der mich intelligent unterhielt und nächtens ein paar angenehme Dinge in petto hatte.

Aber derzeit konnte ich schlecht meine Koffer packen. Um das Fernweh besser genießen zu können, hielt ich auf dem Weg nach Hause zuerst bei Anneliese Schmitz wegen der frisch gebackenen Mandelhörnchen, dann in einem Reisebüro. Dort ließ ich mir die einschlägigen Prospekte aushändigen. Zu meinem Glück befand sich ein italienischer Supermarkt am Rande der Strecke. Coppa, Oliven, Ciabatta, Schafskäse und Tiramisu. Wein hatte ich immer im Haus.

Ich packte die gefüllte Plastiktüte und schleppte sie zum Auto.

Ausgerechnet jetzt klingelte mein Handy. Es war Anton Brinkhoff. Er hatte eine Idee, von der er mir unbedingt berichten wollte.

»Komm doch in einer halben Stunde zu mir«, schlug ich vor. »Ich bin grad auf dem Weg nach Hause und hab was Nettes zu essen gekauft.«

Er stimmte zu.

Schade, dachte ich, Brinkhoff war zwar okay, aber ein anderer Bulle wäre mir lieber.

Dessen Auto stand tatsächlich noch immer in meinem Carport. Ich wusste nicht, ob Brinkhoff Kleists Privatauto kannte. Aber das konnte mir eigentlich egal sein.

Ich nahm meine Post aus dem Briefkasten. Auf den ersten Blick nur Werbung oder Rechnungen. Nichts, was sofort geöffnet werden musste.

Schnell waren die Leckereien auf dem Tisch platziert. Ich stellte noch eine weitere Flasche Wein in den Kühlschrank, als es an der Tür klingelte.

Friedemann Kleist.

»Ups«, sagte ich.

»Was ups?«, fragte er. »Du hast doch gesagt, dass ich vorbeikommen kann, wenn ich will.«

»Ich erwarte Besuch«, informierte ich ihn.

»Das sehe ich!« Er hatte den gedeckten Tisch entdeckt und erklärte leicht säuerlich: »Ich bin eigentlich nur hier, um mein Auto abzuholen.«

»Nun bleib doch ruhig«, lächelte ich. »Anton Brinkhoff kommt gleich. Er hat eine Idee, von der er mir erzählen will. Es hat wohl etwas mit dem Internat zu tun. Könnte auch für dich interessant sein.«

»Na gut. Dann bin ich mal gespannt.« Kleist naschte eine Olive vom Tisch, ließ sich auf einen Stuhl fallen und streckte die langen Beine aus. »Weißt du, ich bin völlig fertig. Ich habe die letzten Nächte kaum geschlafen. Jeden Tag habe ich die Angehörigen der Opfer in meinem Büro sitzen. Es ist oft schwer zu ertragen. Kannst du mir einen Kaffee machen?«

Ich ging zu ihm und legte meine Hand auf seine Wange. »Bleib doch hier heute Nacht. Stell dein Handy ab und schlaf durch. Brinkhoff wird bestimmt nicht lange bleiben.«

»Mal sehen«, meinte er.

»Und jetzt koche ich dir einen doppelten Espresso«, kündigte ich an und schaltete die Maschine ein.

Während ich hantierte, nickte Kleist ein. Er sah tatsächlich völlig erschöpft aus. Seine Haut war grau und Bartstoppeln schwärzten seine Wangen.

Es klingelte. Kleist schreckte hoch. Ich deutete mit den Händen an, dass er sitzen bleiben sollte.

Brinkhoff staunte nicht schlecht, als er Kleist erkannte.

»Hallo, Herr Doktor«, lächelte er. »Sie sind ja doch ein richtiger Mensch. Die Kolleginnen und Kollegen im Präsidium machen sich schon Sorgen.«

»Besonders die Kolleginnen«, vermutete ich. »Aber du kannst sie trösten, Anton, die Beziehung zwischen Kleist und mir ist eher locker.«

Kleist schaute mich groß an und sagte nichts. Brinkhoff hüstelte amüsiert.

»Und jetzt lasst uns eine Kleinigkeit essen. Ich bin sehr gespannt auf deine Idee, Anton.«

»Ich weiß nicht, ob Herr Kleist meine Idee gutheißen kann«, begann Brinkhoff, als wir am Tisch saßen.

»Lassen Sie es doch darauf ankommen«, entgegnete Kleist. Er trank den Espresso, kippte ein Glas Wasser hinterher und meinte seufzend: »Das tut gut.«

Ich öffnete eine Flasche Chianti. Brinkhoff winkte ab. Er war mit dem Auto da. Kleist mied Alkohol. Auch gut, dachte ich und genoss den ersten Schluck, sofort stieg Wärme in mir auf.

»Also, was ich sagen wollte«, nahm Anton erneut Anlauf. »Auf Schloss Waldenstein wird ein Hausmeister gesucht. Als Vertretung für jemanden, der seit längerer Zeit krank ist.«

Damit war klar, auf was das Ganze hinauslief.

»Ich habe die Stellenausschreibung auf der Homepage des Internates entdeckt. Sie suchen einen rüstigen Frührentner, der handwerklich begabt ist, Gartenarbeit mag und mit Jugendlichen gut zurechtkommt. Zunächst für einen Monat.«

»Diese Stelle hat nur auf dich gewartet, Anton«, nickte ich. »Dann bewirb dich schnell, bevor sie vergeben ist.«

»Alles schon erledigt, Grappa«, lächelte er. »Ich hab den Posten bekommen. Dr. Lerchenmüller war sehr froh, so schnell jemanden zu finden. Ab morgen bin ich Hausmeister auf Schloss Waldenstein.«

»Weiß Lerchenmüller, dass du mal Chef der Mordkommission warst?«

»Natürlich nicht, Grappa! Aber er weiß, dass ich Beamter war. Bei der Stadtverwaltung Bierstadt.«

»Und wenn der deinen Namen googelt?«

»Ich hab die Papiere von einem Kumpel«, erklärte er. »Im Schloss heiße ich Hans Lauscher.«

»Nomen est omen«, lachte ich. »Und was erhoffst du dir davon? Außer, deine Abenteuerlust zu befriedigen?«

»Innensicht ist immer besser als Außensicht, nicht wahr, Herr Kleist?«

»Ja. Aber in diesem Fall sinnlos. Wir haben den Täter, sein Bekennerschreiben und eine Zeugenaussage. An den Händen von Patrick sind Schmauchspuren festgestellt worden. Was also wollen Sie noch ermitteln, Brinkhoff?«

»Das weiß ich erst, wenn ich es gefunden habe, Herr Kollege.«

Oh, dachte ich, gleich knallt es zwischen den beiden. Ich leerte mein Weinglas.

»Brinkhoff ermittelt doch nicht«, mischte ich mich ein. »Er hält nur Augen und Ohren offen. Das kann in keinem Fall schaden. Mich würde zudem brennend interessieren, wie die Karriereschmiede Waldenstein, die sich dem Leistungsprinzip verschrieben hat, ein so verstörtes Wesen wie Patrick Sello hervorbringen konnte. Das pädagogische Konzept dieser Schule scheint nicht zu funktionieren.«

»Ich möchte nur festhalten, dass Sie nicht im Auftrag der Behörde tätig sind«, erklärte Kleist reserviert. »Und die Sache mit dem falschen Namen kann ich nun gar nicht billigen.«

»Musst du ja auch nicht. Brinkhoff ist mein spezieller Undercoveragent. Wenn's schiefgeht, übernimmt das *Tageblatt* die Verantwortung.«

Es war wagemutig von mir, so was zu behaupten, aber ich wollte keinen Streit zwischen den beiden Männern.

»Dann ist ja alles bestens«, meinte Kleist. »Gilt dein Angebot auf einen Übernachtungsplatz noch, Maria? Ich muss unbedingt Schlaf nachholen.«

»Aber ja, natürlich. Du kennst dich ja aus. Träum was Schönes.«

Er drückte mir einen Kuss auf die Wange, nickte in Brinkhoffs Richtung und ließ uns allein.

Krank im Inselurlaub

Jansen hatte es nicht verlernt. Sein Artikel über Bierstadts Kämmerin Liane Muthmann war wunderbar süffisant. Ich saß mit der Zeitung in der Küche beim ersten Kaffee und kicherte. Kleist schlief noch.

Krank im Urlaub? – Kämmerin mit Hund und Freundin auf Amrum aufgetaucht – so die Überschrift.

Was ist das denn? Bierstadts Noch-Kämmerin Dr. Liane Muthmann (58) wurde in ausgelassener Gesellschaft auf der Nordseeinsel Amrum gesichtet (siehe Fotos). Eigentlich nichts Besonderes, wenn sich Muthmann nicht bei der Stadt, ihrem Arbeitgeber, krankgemeldet hätte.

Muthmann also krank auf Amrum? Eher nicht! Muthmann hält sich weder in einem Sanatorium noch in einer anderen Art Klinik auf. Sie hat mit ihrer Lebensgefährtin und Hund Mobby eine Ferienwohnung bezogen. Besonderer Luxus: Die Ferienwohnung gehört zu einer Pension, sodass fürs leibliche Wohl immer gesorgt ist.

Vielleicht will sich Muthmann nach ihrer Freistellung durch den Finanzausschuss vom ganzen Stress um den Haushaltsskandal einfach nur erholen? Auch das wäre ungewöhnlich. Doch dann hätte sie sich nicht krankmelden dürfen. Jeder andere Arbeitnehmer nimmt Urlaub, wenn er sich erholen will. Nicht aber die Kämmerin der Stadt Bierstadt. Dabei wird sie künftig einen sehr langen Urlaub genießen können. Ihre Abwahl ist beschlossen und ihre Bezüge laufen weiter. Bis zum Ende ihres Vertrages kostet sie die finanzschwache Gemeinde rund 240.000 Euro!

Die Kämmerin hatte noch vier Tage vor der Kommunalwahl behauptet, es gebe keine Probleme mit dem Haushalt, um nur einen Tag nach der Wahl eine Haushaltssperre zu verhängen. Die Wähler fühlen sich deshalb übel getäuscht und man spricht von Wahlbetrug.

Muthmann ist seit vier Jahren Kämmerin der Stadt. Sie arbeitete vorher als Dezernentin beim größten öffentlich-rechtlichen Sozialträger des Landes. Dessen Chef hat gute Beziehungen zu Bierstadt, wo er vor einigen Jahren als Sozialdezernent gewirkt hat. Böse Zungen behaupten, dass die Personalentscheidung Muthmann ein weiteres klassisches Beispiel für sozialdemokratischen Filz darstellt.

Ich grinste. Bravo, Chef! Auch die Fotos kamen gut rüber. Frau Muthmann – sonst auf Pressefotos immer nur in bravem Kostüm oder langweiligem Hosenanzug zu sehen – in fescher Windjacke und mit zerzaustem Haar.

Bulldog Mobby zerrte an der Leine. Das Gesicht des Tieres hätte einen Panzer erschrecken können. Es war eingedrückt, die hervorstehenden Augen sahen sich gegenseitig an und das Maul war zu klein für die riesige Zunge, die zwischen den Lippen hervorragte. Es sah ziemlich unanständig aus. Die Freundin der Noch-Kämmerin war schmächtig und lockenköpfig. Keine Frage, wer in dieser Beziehung den männlichen Part übernahm.

Der männliche Part in meinem Haus betrat soeben die Küche.

»Gut geschlafen?«, fragte ich.

»Ja, wunderbar!« Kleist hatte zwar noch die Abdrücke der Knitterfalten des Kopfkissens im Gesicht. Aber er wirkte ausgeruht und entspannt. »Es ist so still hier. Keine Straßengeräusche, kein Geschrei, keine Maschinen.«

»Ja. Das stimmt. Wenn man davon absieht, dass die Bahn nur fünfhundert Meter entfernt vorbeirattert und das Haus in der Einflugschneise des Flughafens steht«, meinte ich trocken. »Willst du ein Frühstücksei?«

»Nein danke. Ich brauche nur einen starken Kaffee.« Kleist blickte auf die Reste des Abendessens. »Habt ihr gestern noch weitere Streiche ausgeheckt? Ihr kamt mir vor wie zwei Dreizehnjährige auf dem Abenteuerspielplatz.«

»Ich finde Brinkhoffs Idee gut«, verteidigte ich Anton. »Er genießt es, sich nicht mehr an eure Vorschriften halten zu müssen. Ich freu mich für ihn.«

In der Redaktion gab es zunächst nur eine neue Nachricht: Jansen hatte Margarete Wurbel-Simonis den Bildungsurlaub nun doch genehmigt. Das war typisch für meinen langjährigen Chef. Er konnte seine Entscheidungen rückgängig machen, ohne dass er das Gesicht verlor oder von anderen der Führungsschwäche bezichtigt wurde. Er hatte es nicht nötig, durch dickköpfige Stärke zu punkten. Vielleicht war diese Souveränität auch das Geheimnis unserer ungebrochen harmonischen Beziehung, in der ich der anstrengendere Teil war.

Am späten Nachmittag faxte das Presseamt die Reden, die auf der Trauerfeier gehalten werden sollten.

Die Rede der Schülerin Caroline von Fuchs interessierte mich am meisten. Doch die war nicht dabei. An diese Schulsprecherin war einfach kein Herankommen. Noch nicht mal über ihren Beitrag zur Trauerfeier …

Ich rief den Presseamtsleiter an. »Die Rede ist nicht fertig, sie wird erst am Samstagmorgen verteilt«, erklärte er. »So hat es mir der Direktor von Schloss Waldenstein mitgeteilt. Es ist ja auch schwer für eine junge Frau, nach so einem Vorfall die richtigen Worte zu finden.«

Ich las die Reden des Bundespräsidenten und der beiden Bischöfe. Der Erste Mann im Staat hatte einen Text verfassen lassen, der keine vorgestanzten Antworten beinhaltete, sondern Fragen stellte, wie sie auch Patrick Sello in seinem Abschiedsvideo ausgesprochen hatte. Nur dass die Schlüsse, die der achtzehnjährige Sello und der sechsundsechzigjährige Bundespräsident aus den Fragen zogen, völlig unterschiedlich waren.

Die beiden Bischöfe klammerten sich an die Sprüche der Heiligen Schrift. Andererseits – was hätten sie anderes tun sollen? Keiner der offiziellen Redner hatte einen der Toten oder den Täter persönlich gekannt.

Eine Stunde später schockte mich eine Agenturmeldung. In der Nachbarstadt hatte ein Schüler seine Lehrerin erstochen. Häuften sich solche Taten oder nahm ich solche Nachrichten nur bewusster wahr?

Aus verschmähter Liebe hat ein junger Mann seine Lehrerin erstochen. Mehr als zwanzig Mal stach der Täter auf die 35-jährige Chemielehrerin ein. Der 21-Jährige habe sein Opfer bereits monatelang beobachtet, weil er für sie »massiv schwärmte« und eine Liebesbeziehung wollte.

Rückblende: Vor zwei Jahren kommt die Pädagogin als Referendarin an die Schule. »Da hat er sich in sie verguckt«, berichtet der Oberstaatsanwalt. »Das war mehr als nur eine normale Schwärmerei. Doch es handelte sich um eine einseitige Beziehung.« Die Lehrerin habe sich immer korrekt verhalten.

Der Täter spionierte sie aus, studierte ihre Gewohnheiten. Die Frau merkte davon nichts. Gestern befestigte ihr Verfolger schließlich vor der Schule einen Peilsender am Auto der Lehrerin. Vor ihrem Haus griff der Verliebte die Frau dann an. Die 35-Jährige aber setzte sich zur Wehr, schrie um Hilfe. Daraufhin stach der junge Mann wieder und wieder auf sie ein. Die Lehrerin trug so schwere Verletzungen am Hals davon, dass sie noch am Tatort verstarb.

Die Agenturen boten Fotos zu dem Mord an. Sie ähnelten denen vom Amoklauf auf Schloss Waldenstein: Kerzen, Blumen, Plakate mit den Worten *Warum?*, und: *Wir vergessen Dich nie* – aufgestellt und abgelegt an dem Ort, an dem sich das Drama abgespielt hatte.

Simon Harras platzte in mein Büro. »Ich kann Jansen nicht finden«, stammelte er.

»Wie meinst du das?«, fragte ich.

»Hier!« Er reichte mir ein Fax. Es trug das Logo des Bierstädter Polizeipräsidiums. »Das ist doch seine Geschichte. Wo ist er denn bloß?«

»Wahrscheinlich ein Schnittchentermin«, sagte ich abwesend – bereits vertieft in den Text.

»*Tötungsdelikt zum Nachteil einer Bierstädter Bürgerin ...*«, murmelte ich. »Das kann doch nicht wahr sein!«

Bierstadts in Ungnade gefallene Kämmerin war tot! Man hatte ihre Leiche in der Ferienwohnung auf Amrum gefunden.

»Hast du es übers Handy versucht?«, fragte ich atemlos.

»Natürlich.«

»Dann hat Peter Pech, ich übernehme das.«

Ich las das Fax genau. Es war eine gemeinsame Presseerklärung der Staatsanwaltschaften Flensburg und Bierstadt:

> In den frühen Morgenstunden des heutigen Tages wurde in einer Ferienwohnung auf der Nordseeinsel Amrum die Leiche einer Frau gefunden. Die Geschädigte ist durch Strangulation ums Leben gekommen. Fremdeinwirkung ist nicht auszuschließen. Durch aufgefundene Ausweispapiere konnte die Identität der Toten geklärt werden. Es handelt sich um die 58-jährige Dr. Liane M. aus Bierstadt. Ersten Ermittlungen zufolge hat die Verstorbene die Ferienwohnung zusammen mit einer Freundin gemietet. Von dieser fehlt zurzeit jede Spur. Dafür wurde ein Hund aufgefunden. Er wurde dem Tierheim zugeführt. Eine Obduktion ist angesetzt. Die Ermittlungen dauern an.

Ich atmete tief ein. Muthmann tot und Mobby im Tierheim, die Freundin auf der Flucht. Bierstadt musste seine Kämmerin nicht mehr abwählen und kam sogar um die Gehaltsfortzahlung herum.

Die Boulevardzeitungen fuhren die Sache online schon ziemlich prominent und ließen es sich nicht nehmen, politische Intrigen zu vermuten:

> WAS WUSSTE LIANE MUTHMANN ÜBER DIE
> POLITISCHEN MACHENSCHAFTEN IN BIERSTADT?
> WER HATTE INTERESSE AN IHREM TOD?

Ich formulierte eine weitestgehend sachliche Meldung für die erste Mantelseite.

Kaum hatte ich den Artikel ins System gestellt, kehrte Jansen zurück. In groben Zügen war er schon über das Geschehene informiert.

»Auch das noch! Was ist denn bloß los in unserem schönen Bierstadt?«, stöhnte er.

Er las meinen Artikel und fand ihn in Ordnung.

»Ob es die Freundin gewesen ist?«, grübelte ich. »Aber vielleicht hat sie den Mörder auch gesehen und ist deshalb weg.«

»Wir halten uns streng an die Fakten – keine eigenen Ermittlungen. Denk an unsere Personallage: zwei Kollegen krank, einer auf Fortbildung, Wurbelchen beim esoterischen Kollektivweinen am Kamin, Harras sitzt allein im Sport, Pöppelbaum ist unser einziger Knipser und die Volontäre dürfen nicht ausgebeutet werden, sonst kommt die Tussi vom Betriebsrat wieder angerückt. Die hat mich wegen der Wurbel ohnehin auf dem Kieker. Und Chefsein kostet schließlich auch Zeit.«

Mailbox und Migräne

In der Nacht ereilte mich ein schwerer Migräneanfall. Es hatte keinen Sinn, zur Arbeit zu fahren. Ich informierte Jansen.

Der rechtsseitige Schmerz, direkt über der Augenbraue, haute mich vollkommen aus den Latschen. Ich hatte das Gefühl, dass mir ein böser Wurm bei lebendigem Leibe das Hirn wegfraß. Mehrere Male musste ich mich übergeben.

Als sich der Magen endlich einigermaßen beruhigt hatte, warf ich eine Migränetablette ein, stellte Handy und Telefon ab, verdunkelte den Raum und legte mich zurück ins Bett.

So döste ich, von Tablette und Schmerz betäubt, vor mich hin. Nach Stunden ließ der Schmerz langsam nach. Jetzt war ich nur noch kaputt.

Ich kochte mir aus einem Brühwürfel eine salzige Suppe, brockte ein trockenes Stück Ciabatta hinein und aß langsam. Meine Hand konnte den Löffel kaum halten. Zurück ins Bett. Wieder schlafen.

Aber schlief ich wirklich? Es war eher eine Zwischenwelt, in der ich mich befand.

Ich hörte das Ticken des Weckers lauter als sonst, die aufgeregten Krähen auf dem Feld schienen ein Echo zu haben und die Autos, die vorbeifuhren, Formel-1-Motoren. Seltsamerweise konnte ich die Geräusche nicht mit ihren Verursachern in Verbindung bringen. Das Weckerticken erschien mir als das Schlagen eines Metronoms, die Schreie der Krähen als Kasernenhofdrill und die Automotoren als Löwengebrüll.

Drehte ich langsam durch? Oder galoppierte ich ins Alzheimerreich?

Nur ganz langsam bekam ich Hören, Denken und Schlüsseziehen wieder auf die Reihe. Der Wurm im Kopf kehrte in seine Höhle zurück.

Es war später Nachmittag. Ich duschte, bereitete mir Tee und trank den Rest der Brühe.

Morgen war Großkampftag. Ich musste dann einfach wieder fit sein. Das *Tageblatt* hatte für den Nachmittag eine Extraausgabe geplant.

Um auf dem Laufenden zu bleiben, schaltete ich die Telefone wieder ein.

Drei Anrufer hatten auf meine Mailbox gesprochen. Brinkhoff wollte mir von seinem ersten Tag auf Schloss Waldenstein berichten, sagte jedoch auch, dass es noch nichts Spektakuläres zu erzählen gebe. Peter Jansen wollte wissen, ob er am nächsten Tag mit mir rechnen könne. Und Richard

Sello teilte mir mit, dass er morgen auf der Trauerfeier dabei sein würde und mich anschließend sprechen wolle.

Ich rief Jansen an und meldete mich zurück. Brinkhoff und Sello erreichte ich nicht.

Den Rest des Abends verbrachte ich vor dem Fernseher. Natürlich berichteten die Magazine ausführlich über die bevorstehende Trauerfeier. Das Ableben der Bierstädter Kämmerin stand in der Aufmerksamkeit ein wenig zurück.

Vor dem Rathaus waren Sicherheitskräfte zusammengezogen worden. Sie kontrollierten die Akkreditierungen der Medienvertreter und die Einladungen der Trauergäste. In der Bürgerhalle standen sechzehn Schautafeln. Eine jede zeigte ein großes Porträt, einige kleinere Fotos, die Namen und die Lebensdaten des Opfers sowie das obligatorische schwarze Trauerband über der Ecke links oben. Auch das Bild Patrick Sellos entdeckte ich auf einer Tafel.

Die Menschen verhielten sich sehr ruhig, flanierten an den Bildern der Opfer vorbei, verharrten, legten Blumen nieder. Ab und zu war Weinen und Schluchzen zu hören.

Schwarz gekleidete Ordner, wohl von einem Bestattungsinstitut herbestellt, wiesen die Leute auf die Plätze. Auf der Empore versuchte sich ein Organist an traurigen Weisen.

Die ersten Stuhlreihen waren reserviert für die Schülerinnen und Schüler des Internates, die Angehörigen der Opfer, das Lehrerkollegium von Schloss Waldenstein und die Begleiter der offiziellen Redner.

Journalistenplätze gab es nicht viele. Es war nur ein TV-Sender mit drei Teams zugelassen worden, der sich verpflichtet hatte, sein Material anderen Sendeanstalten frei zur Verfügung zu stellen. So sollten die Angehörigen der Opfer vor aufdringlichen Kameraleuten geschützt werden. Pöppelbaum und einige andere Fotografen drängelten sich in einem abgesperrten Korridor ohne Sitzplätze.

Auf den Stühlen lagen Pressemappen. Auch die Rede von Caroline von Fuchs fand ich darin vor. Sie war kurz. Dem Programm entnahm ich, dass Caroline von Fuchs als Letzte sprechen würde.

Jansen und ich saßen ziemlich vorn, wir hatten in Bierstadt Heimvorteil. Unsere Arbeitsgeräte waren der platzsparende Block und ein Kugelschreiber.

»Da ist Richard Sello«, flüsterte ich. »Dass er sich hierher traut, finde ich mutig.«

»Vielleicht weiß niemand, dass er der Vater des Mörders ist«, überlegte Jansen.

»Er will mich nach der Trauerfeier sprechen. Er hat mir auf die Mailbox gesprochen.«

»Da kommt der Bundespräsident«, zeigte Jansen nach vorn. »Und die Bischöfe.«

Ich ließ meinen Blick über die Stuhlreihen vor uns schweifen. Nach und nach füllten sie sich mit jungen Frauen und Männern, begleitet von den Lehrern. Ich erkannte Dr. Lerchenmüller, den Internatsdirektor. Er saß am Gang, neben sich eine Frau im Rollstuhl: Lara Lindenthal, die einzige Überlebende des Massakers. Sie war bleich und starrte vor sich auf den Boden. Ihr dichtes Haar war zu einer Hochsteckfrisur gebändigt worden. Das schwarze Kleid mit dem kurzen Bolerojäckchen stand ihr hervorragend. Lerchenmüller hielt Lindenthals linke Hand.

Der Organist spielte das Ricercar für sechs Stimmen von Bach. Es war eine tieftraurige, an den Nerven zerrende Melodie.

Nachdem die Musik verklungen war, erhob sich der Bundespräsident. Langsam schritt er zu dem Rednerpult, das auf der Bühne stand und mit weißen Rosen geschmückt war.

»Wir trauern um neun junge Frauen und sieben junge Männer. Sie waren Schülerinnen und Schüler des Internates Schloss Waldenstein. Wir trauern mit den Eltern, die Kinder verloren haben, mit den Freundinnen und Freunden der Getöteten. Ein junger Mensch hat gemordet – und er hat viele an Leib und Seele verletzt. Durch die Tat hat er Familien in Trauer und Verzweiflung gestürzt – auch die eigene.«

Ich blickte zu Richard Sello. Der saß reglos. Was wohl in ihm vorging? Ob er inzwischen endlich auch an die Schuld seines Sohnes glaubte?

»Jedes Kind wird unschuldig geboren«, fuhr der Präsident fort. »Wenn ein Kind stirbt, dann sterben auch Hoffnung und Zukunft mit ihm. Was aber, wenn Kinder selbst zu Mördern werden? Uns quälen die immer gleichen Fragen: Wie konnte das geschehen? Wie kann ein Mensch so etwas tun? Gab es keine Alarmsignale, keine Zeichen, auf die man hätte reagieren können?«

Eine Frau begann laut zu schluchzen. Ich erkannte sie wieder: Sie hatte am Tag des Anschlags vor dem abgesperrten Schulhof gestanden und war von der Polizei weggeführt worden.

»Tun wir genug, um uns und unsere Kinder zu schützen? Tun wir genug, um gefährdete Menschen vor sich selbst zu schützen? Tun wir genug für den inneren Frieden bei uns, den Zusammenhalt? Wir haben uns auch alle selbst zu prüfen, was wir in Zukunft besser machen, welche Lehren wir aus dieser Tat ziehen müssen. Wir wissen doch schon lange, dass in Filmen und Computerspielen extreme Gewalt, die Zurschaustellung zerstörter Körper und die Erniedrigung von Menschen im Vordergrund stehen. Dem müssen wir Einhalt gebieten.«

»Warum verbietet er dann diesen Schrott nicht endlich?«, raunte Jansen. »Aber dazu müsste man der Filmindustrie ja mal richtig auf die Füße treten. Und das macht im real existierenden Kapitalismus niemand.«

»In der Abschiedsbotschaft des Mörders sehen wir einen unglücklichen jungen Mann, der einige Fragen stellt, die ich mir auch stelle. Wie schön, klug, kraftvoll und reich muss einer sein, um dazuzugehören? Und – was wird aus denen, die diesem Bild nicht entsprechen? Wie schnell fällt einer aus dem Rahmen, nur weil er anders ist? Einen Menschen so anzunehmen, wie er ist – das ist die wichtigste Voraussetzung, um einander verstehen und annehmen zu können, um einander zu helfen. Liebe Angehörige, meine Frau und ich, wir wünschen Ihnen Kraft und Zuversicht. Wir wünschen Ihnen, dass Ihr Leben wieder einen Rahmen findet – einen Rahmen, der Ihnen hilft weiterzuleben und in dem auch die Toten und Verlorenen, der Schmerz und die Trauer ihren Platz finden. Ganz Deutschland trauert mit Ihnen. Sie sind nicht allein.«

Das war's. Ein *Air* aus einer Bach-Suite donnerte durch die Halle. Der Bundespräsident setzte sich in die erste Reihe neben den Internatsleiter. Dann ging der katholische Bischof auf die Bühne, es folgte der evangelische. Beide interpretierten die Bedeutung des Psalms 39, 13: *Höre mein Gebet und vernimm mein Schreien, schweige nicht zu meinen Tränen.*

Den Reden folgte ein weiteres kurzes Orgelstück. Gleich würde Caroline von Fuchs sprechen. Ich nahm das Blatt, auf dem ihre Rede abgedruckt war, aus der Pressemappe und legte es auf meine Knie.

Die Orgel verklang mit einem Crescendo.

Caroline von Fuchs schritt langsam auf das Pult zu, an den Schautafeln vorbei. Ihr hellblondes Haar wippte bei jedem ihrer Schritte. Vor Patrick Sellos Bild schien sie etwas zu zögern. Die Haltung ihrer Schultern sagte nichts aus über ihre Stimmung. Sie trug einen langen weißen Rock und einen dünnen weißen Rollkragenpullover. Als sie das Pult erreichte, legte sie ihr Manuskript vor sich hin. Sie war nicht geschminkt und trug keinen Schmuck.

Sie schaute vor sich auf das Pult und ließ Zeit verstreichen. Eine sehr lange Zeit. Dabei erweckte sie nicht den

Eindruck, als könne sie nicht beginnen, weil sie sonst weinen würde. Sie wirkte gefasst, aber ihr Blick hob sich nicht.

Minute um Minute verging.

Dann nahm sie das Blatt, das vor ihr lag, und faltete es einmal in der Mitte. Und dann noch einmal, um es wieder abzulegen.

Nun endlich begann sie zu reden. Mit klarer, lauter Stimme nannte sie die Namen der Toten. Einen nach dem anderen, in alphabetischer Reihenfolge der Nachnamen. Anschließend verstummte sie erneut. Es war totenstill. Ich bekam Gänsehaut. Der Auftritt der jungen Frau war unglaublich eindrucksvoll. Mit dem, was in ihrem Redemanuskript stand, hatte das nicht das Geringste zu tun.

»Ich spreche zu euch. Zu euch, die ich eben gerufen habe. Ich trage Weiß. Ihr könnt das nicht mehr sehen, denn ihr könnt nie mehr etwas sehen. Darum sage ich es euch. Auch Weiß ist eine Farbe der Trauer.«

Wieder eine Pause.

»Weiß ist aber auch die Farbe der Unschuld. Eigentlich müsste ich bei euch sein, denn ich bin eine von euch. Der Zufall führte mich an jenem schwarzen Tag an einen anderen Ort. Darum bin ich es, die sprechen kann.

Ich trage das Weiß zu Ehren eurer Unschuld. Und meiner. Ihr wisst, dass keiner unter euch Schuld trägt, denn ihr wart dabei. Ich weiß es auch, aber ich war nicht dabei. Ich lege Zeugnis ab für eure Unschuld. Auch für die von Patrick. Nicht Patrick hat geschossen. Ihr wisst es, ich weiß es.«

Sie richtete den Blick auf Lara Lindenthal und blieb wieder für eine lange Weile still. Dann nahm das Mädchen langsam den rechten Arm hoch und zeigte mit fest ausgestrecktem Zeigefinger auf die Lehrerin. Unvermittelt stieß sie die beiden Worte hervor, mit denen Émile Zola einst Stellung für Dreyfus bezog: »J'accuse!«

Die Trauergesellschaft war reg- und sprachlos. Erstarrt.

Caroline trat zurück, verließ die Bühne und schritt langsam durch den Mittelgang. Die Absätze ihrer Schuhe erzeugten ein hartes Geräusch – tick, tock, tick, tock –, niemand regte sich.

Die junge Frau verließ die Halle und verschwand auf dem Rathausplatz. Die vorgesehene Abschlussmusik – Bachs *Toccata und Fuge* in d-Moll – wurde nicht mehr gespielt.

Ich blickte zu den ersten Reihen. Lara Lindenthals Kopf klebte an der Schulter des Schulleiters. Ihr Körper zitterte im Weinkrampf.

Was war das gerade gewesen? So richtig fassen konnte ich das Geschehene noch nicht. Ich sah zu Jansen.

»Mach den Mund zu«, flüsterte er. »Jetzt wird es erst richtig interessant. Mit der Geschichte werden wir noch viel Arbeit haben, Grappa.«

»Wir?«

»Du natürlich, Grappa-Baby.« Er packte seine Papiere zusammen. »Und ich halte dir den Rücken frei – wie immer.«

Der Organist hatte sich gefangen und spielte etwas Belangloses. Stimmengemurmel setzte ein, wurde lauter. Der Bundespräsident und die Bischöfe rauschten ab.

Nach und nach verließen alle die missglückte Trauerfeier. Ich suchte Richard Sello, fand ihn aber nicht.

Nun waren es schon zwei Menschen, die Patrick für unschuldig hielten.

Die Sonderausgabe des *Bierstädter Tagesblattes* war zwei Stunden nach dem plötzlichen Ende der Trauerfeier auf dem Markt – und wurde den Händlern aus den Händen gerissen. Wir hatten vier Seiten zustande gebracht, von denen zwei nur Fotos zeigten: den Bundespräsidenten, die Bischöfe, die Angehörigen. Und Caroline von Fuchs am Rednerpult. Ihre Kleidung schien noch weißer als die Rosen der Blumendekoration. Ihr Gesicht in Nahaufnahme: In ihrem Blick fand sich keine Trauer, sondern glasklare Entschlossenheit. Ein weiteres Foto zeigte, wie sie mit ausgestrecktem Arm auf die Lehrerin deutete.

Wenn Caroline von Fuchs die Absicht verfolgt hatte, Aufsehen zu erregen, dann war ihr das gelungen. Die Medien waren aufgescheucht. Bundesweit wurde ihre kurze Rede in jeder Nachrichtensendung übertragen. Der Bierstädter Lokalsender moderierte den Beitrag am Abend so an: »Ein Skandal ereignete sich bei der Trauerfeier für die sechzehn Opfer der Amoktat von Bierstadt. Die Schulsprecherin, eine Kameradin der Toten, nahm den mutmaßlichen Täter, den Schüler Patrick S., in Schutz und beschuldigte die Lehrerin, die das Massaker überlebt hat. In Gegenwart des Bundespräsidenten zeigte sie auf die sechsunddreißigjährige Frau und klagte sie an, mit dem berühmten ›J'accuse‹ des Émile Zola.«

Der anschließende Film zeigte die Szene in aller Ausführlichkeit: das ›J'accuse‹ und seine Adressatin Lara Lindenthal, die – völlig überrascht durch den Angriff – in ihrem Rollstuhl zusammensackte. Dr. Lerchenmüller, der Lindenthals Kopf an sich zog und etwas flüsterte. Die erstaunte Miene des Bundespräsidenten, der – später vom Reporter befragt – das Ereignis nicht kommentieren wollte.

Die BILD-Zeitung brachte in ihrer abendlichen Online-Ausgabe das ungeschminkte Gesicht Carolines in verschwommener Großaufnahme und titelte: *Die UN-geschminkte UN-Wahrheit!* Das Blatt mit den großen Buchstaben schrie Zeter und Mordio und wollte die Schülerin in Haft wissen, mindestens aber in der Psychiatrie.

Ich verfolgte die Nachrichtensendungen noch bis Mitternacht. Alle Reporter waren auf der Jagd nach Caroline von Fuchs und Lara Lindenthal. Natürlich nur, um die Bevölkerung aufzuklären. Ich seufzte. Journalismus war nicht immer ein sauberes Geschäft. Und auch ich würde den Kampf der beiden schönen jungen Frauen weiterverfolgen. Wo lagen Wahrheit und Schuld im Zusammenhang mit den sechzehn Toten?

Was Kleist wohl zu der Entwicklung sagte? Es war zu spät, ihn anzurufen. Ich sandte eine SMS auf sein Handy: *Zehn Uhr Sonntagsfrühstück bei mir. Brötchen bringen.*

Theater um ein schreckliches Video

Mein Schlaf war tief und traumlos gewesen. Gegen neun Uhr schaute ich auf mein Handy. Kleist hatte auf meine SMS mit *OK* geantwortet. Also badete ich und cremte mich mit einer wohlriechenden Körpermilch ein. Während ich den Tisch deckte, klingelte mein Mobiltelefon im Schlafzimmer. Er sagt ab, dachte ich sofort. Umso überraschter war ich, dass Anton Brinkhoff sich meldete.

»Im Schloss herrscht Ausnahmezustand«, berichtete er. »Lara Lindenthal liegt mit einem Schwächeanfall in ihrem Appartement und Caroline von Fuchs hat Zimmerarrest. Keine Ahnung, wie es ihr geht. Lerchenmüller hält alle von ihr fern – auch die Polizei.«

»Darf er sie denn festhalten?«, wunderte ich mich.

»Sie ist erst siebzehn, also noch nicht volljährig. Ihre Pflegeeltern haben ihm eine Vollmacht gegeben – behauptet jedenfalls Lerchenmüller«, antwortete Brinkhoff. »Es wird übrigens knapp – fast hätte mich ein Kollege von früher erkannt. Ich war gerade dabei, den Zaun zu reparieren, als ein Streifenwagen stoppte. Hab mich grad noch verdrücken können.«

»Ich muss das Mädchen unbedingt sprechen«, sagte ich. »Kommst du irgendwie an sie heran?«

»Das wird schwer. Die Zimmer der Schüler befinden sich in einem Nebengebäude, da hab ich normalerweise nichts zu tun.« Brinkhoff dachte nach. »Aber ich könnte ja so tun, als hätte sich eine Katze in den Schülertrakt verirrt.«

»Was haben die denn gegen Katzen?«

»Keine Ahnung. Keine Katzen, keine Hunde auf dem Gelände. Überhaupt kein Viehzeug. Was soll ich dem Mädchen sagen?«

»Dass ich gerne mit ihr reden würde. Gib ihr meine Nummer. Noch besser wäre es, wenn sie herkäme.«

Brinkhoff versprach, sein Bestes zu tun.

Lerchenmüller hielt Caroline also unter Verschluss. Tat er es für sie oder gegen sie? Wollte er Lara Lindenthal schützen? War es mehr als Freundschaft, was die beiden verband?

Kleist erschien pünktlich und wirkte entspannt. Er küsste mich auf die Wange und drückte mir die Brötchentüte in die Hand. Sie war warm.

»Tach auch. Und Grüße von deiner überfreundlichen Bäckerin«, grinste er.

»Wie isses?«, lachte ich.

»Muss und selbst?«, spielte er mit.

»Nun hör aber auf«, führte ich uns in die Normalwelt zurück.

»Das war ja eine große Aufregung gestern«, kam er zur Sache. »Ein gefundenes Fressen für die Medien. Die Berichterstattung war entsprechend.«

»Ist es denn so abwegig, was Caroline von Fuchs behauptet hat?«, fragte ich.

»Schwer zu sagen. Wir müssen uns an die Fakten halten. Du kennst sie doch auch: Sellos Video, die Schmauchspuren an seinen Händen und die Aussage der Lindenthal. Das zeigt alles in Sellos Richtung. Und – welches Motiv sollte die Lehrerin haben, ihren Kurs zu vernichten?«

Wir setzten uns. Kleist griff nach dem Brotmesser und schnitt die Brötchen auf.

»Hatte die Lindenthal Schmauchspuren an sich?«

Kleist schaute irritiert. »Weiß ich nicht.«

»Ihr habt das nicht überprüft?«

»Glaube nicht. Sie ist ja sofort ins Krankenhaus gebracht worden. Die Toten haben wir auf Schmauchspuren hin untersucht und welche auf den Kleidern gefunden, was bei der Menge der abgegebenen Schüsse nicht verwundert. Und bei Patrick Sello konnten wir erhöhte Spurenwerte an den Händen feststellen. Typisch für jemanden, der geschossen hat. Damit war für uns die Sache klar. Zumal wir ja auch die Aussage der Lindenthal hatten.«

Ich strich Frischkäse aufs Brötchen. »Und jetzt? Ändert sich die Lage nach Carolines Anschuldigung?«

»Wir werden sehen. Noch haben wir das Mädchen selbst nicht sprechen können.«

»Lerchenmüller hat ihr Zimmerarrest aufgebrummt.«

»Brinkhoff?«, grinste Kleist.

Ich nickte. »Was wisst ihr eigentlich über die Lindenthal? Außer – dass sie attraktiv ist, den Lerchenmüller auf ihrer Seite hat und sich prächtig macht als Überlebende eines Massakers?«

»Das ist in Arbeit«, antwortete der Hauptkommissar. »Auch Caroline von Fuchs und ihr Umfeld werden überprüft. Aber für mich ist nach wie vor Patrick Sello der Täter.«

Mir kam eine Idee.

»Sag mal ... wir waren doch vor Ort, als die Schüsse fielen. Es gab diese schrecklichen Maschinensalven und dann, nach einer Pause, zwei einzelne Schüsse. Kann man nicht feststellen, welches genau die letzten Schüsse waren?«

»Nein, das ist unmöglich.« Kleists Gesicht wurde nachdenklich. »Es kann nur Patrick Sello gewesen sein. Er hatte die Waffe noch in der Hand, als wir den Tatort erreichten. Die Fingerabdrücke sind seine und sie passen zu beiden Schusspositionen.«

»Schusspositionen?«

»Ja. Wenn du auf andere schießt, hältst du die Waffe so …« Er machte es vor. »Und wenn du dir in den Mund schießt, ist es so.«

Ich wandte mich ab. So genau wollte ich mir das nicht vorstellen.

Der Ausdruck in seinen Augen blieb nachdenklich.

»Du siehst aber so aus, als wärst du selbst nicht ganz zufrieden mit deiner eigenen Sicherheit«, stellte ich fest.

Seufzend winkte er ab.

Zwei Stunden später meldete sich mein Undercoveragent erneut. »Sie ist bereit, mit dir zu reden.«

»Klasse. Wie hast du das hingekriegt?«

»Ein Zufall kam mir zu Hilfe. Im Flur des Schülertraktes war eine Leuchtstoffröhre defekt. Die habe ich ausgetauscht, direkt vor der Tür zu Carolines Zimmer. Die Namen stehen dran. Ich hab einen Zettel unter der Tür durchgeschoben. Den hat sie prompt beantwortet: *Einverstanden! Heute Abend 20 Uhr im Gartenschuppen. Caro.*«

»Wo ist dieser Gartenschuppen?«

»Das ist ein kleines Backsteinhäuschen im Park.«

»Das kenne ich«, fiel mir ein. Ich erzählte, wie ich dort am Tag des Amoklaufes zusammen mit Pöppelbaum auf Kleist gestoßen war.

»Genau das meint Caro. Aber wie kommst du ungesehen dorthin?«

»Das lass meine Sorge sein«, meinte ich. »Sieh du nur zu, dass du die Zäune auf der Seite zum Wald nicht zu eifrig reparierst. Kannst du Caro noch einen Zettel zukommen lassen?«

»Nein, keinesfalls«, antwortete Brinkhoff. »Ich bin schon zu Hause. Der Hausmeister von Schloss Waldenstein hat nun Feierabend.«

Pöppelbaum war bereit, noch einmal den Weg durch den kaputten Zaun zu nehmen. Er war sogar stolz darauf, die Maid betreuen zu können.

»Du bringst sie schnurstracks zu mir und dann sehen wir weiter. Und lass dich nicht erwischen.«

»Ja, ich weiß«, kam es durchs Telefon. »Wenn es schiefgeht, leugnest du, mich zu kennen. Verstoßen wir gegen irgendein Gesetz?«

»Mach dir keine Sorgen. Das Mädchen ist volljährig«, log ich. »Strafbar macht sich höchstens Lerchenmüller. Wegen Freiheitsberaubung.«

»Mein Handy schalte ich aus – nur damit du Bescheid weißt«, kündigte der Bluthund an. »Und anschließend erwarte ich einen Martini – gerührt, nicht geschüttelt.«

Ich war froh, dass der Knipser den Befreier spielen wollte. Für solche Nummern war ich entschieden zu alt. Meinen letzten Sprint über den Internatsrasen spürte ich immer noch in den Knochen und in den höheren Klassen des Gymnasiums hatte ich den Schulsport meist geschwänzt. Ich hatte schon immer lieber Bücher gelesen, als auf dem Schwebebalken Gleichgewichtssinn geprobt. Als Volksschulkind hatten mich meine Eltern in den Ballettunterricht geschickt. Ich sollte weibliche Anmut lernen. Meine Karriere gipfelte in der Rolle eines Baums in *Schneewittchen.* Ich war die Eiche.

Zu warten war nicht angenehm. Ich versuchte, mich mit Internetrecherchen über Lara Lindenthal abzulenken. Jeder Mensch, der mit den elektronischen Medien umgeht, hinterlässt Spuren. Doch die waren spärlich, was die Lehrerin betraf.

Sie war Beisitzerin im Philologen-Landesverband, hatte sich in einem medizinischen Forum über Allergien informiert und war Mitglied in einem Pädagogenforum. Ich fand keinerlei Anlass, an der Glaubwürdigkeit Lara Lindenthals zu zweifeln.

Inzwischen war es schon neun Uhr. Wo blieben die beiden? War Pöppelbaum erwischt worden? Oder hatte Caro ihr Zimmer nicht verlassen können? Meine Aufgeregtheit ließ mich den Fernseher einschalten. Noch immer war die missglückte Trauerfeier Thema. In Ermangelung neuer Informationen zeigten die Sender die alten Bilder und ließen sie von Psychologen interpretieren. Caroline von Fuchs' Anklage gegen Lara Lindenthal wurde als Übersprunghandlung gewertet, die durch den Verlust der Klassenkameraden begründet wurde.

Ich zappte weiter. Bei einem Privatsender geriet ich in eine Sendung, die sich mit Hartz-IV-Betrügern befasste. Drei Fälle wurden präsentiert: Eine zweiunddreißigjährige Frau, die ihre vom Staat finanzierte Wohnung an fünfunddreißig tamilische Asylbewerber untervermietet und das Geld eingesteckt hatte, ein fünfundfünfzigjähriger ehemaliger Postzusteller, der an Mallorcas Ballermann literweise Sangria verkaufte, und eine alleinerziehende Mutter, die ihre acht Wunschkinder zum Betteln in die Fußgängerzonen abkommandierte.

Ich schaltete das Gerät aus, ging in die Küche und öffnete eine Flasche Grauburgunder. Halb zehn. Was war nur mit den beiden? Endlich erlöste mich die Türklingel. Ich öffnete, ohne Licht zu machen. Die beiden schlüpften in mein Haus.

Pöppelbaum war ganz in Grau gekleidet und trug sogar eine graue Wollmütze. Hatte er wohl versucht, wie ein Ninja mit der Dämmerung zu verschmelzen? Jedenfalls hatte es nicht geschadet, sie waren da.

Caroline von Fuchs sah aus der Nähe anders aus als auf der Bühne und den Fotos. Besonders eindrucksvoll waren ihre Augen: groß und klar, flaschengrüne Iris. Sie war gekleidet wie alle Mädchen ihres Alters: Jeans, Pullover und Sportschuhe mit schrägen Streifen. Ihre kleine flache Tasche, die nach Laptop aussah, legte sie in der Garderobe ab.

»Toll, dass das geklappt hat, und vielen Dank für Ihr Vertrauen, Caroline.«

Caroline antwortete nicht gleich. Ich schaute zu dem Bluthund, aber er wich meinem Blick aus und deutete mit den Lippen ein lautloses Pfeifen an. Anscheinend wollte er nichts sagen.

»Das kommt nicht von ungefähr, Frau Grappa. Sie sind ja keine Unbekannte.«

»Wie das?«, wunderte ich mich.

»Wir haben einmal im Deutschunterricht bei Frau Lindenthal eine Journalismus-Einheit erarbeitet. Dabei haben wir die Berichterstattung über Kriminalfälle von vier Zeitungen verglichen. Auch von Ihnen waren Artikel dabei. Es kam heraus, dass Sie sich um Objektivität bemühen, auch ungewöhnliche Lösungen in Erwägung ziehen und generell menschlich denken.«

»Danke für die Blumen.« Mir wurde ganz warm. »Lassen Sie uns in die Küche gehen. Möchten Sie etwas trinken oder essen? Wayne, wie ist es mit dir?«

»Grappa, tut mir leid. Ein andermal«, stotterte er. »Ich muss weg. Ihr zwei Hübschen kommt bestimmt ohne mich klar.«

»Ja, schaffen wir«, gab ich zurück. »Vielen Dank.«

»Aber den Martini hol ich mir noch mal.«

Weg war er und wir setzten uns an den Küchentisch.

»Ich bin froh, dass ich aus dem Schloss weg bin. Das ist kein guter Ort für mich.«

»Wie sind Sie denn da rausgekommen? Ich hörte, man habe Sie eingeschlossen.«

»Das ist ein Internat und kein Gefängnis«, erklärte Caro. »Mein Zimmer liegt im Erdgeschoss und die Fenster haben keine Gitter.«

»Sie haben gestern einen riesigen Wirbel erzeugt«, stellte ich fest. »Das wirkte alles sehr überzeugend. Ihre Rede war ein Knaller.«

»Das sollte auch so sein«, gab sie zurück.

»Sie hatten das geplant? Es kam mir wie eine spontane Aktion vor.«

»Spontaneität wirkt am besten, wenn sie genau einstudiert ist«, meinte sie selbstbewusst.

Meine Augenbrauen kletterten nach oben. Die Kleine hatte es faustdick hinter den Ohren.

Ich erinnerte mich an etwas, was Brinkhoff mir einmal über Verhörmethoden erzählt hatte. Die Polizei wendet gern eine Technik an, die in der Gesprächstherapie entwickelt worden war: das Spiegeln. Man bezieht nicht Stellung zu dem, was gesagt wird, sondern gibt das Gesagte einfach zurück. Damit saugt man an dem Zeugen oder Täter und erzeugt das Bedürfnis, mehr zu erzählen.

»Sie haben das einstudiert?«, spiegelte ich also.

»Auf diesem Internat lernt man wirklich eine Menge«, stellte sie fest.

»So, da lernt man eine Menge …«

»Rhetorikkurs und Theatergruppe zusammen haben mich inspiriert«, teilte sie mit.

»Sie haben gesagt, Sie wissen, dass Patrick unschuldig ist«, schlug ich eine andere Richtung ein.

»Ja, ich weiß es genau.«

»Aber es gibt doch klare Indizien!«

»Die werden ganz falsch interpretiert!« Verärgert schüttelte sie den Kopf.

»Wie können Sie da nur so sicher sein?«, fragte ich. »Es gibt doch sogar ein Ankündigungsvideo. Sie kennen es sicher.«

»Ja, eben, ich kenne es genau«, stimmte sie zu. »Und ich kenne es schon lange.«

»Wieso haben Sie denn niemandem davon erzählt? Man hätte doch einschreiten und helfen können.«

»Warum hätte ich das tun sollen?« Es klang aufgebracht. »Das ist doch künstlich!«

»Künstlich?«

»Ja. Künstlich. Nach den schrecklichen Tötungen in Winnenden hat die Theatergruppe ein Projekt gemacht. Das Video ist Teil dieses Projekts. Patrick hatte die Rolle des Attentäters und zu dieser Rolle gehörte es, eine dieser hilferufenden Spuren zu schaffen, über die immer geschrieben wird. Er hat das prima gemacht. So prima, dass es nun alle für echt halten.«

»Wieso wusste Frau Lindenthal nichts davon?«

»Selbstverständlich weiß sie davon. Sie hat das Projekt doch geleitet!«

»Bitte?« Das war ja unglaublich!

»Ja. Sie kannte das Video. Patrick hat es in das Forum geladen, damit die anderen Mitglieder der Theatergruppe darauf Zugriff hatten.«

»Das müsste der Polizei doch bekannt sein!«

Caroline lachte auf. »Die haben halt die Falsche befragt.«

»Ich werde morgen einen Artikel darüber schreiben und den Bullen auf die Sprünge helfen«, kündigte ich an. »Gibt es noch andere Videos in dem Onlineportal?«

»Na klar. Es wird von vielen Schulen genutzt.«

»Das meine ich nicht. Ich dachte an Videos, die mit Schloss Waldenstein zu tun haben.«

Sie zögerte plötzlich und schwieg. Mein Gefühl sagte mir, dass ich einen empfindlichen Punkt getroffen hatte. Nur nicht weiterbohren, dachte ich.

Mir kam ein Verdacht. »Dieses Projekt der Theatergruppe. Wer könnte denn bestätigen, dass das nur Unterricht war?«

»Frau Lindenthal. Die anderen sind ja alle tot.«

»Und wenn Sie nicht da wären, gäbe es niemanden, der das Video richtig einordnen könnte?«, fragte ich.

»Genau«, nickte sie. »Für Frau Lindenthal ist es ziemlich schlimm, dass ich am Montag nicht in dem Kurs war.«

»Wo waren Sie eigentlich?«

»Ich hatte Französisch«.

»Oh. Wie denn das? Ich dachte, Sie gehörten mit in die Klasse.«

»Nein«, stellte sie klar. »Die Opfer – das ist der Leistungskurs Deutsch von Frau Lindenthal, ich habe Deutsch bei Herrn Schubert. Bei Lara bin ich nur im Theaterkurs. Der bestand aus ihrer Deutschgruppe und mir.«

»Seltsam. Haben Sie nicht vorhin gesagt, Sie hätten Deutsch bei Frau Lindenthal und Zeitungsartikel analysiert?«

»Ja, das war vor einem Jahr. Die Kurse sind am Beginn des Schuljahres neu zusammengestellt worden.«

»Wenn Frau Lindenthal wirklich geschossen hat, ist sie eine sehr gefährliche Frau«, stellte ich fest.

»Allerdings. Sie hat sechzehn Menschen erschossen und ich habe sie dessen angeklagt! Sie wird alles dransetzen, mich aus dem Verkehr zu ziehen.«

»Am besten wird sein, Sie bleiben vorerst hier. Hier sind Sie sicher. Niemand weiß, dass Sie bei mir sind.«

»Ich bin noch nicht volljährig«, wandte sie ein. »Und Dr. Lerchenmüller hat das Aufenthaltsbestimmungsrecht über mich.«

»Das stehen wir durch, Caroline. Außerdem – lange kann es ja nicht mehr dauern, bis Sie achtzehn sind.«

»Noch drei Monate.«

»Na also. Das Gästezimmer ist hergerichtet und im Bad liegen frische Handtücher.«

Wir begossen unsere Wohngemeinschaft mit einem Fencheltee.

Die Kämmerin hängt auf der Insel

Jansen schellte mich gegen neun Uhr aus Morpheus' Armen. »Hier kommt gerade eine Mitteilung der Kripo rein. Caroline von Fuchs ist seit gestern Abend verschwunden.«

»Ach, ja?« Ich war noch nicht ganz wach.

»Hast du eine Ahnung, wo sie sein könnte?«

»Wie kommst du denn darauf?«, fragte ich.

»Ich habe Brinkhoff angerufen. Er hat so eine leise Andeutung gemacht.«

»Na toll«, entgegnete ich. »Ist seine Tarnung als Hausmeister jetzt aufgeflogen?«

»Nein, ich bin ja kein Elefant im Porzellanladen. Wann bist du hier?«

»In anderthalb Stunden. Zur Redaktionskonferenz. Plane bitte sechzig Zeilen von mir ein. Auf der Eins – unbedingt.«

»Also weißt du doch was«, hakte mein Chef nach.

»Nicht am Telefon bitte. Sechzig Zeilen.«

Ich duschte und ging in die Küche. Caroline von Fuchs hatte sich eine Tasse Kaffee gemacht. Vor ihr stand ein Netbook.

»Guten Morgen!«, begrüßte ich sie. »Gut geschlafen?«

»Ja, gut. Aber ungewohnt. Kann ich hier irgendwie ins Internet? Ich hab schon nach einem Funknetz gesucht und zwei gefunden.«

Ich bereitete mir ebenfalls einen Kaffee zu und setzte mich an den Tisch.

»Die Polizei sucht Sie«, teilte ich mit. »Es ist deshalb nicht besonders schlau, mit Ihrem Rechner meinen Internetanschluss zu nutzen. Die Behörden können zurückverfolgen, wem dieser Anschluss zugeordnet ist.«

»So schnell kriegen die das nicht raus«, murmelte sie.

»Na gut, schauen wir mal«, gab ich nach und schaute auf ihren Bildschirm. Da war das übliche Bild. Mein Wireless LAN wurde angezeigt und das zweite, das irgendeinem Nachbarn gehören musste. Ich verriet Caro das Passwort und sie stellte die Verbindung her.

»Ich muss doch meinen Freunden mitteilen, dass alles in Ordnung ist.«

»Sie wollen Mails schreiben?«

»Nein. Ich gehe in den Live-Chat bei *ausstieg.de*«, erklärte sie. »Unter meinem Nick, das ist ein Pseudonym.«

»Ich weiß«, lachte ich. »Ich hab auch schon mal gechattet. Darf ich Ihnen über die Schulter gucken? Mich interessiert dieses Forum.«

Sie hatte nichts dagegen. Ich schob meinen Stuhl auf ihre Seite.

»Wir haben bei *ausstieg.de* ein Forum, in dem nur Waldensteiner schreiben. Das Forum heißt *Philosophische Fragen.*«

»Patrick war auch Mitglied dort?«

»Ja, natürlich. Er hat das Forum doch gegründet. Sein Nick lautete *Paranoia.*«

»Patrick hatte wohl Sinn für Humor.«

»Hatte er.«

Sie gab etwas ein und der Bildschirm zeigte die Seite über den Chatter *Paranoia.*

Alter, E-Mail-Adresse, Geburtsdatum, Datum der Anmeldung und so weiter. Das Foto zeigte den hübschen Schüler. Ein paar flapsige Sprüche über Verfolgungswahn standen daneben.

»Das ist Patricks Personalseite«, erklärte mir Caroline. »Solche Seiten haben alle Chatter. Meistens stimmen die Angaben. Und dann gibt es noch die Fakes.«

»Fakes? Was meinen Sie damit?«

Sie loggte sich aus und klappte den Deckel des kleinen PCs zu.

»Chatter, die so tun, als seien sie jemand anders. Um andere reinzulegen und bloßzustellen. Die Leute geben sich eine Chatidentität, die voll gelogen ist. Patrick hat die Fakes regelmäßig enttarnt und uns gewarnt.«

»Ich verstehe. Aber das ist doch so üblich im Chat. Auf Single-Seiten sind alle Männer mindestens erfolgreiche Manager mit viel Kohle und der Potenz eines Bullen, die Frauen sehen aus wie Models oder Feen. Aber was dort an Texten fabriziert wird, erreicht noch nicht mal das Niveau der ersten Grundschulklasse. Und beim ersten Date gibt es das böse Erwachen.«

»Diese Art Lügerei meine ich nicht«, erklärte Caroline. »Ich meine den achtundfünfzigjährigen Schulleiter, der sich als sechzehnjährige Schülerin ausgibt, junge Männer anschwärmt, um sich an den Gesprächen anschließend aufzugeilen. Oder die sechsunddreißigjährige Lehrerin, die einen ihrer Schüler mit erotischen Fantasien verfolgt.«

Das war starker Tobak!

»Lerchenmüller und Lindenthal haben mit euch gechattet?«, fragte ich fassungslos.

»Ja. Ein halbes Jahr lang. Dann sind die beiden aufgeflogen.«

»An wem war die Lindenthal interessiert?«

»Dreimal dürfen Sie raten.«

»Oh. Ich ahne es.«

Caroline von Fuchs sah mich mit grünen Augen an und nickte ernst.

»Der Tod der Kämmerin ist geklärt«, überraschte uns Jansen zu Beginn der Redaktionskonferenz.

»Hat die Freundin gestanden?«, fragte Harras.

»Nicht ganz. Es war ein Unfall.«

»Strangulation als Unfall?« Ich war perplex.

»So hab ich auch reagiert, Grappa«, entgegnete Jansen. »Aber ich musste mich eines Besseren belehren lassen.«

»Würgen als Luststeigerung. Kennst du das etwa nicht, Grappa?«, spielte Pöppelbaum den Überlegenen.

»Kennen wäre zu viel gesagt. Aber gehört hab ich davon schon mal. Nachempfinden kann ich es nicht.«

»Die Frage ist jetzt, wie wir journalistisch damit umgehen«, warf Jansen in die Runde.

»Am besten dezent«, schlug ich vor. »Sonst werden die Vorurteile gegen lesbische Lebensgemeinschaften noch verstärkt.«

»Ich würde die Wahrheit schreiben«, hielt Simon Harras dagegen. »Und zwar nichts als die Wahrheit.« Er war eben Sportredakteur.

»Auch die Wahrheit kann dezent dargestellt werden«, meinte ich.

»Hat sonst noch jemand eine Meinung?«, fragte der Chef.

Da wir heute in kleiner Besetzung konferierten, kamen wir schnell zum Ende.

»Grappa, du hast sechzig Zeilen auf der Eins. Darüber sprechen wir gleich unter vier Augen. Und jetzt zu den Terminen heute.«

Jansen verteilte die Routinearbeit. Die Kultur fiel einmal mehr aus. Wurbelchen weilte noch in den *kleinen Fluchten.*

Jansen pfiff durch die Zähne, nachdem ich ihn auf den neuesten Stand gebracht hatte.

»Das ist ein Ding, Grappa! Die Lindenthal war hinter dem kleinen Sello her! Vielleicht hat sie es nicht verkraftet, dass er sie hat abblitzen lassen.«

»Das wissen wir nicht. Und ich werde nichts darüber schreiben. Morgen werde ich erst mal der Polizei auf die Sprünge helfen und ihnen ihr bestes Beweisstück um die Ohren hauen: das Video!«

»Was wohl der Leiter der Mordkommission dazu sagen wird?«

Ich zuckte die Schultern.

»Mit meinem Artikel müsste ich in einer Stunde fertig sein«, sagte ich. »Dann muss ich dringend einkaufen. Caroline ist mit ganz kleinem Gepäck angereist – nur mit einem Netbook bekleidet.«

PEINLICHE ENTHÜLLUNG: AMOKVIDEO WAR THEATERINSZENIERUNG – titelte ich.

> Das Bekennervideo im Internet, in dem der mutmaßliche Amokläufer Patrick S. (18) seine Tat angekündigt haben soll, ist das Ergebnis eines Theaterprojekts im Nobelinternat Schloss Waldenstein.
>
> Für Polizei und Staatsanwaltschaft gilt der Film als wichtiges Beweisstück für die Täterschaft des 18-Jährigen. Doch Patrick S. hat lediglich einen Text vorgetragen, den er für die Theater-AG der Schule erarbeitet hatte. Der Kurs wurde von der Deutschlehrerin Lara Lindenthal (36) geleitet, die als Einzige das Massaker überlebt hat.
>
> Warum ließ die Schule die Ermittlungsbehörden in dem Glauben, dass es sich um ein echtes Bekennervideo handelt?
>
> Unverständlich auch, dass zwar die toten Opfer des Amoklaufes auf Schmauchspuren untersucht wurden, nicht aber die überlebende Lehrerin. Lara Lindenthal ist am Samstag während der Trauerfeier in der Bürgerhalle von einer Schülerin der Tat bezichtigt worden. Die 17-jährige Caroline von Fuchs wird seitdem vermisst. Auch die beschuldigte Lehrerin ist zurzeit nicht erreichbar.

Jansen nickte den Artikel ab und ich machte mich davon.

Ich fuhr in ein Parkhaus in der Innenstadt und suchte ein Bekleidungsgeschäft auf. Ab in die Teenieabteilung. Ich legte ein Fünferpack Slips, drei Paar Socken, drei T-Shirts mit hübschem Muster – fand ich jedenfalls –, einen Rock im Ethno-Look und eine Hose aus Nickistoff in den Korb. Alles so Größe 36.

»Wollen Sie die Sachen vielleicht nicht lieber vorher anprobieren?« Vor mir stand eine Verkäuferin. Sie war perfekt geschminkt, etwa dreißig Jahre jünger als ich, sonnengebräunt und grinste ein wenig maliziös.

»Die passen schon«, lächelte ich.

»Glauben Sie wirklich?«

»Ja, ich habe ein gutes Augenmaß.«

Die Tussi musterte mich abschätzig. »Wie Sie meinen.«

»Wissen Sie«, meinte ich jovial. »Mein Mann findet es aufregend, wenn ich aus den Klamotten platze. Darf ich diese Sachen jetzt bezahlen oder wollen Sie sie beschlagnahmen?«

Ich ging zur Kasse und verließ dann den Laden.

Auf der Straße stritten sich einige Jugendliche. Es ging laut zur Sache. Ich hörte Worte wie »Hackfresse, du Döner du!« Und »du Opfer«. Ein Mädchen brüllte zurück: »Verpiss dich, du Spacko!« Dann war wieder der Junge dran: »Du Fotze, Alde, deine Mutter klaut bei *Kik!*«

Dieser Nachwuchs gab wirklich Anlass zu den schönsten Hoffnungen für eine glänzende Zukunft unserer Gesellschaft.

Ich setzte mich in ein Café und genehmigte mir einen großen Milchkaffee.

Plötzlich bekam ich Gewissensbisse. Kleist würde meinen Artikel als Frontalangriff auffassen. Er lief in eine Falle, wenn ich ihn nicht warnte.

Also begab ich mich schnell zurück ins Büro. Ich schrieb eine kurze Mail, hängte den Artikel dran und verfasste anschließend eine SMS mit folgendem Inhalt: *Du bellst am falschen Baum. Schau in deine E-Mail.*

Caroline nahm die Tüte mit den Wäschestücken ohne Dank entgegen. Seltsame junge Frau.

»Kommen Sie mal mit in dieses Forum, Frau Grappa.« Ihr kleiner Rechner war wieder aufgeklappt. »Ich geh da mal raus. Sie können sich ja selbst anmelden.«

Sie führte mich durch die Anmeldung.

Es war wie überall. Startseite, auf *Registrieren* klicken, dann einen Nicknamen angeben.

Ich tippte *Keusche-Braut.*

»Geiler Nick«, meinte Caroline. Ich grinste. Sie dachte wohl an den Gegensatz von Brautstand und Keuschheit im 21. Jahrhundert. Und hatte weder ihren Shakespeare noch die Bibel im Kopf. Von dem Codewort im Bedrohungsfall schien sie nichts zu wissen. Das kannten nur die Lehrer.

Dann gab ich ein Passwort ein, mit Wiederholung, sowie meine E-Mail-Adresse. Und abschicken. Der Bildschirm sprach von einem Freigabe-Link. Also rief ich mein E-Mail-Programm auf. Die Nachricht war schon da. Ich öffnete sie und klickte auf den darin enthaltenen Link.

Nun war ich registriert und konnte mich in dem Forum bewegen.

[Keusche-Braut betritt den Raum]

Das war ich. Zuerst passierte gar nichts. Dann aber doch und ich machte auch gleich mit.

Nimmmich16: hau ab du dummes fake, aber hurtig!!!!

Wurstbrot: ich finde das auch überflüssig

Keusche-Braut: oh, ist es ein schlechter tag, sich hier anzuschließen?

Nimmmich16: Für DEN nick brauchst du hier nen waffenschein. hast du einen?

Wurstbrot: aber so was von …

Keusche-Braut: meint ihr mich?

Wurstbrot: wen sonst. raus hier. kehrtwende, sonst gibts was auf die kehrseite …

Keusche-Braut: ich würd aber gern mal wiederkehren :-)

Nimmmich16: vergiss es!!!!!!!!! kehre vor der eigenen tür und lauf uns hier nicht schief an!!!!

Keusche-Braut: hmmm... habt ihr was gegen bräute? oder gegen keuschheit? oder beides? oder diese besondere verbindung?

Nimmmich16: gegen DICH. HAU AB DU STINKS!!!!!

Keusche-Braut: stinkst, wenn schon. lächel

Caroline wunderte sich: »Was haben die bloß gegen Sie? Der Nick ist doch tadellos.«

»Na ja. Es gibt da etwas, was Sie nicht wissen. Der Ausdruck *Keusche Braut* war das für Waldenstein verabredete Codewort für eine Bedrohungslage. Das war nur den Lehrern bekannt.«

»Frechgrins«, sprach die ernste junge Frau den Chatterjargon. »Wer sich da jetzt so aufregt, muss also ein Lehrer sein. Und ich krieg raus, wer wer ist. Die *Nimmmich16* sieht sowieso sehr nach Lerchenmüller aus.«

»Ach, Caroline, mir reicht das für den Anfang«, schloss ich die Episode ab und klickte auf *Verlassen.*

»Sie können mich Caro nennen und mich duzen, wenn Sie wollen.« Plötzlich wirkte sie wie ein kleines Mädchen.

»Gerne. Dann bin ich aber auch nicht mehr Frau Grappa für dich. Sag einfach Grappa und Du.«

Sie nickte. »Vielen Dank noch für die Klamotten. Ich werde mich mal kurz duschen und umziehen. Hast du eine Waschmaschine?«

»Im Keller. Leg die Sachen einfach davor.«

Sie verschwand und ich hörte Wasser laufen. Wie war ich in diesem Alter gewesen? Vor meinem geistigen Auge zog eine schwierige Zeit vorbei. Die Baader-Meinhof-Gruppe begann, die Gesellschaft zu verändern. Andreas Baader wurde gewaltsam aus dem Gefängnis befreit. Er hatte, zusammen mit anderen, Bomben in zwei Kaufhäuser in Frankfurt gelegt. Die Rote-Armee-Fraktion überfiel Banken, um Geld für den bewaffneten Widerstand gegen das »Unrechtsregime« Bundesrepublik Deutschland zusammenzubekommen. Ich fand diese Aktionen damals chic, bewunderte die RAF-Leute, weil sie sich was trauten. Erst später – als sie Menschen entführten und mordeten – ließen meine Sympathien für die Gruppe nach.

Mit achtzehn hatte ich Gedichte geschrieben, mich gekleidet und geschminkt wie Juliette Gréco und die Schule geschwänzt. Erste erotische Techtelmechtel mit Jungs. An ihre Gesichter erinnerte ich mich nicht mehr. Eigentlich verwunderlich, dass du die Kurve gekriegt hast, Grappa, dachte ich.

Caro kam die Treppe rauf. Sie trug den bunten Rock und eins der neuen T-Shirts. Ihre Haare waren feucht.

»Ich hab Hunger«, stellte sie fest.

»Das trifft sich gut«, entgegnete ich.

Ich bereitete Spaghetti Bolognese und Tomatensalat. Büffelmozzarella hatte ich noch im Kühlschrank.

Caroline schnitt die Zwiebeln, und sie machte es sorgfältig und gut. Keine Kälberzähne. Als wir uns am Küchentisch gegenübersaßen und mit dem Essen beginnen wollten, klingelte es an der Haustür.

Ich schickte Caroline ins Bad und öffnete dann.

»Ich möchte mich bedanken«, sagte Dr. Friedemann Kleist. Er betrat das Haus ohne Umstände, durchschritt den Flur und stellte eine Flasche Prosecco auf den Küchentisch. Dann machte er zwei Schritte zurück und schaute demonstrativ auf den Tisch. Sein Zeigefinger richtete sich auf meinen Teller, und sein Mund formte das Wort »Eins«. Dann zeigte er auf den anderen Teller.

Bevor seine Lippen »Zwei« hervorbringen konnten, knickte ich ein: »Ist schon gut, Moment.«

Ich führte Caroline in die Küche. Kleist war erkennbar verärgert.

»Bevor jetzt Kriegshandlungen ausbrechen, essen wir. Sonst wird alles kalt«, versuchte ich, die Situation zu retten.

Ich legte ein drittes Gedeck auf und holte noch einen Stuhl aus dem Esszimmer. Kleist setzte sich und griff tatsächlich zu. Die Spaghetti waren schon etwas abgekühlt. Gesprochen wurde nicht während des Essens. Es herrschte eine ganz seltsame Atmosphäre.

Caroline und Kleist benutzten ihren Löffel, um auf ihm die Bissen mit einer Gabel zusammenzudrehen. Ich gab an mit meiner Fähigkeit, die Nudeln freihändig auf die Gabel zu zaubern.

Anschließend räumte ich schnell ab, kochte Tee und zündete eine Kerze an. Wir blieben in der Küche sitzen.

»Na gut«, nahm ich das Wort. »Friedemann, du weißt, wer die junge Frau ist. Caro, das hier ist Dr. Kleist. Er ist der Leiter der Mordkommission.«

Das kam nicht gut an. Zorn zeigte sich auf ihrer Stirn und sie sagte vorwurfsvoll: »Und ich hab dir vertraut.«

»Ja«, erwiderte ich. »Herr Kleist und ich sind befreundet. Darum ist er hier. Ich habe Herrn Kleist den Artikel über Patricks Video vorab zugeschickt. Es ist einfach nicht sinnvoll, die Polizei auf der falschen Fährte zu lassen und dann auf ihr rumzuhacken.«

Um Kleists Mund spielte ein leises Lächeln. Er schien es zu genießen, dass ich in Erklärungsnot war. Das machte mich wütend.

Caroline zelebrierte eine von ihren einstudierten Pausen, aber ihre Zornesfalte glättete sich ein wenig.

Kleist wandte sich ihr zu. »Darf ich vermitteln oder es versuchen?«

Nach zäh verrinnenden Sekunden zuckte sie mit den Achseln.

»Ich bin hier uneingeladen und unangekündigt hereingeschneit«, begann der Hauptkommissar. »Ich werde die Situation nicht ausnutzen und vor allem respektieren, was immer Frau Grappa Ihnen zugesichert hat. Auf der anderen Seite scheint es Ihr vorderstes Interesse zu sein, die Wahrheit ans Licht zu bringen. Ich sehe keinen Grund, der uns davon abhalten könnte, einfach vernünftig miteinander zu reden.«

Caroline schaute ihn mit ihren grünen Augen an und nickte. Die Krise schien überstanden.

»Ich möchte das hier als eine Art Hintergrundgespräch behandeln«, fuhr Kleist fort. »Es wird keine Vernehmung und es gibt kein Protokoll.«

Ich blickte ihn dankbar an. Er fing das auf und lächelte.

»Moment!« Er zog sein Handy aus dem Jackett und drückte eine Kurzwahltaste.

Ich sah Erschrecken in Caros Gesicht.

»Hier Kleist! Sie können die Fahndung nach Caroline von Fuchs abblasen. – Warum? Das erkläre ich Ihnen später. – Ja, es ist alles in Ordnung mit ihr.«

Caroline blickte zwischen uns hin und her. Dann sagte sie: »Wenn ich mich verscheißern wollte, würde ich es ungefähr so versuchen. Aber ich glaube, das wäre Ihnen jetzt zu aufwendig. Und ich möchte ja helfen, Herr Kleist. Oder vielmehr, Sie müssen mir helfen.«

Ich atmete auf. »Gut, es sieht so aus, als wäre es sinnvoll, dass wir uns einfach austauschen. Friedemann, ich nehme an, du warst von dem Artikel über das Video überrascht.«

»Ja, das wirft ein ganz neues Licht auf das Geschehen. Ihre Anschuldigung bei der Trauerfeier wird dadurch plausibel, Caroline.«

»Verhaften Sie die Lindenthal jetzt?«

»Nein, so einfach geht das nicht. Wenn Ihre Angaben zur Entstehung des Videos bestätigt werden, schwächt das zwar die Beweiskraft des Films. Der ist aber selbst nur ein Indiz. Eine solche Schwächung ist kein Gegenbeweis und schon gar kein Hinweis auf die Lehrerin als Täterin.«

»Patrick war es aber nicht«, beharrte Caroline. »Er würde niemals …«

»Moment«, unterbrach Kleist. »Lassen Sie mich meinen Gedanken zu Ende führen. Die Hauptfrage ist nun, wer geschossen hat. Und es ist Ihr Verdienst, dass diese Frage überhaupt gestellt wird. Ob es Patrick war, entscheidet sich aber nicht an den Umständen, unter denen das Video entstanden ist.«

Das gefiel Caroline gar nicht. »Ich weiß aber, dass er es nicht getan hat. Sie haben ja keine Ahnung.«

»Keine Ahnung wovon?«, fragte er.

»Die Lindenthal und Patrick …« Sie stockte.

Kleist warf mir einen überraschten Blick zu. Ich verdrehte die Augen.

»Was war mit den beiden?«, setzte er nach.

»Fragen Sie sie doch selbst«, stieß Caro trotzig aus.

»Das haben wir. Sie bezeichnete ihre Beziehung zu Patrick Sello als normal.«

»Normal?« Caro lachte bitter. »Sie hat ihm das Leben zur Hölle gemacht.«

»Das wäre ja ein weiterer Grund, warum er geschossen haben könnte«, wandte Kleist ein. »Die meisten sogenannten Amokläufer an Schulen wurden von ihren Lehrern gemobbt.«

»Es gibt da einen Chat«, mischte ich mich ein – Caro nicht aus den Augen lassend. »Und in dem Chat gibt es einen Raum mit dem Namen *Philosophische Fragen.* Da haben die Schüler von Schloss Waldenstein miteinander über ihre Probleme gesprochen.«

Kleist schaute verwundert. »Und warum haben die das nicht Auge um Auge gemacht?«

»Waldenstein ist zwar kein Gefängnis, aber ab 22 Uhr sollen wir auf unseren Zimmern sein«, erklärte Caro. »Tagsüber ist das Lernprogramm so straff organisiert, dass kaum Zeit zum Quatschen oder so bleibt. Deshalb reden wir abends über die Rechner miteinander. Das ist lustig, weil wir nicht immer sofort wissen, wer sich hinter welchem Nicknamen verbirgt.«

»Und was hat das mit Patrick Sello und der Lehrerin zu tun?«

»Die Lindenthal hat sich dort eingeschlichen und Kontakt zu Patrick gesucht. Das ist allerdings schon ein paar Monate her.«

Kleist schaute Caro verwirrt an. Hatte er Schwierigkeiten zu folgen? Ich grinste.

»Was wollte sie von ihm?«

»Sex.«

Caro hatte das entscheidende Wort gelassen ausgesprochen.

»Mhh«, machte Kleist.

»Ihr Nick lautete *Venus*«, erläuterte das Mädchen. »Das sagt ja wohl alles.«

»Die Göttin des erotischen Verlangens«, murmelte Kleist.

»Sie hat Patrick gnadenlos angebaggert«, fuhr Caro fort. »Er hat mir die Chats später gezeigt.«

»Wusste er, dass die Lindenthal dahintersteckte?«, fragte ich.

»Zuerst nicht. Er dachte, *Venus* sei eine Schülerin aus einer anderen Stufe. Und dann ist er der alten Kuh draufgekommen!«

»Wie das?«

»Ganz einfach: Sie haben sich getroffen. Patrick war natürlich stinkwütend. Schließlich war er ja auf diese *Venus* abgefahren. Und dann steht plötzlich die Lindenthal vor ihm!«

»Dumm gelaufen«, kommentierte ich. »Aber warum sollte die Lindenthal Patrick abknallen und die komplette Klasse mitnehmen?«

»Weil er sie an den Pranger gestellt hat. Er hat sie im Chat enttarnt und die Gespräche dort veröffentlicht. Und später hat er das Video gedreht.«

»Ich komme nicht ganz mit. Was hat denn das Bekennervideo mit der missglückten Liebesgeschichte zu tun?«, fragte Kleist.

»Ich meine ein anderes Video.« Caro zögerte wieder. »Die Lindenthal hatte ihn danach echt nur noch auf dem Kieker. Lerchenmüller hat ihr gesteckt, was Patrick im Chat veranstaltete.«

»Was hat denn jetzt der Direktor damit zu tun?«

»Lerchenmüller interessiert sich ebenfalls für *Philosophische Fragen*«, erklärte ich. »Er verkehrt im Chat unter dem Namen *Nimmmich16* und gibt sich als Schülerin aus.«

»Ich fasse es nicht. So eine verrückte Geschichte!«, rief Kleist aus. »Eine scharfe Lehrerin, die ein verstörtes Opfer mimt, ein Schulleiter, der in die Rolle eines Mädchens schlüpft, und tödliches Mobbing zwischen Lehrern und Schülern. Meine Damen, mir reicht es für heute.«

Er erhob sich.

»Ich werde Frau Lindenthal noch einmal befragen. Bisher hat sie sich hinter ärztlichen Attesten versteckt. Aber damit ist jetzt Schluss. Können Sie mir Zugang zu diesen Chatgesprächen verschaffen, Caroline?«

»Sie stehen nicht mehr im Netz, aber ich habe sie ausgedruckt. Sie sind allerdings in meinem Zimmer auf Waldenstein. Glauben Sie mir jetzt endlich?«

Ein gewolltes Feuer und ein ungewolltes Haushaltsloch

Mein Artikel über die Entstehungsgeschichte des Bekennervideos schlug ein wie eine Bombe. Schon früh am Morgen klingelte das Telefon.

Richard Sello bedankte sich. »Ich wusste doch, dass Patrick kein Mörder ist.«

»Das steht für die Polizei keineswegs fest«, wandte ich ein. »Der Film war ja nur ein Anhaltspunkt für seine Schuld. Aber Sie haben recht – immerhin zweifelt nun auch die Polizei.«

»Wenn ich irgendwie helfen kann, Frau Grappa, dann lassen Sie es mich bitte wissen. Ich bleibe noch eine Weile in Bierstadt.«

»Haben Sie eigentlich Patricks Mutter erreicht?«, fragte ich.

»Ich habe es – ehrlich gesagt – noch nicht ernsthaft versucht. Sie hat sich jahrelang nicht gekümmert.«

»Das müssen Sie selbst entscheiden. Im Anschluss an die Trauerfeier haben wir uns ja verpasst. Warum wollten Sie mich sprechen?«

»Die Rede dieser Schülerin hat mich aufgewühlt«, gestand er. »Ich musste allein sein. Und was ich wollte, hat sich erledigt. Ich suchte einen Weg, den Verdacht von meinem Sohn zu nehmen. Die Dinge sind in Bewegung. Es hängt nicht mehr allein an Patrick.«

Der nächste Anrufer war Anton Brinkhoff. »Lerchenmüller war heute schon sehr früh auf den Beinen«, berichtete er. »Er ist mit dem *Tageblatt* in der Hand ins Appartement von Frau Lindenthal gestürzt und blieb etwa eine Stunde.«

»Tja, wahrscheinlich haben sich die beiden abgesprochen und eine Strategie entwickelt«, sagte ich nachdenklich. Die Sache lief gut. Und wenn Kleist sich die Lindenthal endlich richtig vorknöpfen würde, dann …

Brinkhoff unterbrach meine Gedanken. »Diese Strategie haben die zwei sogar schon in die Tat umgesetzt. Vor zehn Minuten hat ein Krankenwagen Lara Lindenthal abgeholt. Notier dir mal folgende Nummer, Grappa.«

Er nannte mir das Kennzeichen des Fahrzeugs und ich schrieb mit.

»Danke, Anton. Und pass auf dich auf, ja?«

Zehn Minuten später saßen Caro und ich beim Frühstück. Sie hatte wohl Hunger, denn sie griff beherzt zu.

»Warum bist du eigentlich nicht zu deinen Eltern geflüchtet?«, fragte ich.

»Weil ich sie nicht kenne«, sagte sie und biss ins Brötchen.

»Du kennst sie nicht?«, wiederholte ich.

»Sie sind verunglückt. Wenn ich nicht im Internat bin, lebe ich bei Verwandten, die als Pflegeeltern eingesprungen sind.«

»Die Verwandten haben dich ins Internat abgeschoben?«

»Aber nein. Dazu hätten sie gar nicht das Geld«, antwortete Caro.

»Und wer bezahlt die 2.400 Euro im Monat für dich?«

»Eine Stiftung. Sie fördert besonders begabte Schüler. Da ist sogar etwas Taschengeld drin.«

»Was musst du dafür tun?«

Sie lachte rau. »Fleißig lernen, brav sein, nicht aufmucken.«

»Hat ja bisher geklappt«, grinste ich. »Ich muss jetzt zur Arbeit. Kommst du klar?«

»Ich leg mich noch mal hin«, teilte Caro mit. »Ich hab in der Nacht noch ein paar Stunden gechattet und bin todmüde.«

»Gibt es was Neues bei deinen Freunden?«

»Ja. Die meisten glauben nicht mehr, dass Patrick ein Mörder ist.«

Margarete Wurbel-Simonis leistete uns am Konferenztisch wieder Gesellschaft. Die Ödnis in der öffentlichen Kultur der Stadt hatte ein Ende. Nicht dass ich die Rezensionen von Ausstellungen oder die Theaterkritiken wirklich vermisst hätte, aber das Leben war nun mal ein Kessel Buntes – und dazu gehörte auch der elaborierte Sprachcode unserer Kulturtante.

»Hallo, Frau Kollegin. Wie war's denn so in den *Kleinen Fluchten?*«, fragte ich sie.

»Ich sehe das Dasein jetzt mit anderen Augen. Die Prioritäten haben sich verschoben – zum Wesentlichen hin.«

Das war eine klare Aussage, die mich sofort überzeugte. Ich verkniff mir allerdings die Frage, was denn das Wesentliche sei.

Jansen tauchte auf und das Ritual begann. Besprechung der heutigen Ausgabe inklusive der Leserresonanz im Internet.

»Grappa liegt vorn in der Gunst unserer aufmerksamen Leser«, teilte unser aller Chef mit. »Aber das ist ja kein Wunder. Das Massaker auf Schloss Waldenstein bewegt die Gemüter nach wie vor. Unsere Leser zweifeln an der Schuld des Jungen, seitdem rausgekommen ist, dass das Video kein echtes Geständnis ist. Ich habe einen Blog zu dem Thema einrichten lassen und er wird gut angenommen. Hast du für die morgige Ausgabe noch was in petto?«

Ich hatte. Bevor ich mich ans Schreiben machen konnte, musste ich aber noch etwas herausbekommen.

Nach dem Ende der Konferenz rief ich bei der Notarztzentrale an, erzählte etwas von einer guten Freundin, die vor einigen Stunden in ein Krankenhaus gebracht worden sei.

»Eine Nachbarin hat sich die Nummer aufgeschrieben«, behauptete ich.

Eine Minute später hatte ich die Adresse. Lara Lindenthal befand sich in stationärer Behandlung in einer psychiatrischen Privatklinik in Bierstadt.

Ich informierte Kleist. Im Gegenzug steckte er mir, dass er bei Gericht einen Durchsuchungsbeschluss für Schloss Waldenstein beantragt habe.

»Ich will die Rechner beschlagnahmen«, kündigte er an. »Und mich bei Lerchenmüller und Lindenthal umsehen.«

»Dann bring doch bei der Gelegenheit die Chatprotokolle aus Caros Zimmer mit. Die Originaldateien sind ja wohl gelöscht worden.«

»Mach ich. Was ist mit dem Video, von dem Caroline sprach? Mit dem Patrick die Lindenthal unmöglich gemacht hat? Hast du eine Ahnung, wo wir das finden können?«

»Nein. Das weiß nur Caro. Ich werde sie fragen. Vielleicht ist es ja auf einem der Rechner. Oder – ich könnte mir auch vorstellen, dass es irgendwo bei *ausstieg.de* abrufbar ist. Aber wahrscheinlich in einer mit Passwort gesperrten Zone. So würde ich es jedenfalls machen, wenn ich etwas Wichtiges verstecken müsste.«

»Die Herausgabe aller Protokolle von *ausstieg.de* habe ich schon veranlasst. Aber die Erfahrung zeigt, dass es eine elende Arbeit ist, solche Datenmengen durchzusehen. Ein direkter Zugang, zum Beispiel durch Caroline, wäre besser.« Er beendete unser Gespräch.

ausstieg.de – ich hatte Lust, mal nachzusehen, was dort vorging.

Willkommen im Raum *Philosophische Fragen!*

[Keusche-Braut betritt den Raum]

Keusche-Braut: hallo, ihr lieben!

Wurstbrot: die tusse ist wieder da, leute. Verpiss dich du teil

Keusche-Braut: was habt ihr gegen mich? Ihr wisst doch gar nix über mich.

Viper: dabei solls auch bleiben du schlampe.

Keusche-Braut: chatten hier eigentlich nur aggressive schüler?

LostHope: jo, und schülerinnen.

Keusche-Braut: ich hab trotzdem eine frage.

Wurstbrot: fragen gibts hier nicht, oder willst du eins auffe mappe?

Keusche-Braut: geht das virtuell? mach doch mal, Wurstbrot!

Viper: deine frage war nochmal, Keusche-Braut?

Keusche-Braut: kommt Venus noch manchmal hierher?

[LostHope verlässt den Raum]

Keusche-Braut: oder habt ihr Venus rausgemobbt?

[Wurstbrot verlässt den Raum]

Keusche-Braut: Viper, erzähl doch mal!

[Viper verlässt den Raum]

[Viper betritt den Raum]

Viper: du stellst gefährliche fragen, Keusche-Braut. wenn wir rauskriegen, wer du bist, machen wir dich fertig. wir hassen spitzel.

[LostHope betritt den Raum]

LostHope: Viper komm raus. feueralarm.

[LostHope verlässt den Raum]

[Viper verlässt den Raum]

Feueralarm? Umgehend wählte ich die Nummer der Feuerwehrleitstelle.

»Hier Grappa vom *Tageblatt.* Gibt es einen Einsatz im Internat Schloss Waldenstein?«, fragte ich.

»Der Notruf ist vor zwei Minuten eingegangen. Woher wissen Sie das denn schon wieder?«, wunderte sich der Beamte.

»Manchmal sind wir Pressefuzzis eben fix«, antwortete ich. »Wissen Sie schon was Näheres?«

»Nein. Drei Löschzüge sind unterwegs.«

Ich verließ mein Zimmer, lief ins Großraumbüro und stürzte zu Pöppelbaum. Er telefonierte.

»Feuer auf Waldenstein«, rief ich ihm zu.

Er deutete auf sein Handy. »Ich weiß, Grappa. Bin schon weg. Kommst du mit?«

Pöppelbaum scherte sich nicht um Geschwindigkeitsbeschränkungen. Er hängte sich an die Stoßstange eines Feuerwehrautos, das wir bald eingeholt hatten, und fuhr im Windschatten einfach mit über die roten Ampeln. So schnell hatte ich Bierstadt selten durchquert.

Schloss Waldenstein kam in Sichtweite. Das Haupthaus mit den Klassenräumen schien intakt zu sein, aber ein Nebengebäude stand in hellen Flammen. Es war ein Trakt mit Schülerwohnungen.

Verdammt, dachte ich. Da gehen die Chatprotokolle in Flammen auf und vielleicht auch das wichtige Video.

Schaulustige und Schüler hatten sich auf dem Schulhof versammelt. Die Notarztwagen blieben leer, alle hatten die Räume rechtzeitig verlassen können. Ich entdeckte Brinkhoff. Er trug einen grauen Kittel und sah wirklich wie ein Hausmeister aus. Wir warfen uns nur einen kurzen Blick zu. Alles andere wäre zu auffällig gewesen.

Dr. Wolfgang Lerchenmüller sprach auf den Einsatzleiter der Feuerwehr ein. Der Schulleiter war ein seriöser älterer Herr, dem auch ich mein Kind ohne Bedenken anvertraut hätte. Dass er als *Nimmmich16* in einem Schüler-Chat unterwegs war, erschein mir plötzlich eher skurril als verwerflich.

Ich ging auf den Internatschef zu. »Hallo, Herr Dr. Lerchenmüller. Tut mir leid, dass Sie so vom Pech verfolgt werden. Können Sie mir sagen, wie das Feuer ausgebrochen ist?«

Er konnte nicht und er wollte sich am liebsten gar nicht mit mir unterhalten – das sah man ihm an.

»Ich würde gern mal ein Interview mit Ihnen machen«, nervte ich ihn weiter. »Mich interessiert, wie man eine Schule leitet, an der so viel Schreckliches geschehen ist. Wie viel Alltag ist schon wieder eingekehrt? Welche pädagogischen oder seelsorgerischen Konzepte haben Sie entwickelt, um die Traumatisierung Ihrer Zöglinge möglichst gering zu halten? Es gäbe so viel Spannendes zu fragen.«

»Das mag sein. Aber ich habe keine Zeit für so was. Und nun entschuldigen Sie mich. Sie sehen ja, was hier los ist.« Er wandte sich ab.

»Wann wird Frau Lindenthal denn wieder gesund sein?«, rief ich. »Ich habe gehört, dass sie in eine Klinik gebracht wurde.«

Lerchenmüller blieb stehen, drehte sich um und knurrte: »Wie würden Sie sich fühlen, wenn Sie durch Zufall einem

Massaker entkommen sind, eine durchschossene Schulter haben und dann beschuldigt werden, eine Mörderin zu sein?«

»Ich würde versuchen, aktiv meine Unschuld zu beweisen, und mit den Behörden zusammenarbeiten.«

»Es hat nun mal nicht jeder ein Gemüt wie ein Elefant. Und jetzt guten Tag, die Dame!«

Abgeblitzt, dachte ich. Aber das machte nichts. Meine Trumpfkarte hieß Caroline. Und davon hatte er nicht die geringste Ahnung.

Ich drängelte mich durch die gaffenden Schüler. Wer von denen war *Viper, Wurstbrot* oder *LostHope?*

FEUER AUF SCHLOSS WALDENSTEIN –
KEINE VERLETZTEN

Schloss Waldenstein, das Nobelinternat am Rande der Stadt, kommt aus den Schlagzeilen nicht heraus. Vor einer guten Woche starben hier sechzehn Schüler im Kugelhagel einer Maschinenpistole. Gestern brannte ein Wohntrakt. Alle Schüler, Lehrer und Mitarbeiter konnten sich rechtzeitig in Sicherheit bringen. Verletzt wurde niemand.

Da viele Zimmer der Schüler unbewohnbar sind, wurden die jungen Leute zunächst in einer Turnhalle untergebracht. Hilfsdienste stellten Notbetten zur Verfügung. Die Schulleitung hat die Eltern aufgefordert, ihre Kinder vorübergehend nach Hause zu holen. Der Schaden geht in die Hunderttausende. Wie es zu dem Brand kommen konnte, ist unklar. Feuerwehr und Kripo ermitteln.

Mein Artikel über das Feuer wanderte im Verlauf der nächsten Stunden auf die dritte Lokalseite. Jansen lag vorn mit einem weiteren Skandal in der Kommunalpolitik. Oberbürgermeister Jakob Nagel, erst vor Kurzem wiedergewählt, erklärte seinen Rücktritt. Das Haushaltsloch kickte ihn in den Ruhestand. Die Kämmerin war tot und jetzt warf man ihm Wahlbetrug vor, weil er das millionenschwere Haushaltsloch im Wahlkampf versteckt hatte.

»Klar«, meinte ich, als ich Jansens Artikel dazu las. »Parteien thematisieren im Wahlkampf grundsätzlich die eigenen schlechten Seiten.«

»Genau, Grappa«, sagte Jansen. »Hätte er zugegeben, dass Bierstadt pleite ist, hätten ihn die mündigen Bürger aufgrund seiner Wahrheitsliebe gewählt. Ich glaube, dass dieses ganze System mal überholt werden müsste. Eine Untersuchung hat ergeben, dass kein Mensch glaubt, dass in der Politik ehrliche Menschen unterwegs sind. Der Begriff *Politiker* ist ein Synonym für *Lügner.* Ist das nicht schrecklich?«

»Lass gut sein, Peter! Nach jeder Wahl stehen an den Trögen andere Schweine. Wie geht es jetzt weiter in Bierstadt?«

»Neuwahlen«, verkündete mein Chef lapidar. »Bald. Jetzt geht das Gekungel in den Parteien los.«

»Ich mag Nagel«, tat ich kund. »Und weißt du, warum?«

»An seinen Zähnen kann es nicht liegen«, freute sich mein Chef.

»Stimmt. Aber er kann einen Vermeer von einem van Gogh unterscheiden.«

»Auch ein Grund, einen Politiker zu unterstützen«, lachte Jansen nun laut. »Und vielleicht nicht der schlechteste.«

Caro wusste von dem Feuer auf Schloss Waldenstein. Sie war am Boden zerstört, als ich nach Hause kam.

»Alle meine Sachen sind verbrannt. Die Fotos von meinen Eltern. Jetzt habe ich gar keine Erinnerungen mehr an sie.«

»Caro!« Ich nahm sie in den Arm. »Deine Erinnerungen sind doch im Kopf und in deinem Herzen.«

Sie schluchzte an meiner Schulter und ich hielt sie.

Ein Kobold in meinem Kopf müpfte auf. Was ist los mit dir, Grappa? Verspätete Muttergefühle? Bricht dein Pflegetrieb durch? Igitt, wie uncool.

Nein, sagte mein Herz, du zeigst nur eine normale menschliche Reaktion, die man Trösten nennt. Mach weiter so, Grappa. Passt zwar nicht zu dir, aber lange hältst du das sowieso nicht durch.

Ich bereitete ein leichtes Abendessen. Salat, Brot, Käse, Wasser und Wein. Caro war schweigsam. Ich wollte sie ablenken.

»Kannst du mir später den Film zeigen, der die Lindenthal unmöglich gemacht hat? Oder ist der auch verbrannt heute?«

»Nein«, sagte Caro. »Ich habe die Sequenz auf meinem Netbook gespeichert – wie wahrscheinlich die ganze Clique. Bei *ausstieg.de* ist das allerdings nicht mehr zu finden.«

»Ist der Film so schlimm, dass die Lindenthal dafür morden würde?«

Die grünen Augen sahen mich an. »Ja, das ist er! Und glaub mal nicht, dass du Spaß daran haben wirst.«

»Eigentlich hatte ich von Frau Lindenthal einen recht guten Eindruck, das macht es etwas schwierig, deine Anklage gegen sie einfach so zu akzeptieren«, warf ich ein.

»Die Lara ist ganz schön schräg drauf«, entgegnete Caro. »Und Patrick konnte ziemlich gnadenlos sein. Er hat dafür gesorgt, dass die ganze Klasse auf Lara herumgehackt hat.«

»Aber du hast doch gesagt, die Lindenthal habe Patrick gequält.«

»Hat sie ja auch. Aber er sie nicht weniger. Dabei fanden wir sie zuerst ganz prima. Wir durften sie ja sogar duzen. Aber dann hat sie es übertrieben.«

Darüber wollte ich mehr wissen. »Sie hat es übertrieben?«

»Ja, das war unglaublich. Wir haben ein Kostümfest veranstaltet und Lara erschien in ganz großem Verführungskostüm. Die Haare waren ganz weit austoupiert. Wie ein Kometenschweif, so sah das aus. Und mitten hinein hatte sie massenhaft Rosenblüten gesteckt, eine besonders große übers Ohr. Dabei ist sie schon normal sehr attraktiv, eine wirklich schöne Frau.«

»Sie hat sich also hübsch gemacht«, ermunterte ich Caro, weiterzuerzählen.

»Wie gesagt – unglaublich! Schulterfrei bis zu den Warzen, sogar die Haut war geschminkt. Dazu die roten Krallen. Kann ich mal an deinen Rechner? Es gibt da ein Foto.«

Ich ließ sie gewähren.

Sie klickte sich in ihren E-Mail-Account und rief dort ein Fotoalbum auf. Nach kurzem Blättern hatte sie gefunden, was sie suchte.

In der Tat: Es war ein tolles Bild. Lara hielt in der Rechten eine Rose auf Augenhöhe, wie ein Vamp eine Zigarettenspitze halten würde. Sie war perfekt auf blass geschminkt. Umso auffälliger waren die stark betonten Augen. Die blickten an der Rose vorbei in eine mittlere Ferne. Um den Hals trug die Lehrerin eine dünne Kette, die ein wenig an einen Würgedraht erinnerte. Ihre Schlüsselbeine warfen Schatten und erzeugten den Eindruck kompletter Nacktheit. Die Frisur war, wie Caro sie beschrieben hatte: überwältigend. Lara Lindenthal musste alle erreichbaren Mengen *Allwetter Taft super extra strong* aufgekauft und verbraucht haben.

»Wenn die die Treppe runterfällt, bricht sie sich die Haare«, murmelte ich. »Kann man sich noch mehr aufrüschen?«

»Sie war die Attraktion des Abends«, erinnerte sich Caroline. »Sie war den ganzen Abend so, wie es das Foto zeigt. Und sie hatte diesen Blick und diesen Kussmund auf Patrick gerichtet. Es war richtig peinlich. Aber dieses Fest war nicht alles.«

»Kaum zu glauben, dass sich eine Lehrerin so exponiert«, wunderte ich mich. »Was gab es denn noch?«

»Ab und zu sind einige aus der Theater-AG nach der Probe ins *Lila* gegangen, das ist ein Gasthaus in der Nähe des Waldes. Da hat die Lara sich immer auf einen Platz neben

Patrick gedrängelt. Und ihre Hände waren meist nicht zu sehen.«

»Die hat den angegrapscht, so offen?«

»Wenn sie etwas getrunken hatte, war es besonders schlimm. Es kam vor, dass wir anderen ohne die beiden in die Hütte zurückgingen. Im *Lila* gibt es Zimmer.«

»Hütte?«

»So nennen wir das Schloss, sorry.«

»Und Patrick?«

»Er hat wohl einfach die angenehme Seite davon mitgenommen. Oder vielmehr hat er sie gedemütigt und gewissermaßen zur Strafe richtig übel benutzt. Aber Lara hat sich hineingesteigert. Und irgendwann wurde es Patrick zu viel und er wurde gemein.«

»Gemein?«

»Er hat dieses Video gemacht. Das stellt Lara total bloß.«

»Jetzt bin ich aber echt neugierig.«

»Es ist ziemlich ekelhaft. Moment.«

Caro klickte auf der Tastatur ihres Kleinrechners herum. Dann drehte sie den Bildschirm in meine Richtung.

Ich sah eine Herrentoilette. Ein junger Mann trat in den Raum, benutzte das Pissoir und wusch sich die Hände. Patrick Sello.

Dann kam eine Frau dazu. Lara Lindenthal.

Der Ton war undeutlich, aber man konnte ungefähr verstehen, was gesagt wurde. Er fragte sie, was sie in der Herrentoilette wolle. Sie meinte, er wisse schon, und zeigte auf seine Hose. Er ließ sie etwas betteln, dann gab er nach, zog die Jeans herunter und ließ sie niederknien. Seine Anweisung, was sie zu tun hatte, war nicht misszuverstehen. Und die Lehrerin tat, was er wollte. Er hielt sich nicht zurück und wurde am Ende ziemlich laut. Männer sehen ziemlich bescheuert aus, wenn es ihnen kommt. Das war bei dem hübschen Patrick nicht anders.

Die Lehrerin wollte dann aufstehen, aber Patrick sagte: »Das war erst der Anfang, Herzilein. Du bist noch nicht fertig. Kommt raus, Jungs.«

Aus den Toilettenkabinen traten vier weitere junge Männer.

»So, Lara, du kriegst ja den Hals nicht voll. Und wir wollen dir helfen. Diese Kollegen möchten auch mal so bedient werden wie ich gerade. So 'ne scharfe Lehrerin wie du ist ja für alle da. Und wenn du es nicht machen möchtest ... Die erste Blase haben wir eh schon gefilmt.«

Laras Gesicht war nicht zu erkennen, aber ihre hervorgepressten Worte waren gut zu verstehen. »Für dich mach ich das gern, Patrick!« Sie wandte sich dem nächsten Jüngling zu und machte tatsächlich weiter.

Ich klickte das Bild weg.

»Geht das so weiter?«, fragte ich Caro.

»Ja, bis zum bitteren Ende. Alle vier.«

»Du bringst mir dieses Material und dabei darfst du es selbst noch gar nicht sehen mit siebzehn.«

Sie lächelte schief.

»Wer sind die anderen Jungen?«

»Typen aus dem Deutschkurs. Die sind jetzt alle tot.«

Ich musterte die junge Frau. Konnte nicht mehr fassen, dass sie Patrick Sello so unterstützte.

»Dein Freund Patrick war ein verdammtes Arschloch. So was tut man keiner Frau an. Das war Vergewaltigung und damit das Allerletzte.«

»Er wollte von der Lindenthal nichts mehr wissen. Ehrlich.«

»Tatsächlich? Warum hat er sich dann von ihr bedienen lassen? Und sie war nicht die treibende Kraft. Und danach noch die vier anderen. Widerlich!«

»Na ja. Das mit Patrick war freiwillig und ging von ihr aus. Und bei den anderen ist es strafrechtlich gesehen höchstens sexuelle Nötigung«, erklärte sie trotzig.

»Und? Macht das die Sache besser, du kleine Klugscheißerin?«, regte ich mich auf. »Würdest du es prickelnd finden, wenn man mit dir so was macht?«

»Sie hat ihm aber doch auch ganz übel mitgespielt. Nachdem Patrick ihr signalisiert hatte, dass er genug von ihr hatte, stürzte er in Deutsch und Philosophie notenmäßig ab. In Laberfächern geht das ja ohne Probleme. Patrick brauchte etwas, um sie in Schach zu halten. Deshalb der Film.«

»Dann kommt ja sogar noch Erpressung dazu!«, rief ich. »Ihr seid ja wirklich entzückende Früchtchen. Wie heißt es noch mal im pädagogischen Konzept eurer Nobelschule: *Wir legen Wert darauf, verantwortliche und mündige Menschen heranzuziehen.* Wusste Lerchenmüller von dem Film?«

»Keine Ahnung.«

»Wie wurde die Aufnahme bekannt gemacht?«

»Das sagte ich doch schon. Bei *ausstieg.de*«, antwortete Caro. »Patrick hatte die Daten allerdings mit einem Passwort gesichert, das nur er kannte und ständig änderte. Jeder, der den Film sehen wollte, musste ihn fragen. Er war Admin im Portal.«

»Was soll das heißen?«

»Administrator. Jemand, der aufpasst, dass es im Chat einigermaßen friedlich zugeht. Er hat bestimmte Rechte und Zugangsmöglichkeiten, die andere Chatter nicht haben. Er kann zum Beispiel Nicks löschen oder anstößige Fotos rauskicken.«

»Dann haben die Betreiber dieses Forums wohl den Bock zum Gärtner gemacht«, stellte ich fest. »Hattest du eigentlich auch eine sexuelle Beziehung zu Patrick?«

Caro schüttelte den Kopf. »Nein. Wir waren nur sehr gute Freunde. Und glauben Sie mir, die Lindenthal hat Patrick bis aufs Blut gereizt. Sonst hätte er so was niemals getan.«

»Wir müssen den Film sichern und der Polizei zeigen«, entschied ich. »Schick mir die Datei bitte per E-Mail, dann habe ich sie auf meinem Rechner. Hier hast du die Adresse.«

»Jetzt gleich?«

»Ja, jetzt gleich. Denk an den Brand im Schloss. Vielleicht hat es nur gebrannt, damit deine Unterlagen vernichtet wurden. Der Film da ist zwar abgrundtief widerlich, aber er verstärkt den Verdacht, dass es wirklich Lara Lindenthal war, die geschossen hat.«

Wenig später leitete ich den Film an verschiedene Adressen weiter, auch an Friedemann Kleist. Allerdings benutzte ich seine private E-Mail-Adresse, denn ich wollte seine Sekretärin nicht erschrecken.

Weitere Mails gingen an mich selbst in die Redaktion und an Peter Jansen.

Dann sendete ich Kleist eine kurze SMS: *Du hast E-Mail privat.*

In dieser Nacht wollte der Schlaf nicht richtig zu mir kommen. Meine Antipathie gegenüber Lara Lindenthal hatte sich gemildert. Vielleicht hatte die Lehrerin Patrick wirklich bis aufs Blut gereizt. Wenn schon, dachte ich. Er hätte sich anders zur Wehr setzen können. Aber die Lindenthal auch. Die Demütigung war schlimm. Aber nichts kann so schlimm sein, dass man sechzehn junge Menschen gewaltsam ihres Lebens beraubt.

Eine praktische Amnesie

Meine E-Mail-Aktion hatte zur Folge, dass Kleist einen Haftbefehl für Lara Lindenthal erwirkte. Er rief mich an, nachdem er sie aus der Klinik geholt hatte. Die Ärzte hatten erheblich protestiert. Kleist musste damit drohen, die Untersuchungshaft im Gefängnishospital zu vollstrecken. Danach ließen ihre Ärzte die Lehrerin gehen. Nun konnte sie sich der polizeilichen Vernehmung nicht mehr entziehen.

»Gibt es eine offizielle Pressemitteilung zur Festnahme?«, fragte ich.

»Ja, die folgt gleich. Und danke für den Film, Maria. Er hat uns erheblich weitergebracht.«

Auch Jansen hatte seine Mails schon durchgesehen, als ich ihn in seinem Büro aufsuchte.

»Unfassbar«, sagte er. »Diese Jungen haben ein sehr böses Spiel getrieben.«

»Kleist hat die Lindenthal verhaftet. Das war wohl überfällig. Sie hat sich hinter ihrem angeblichen Schock versteckt.«

»Ich habe Pöppelbaum gebeten, einige Standbilder aus dem Film zu ziehen. Das anheimelnde Toiletten-Ambiente, die Lindenthal auf den Knien, die Beine der Jungen. Natürlich nicht das ganze Elend.«

»Muss das sein?« Mir war nicht wohl bei dem Gedanken. »Mir wäre es lieber, ich würde das Geschehen nur mit Worten beschreiben. Wir sind doch kein Boulevardblatt, aus dem Blut und Sperma tropfen.«

»Schauen wir uns die Fotos erst mal an«, schlug Jansen vor. »Dann entscheiden wir. Ist das okay für dich?«

Erneut hatte ich sechzig Zeilen:

MORDVERDACHT: LARA LINDENTHAL VERHAFTET – WAR AMOKTAT RACHE FÜR SCHÜLER-MOBBING?

Überraschende Wende im Fall Waldenstein: Die 36-jährige Deutsch- und Philosophielehrerin Lara Lindenthal ist verhaftet worden. Sie wird verdächtigt, die Mordtat im Internat, bei der sechzehn Schülerinnen und Schüler getötet wurden, selbst verübt zu haben. Der Grund: Rache für monatelanges Mobbing durch Schüler ihres Deutschkurses.

Dem *Tageblatt* liegt exklusiv ein Film vor. Er zeigt die beschuldigte Lehrerin bei sexuellen Handlungen mit fünf Schülern. Der Film ist in einem Schülerportal veröffentlicht worden. Weiterhin wurde bekannt, dass die Pädagogin seit vielen Wochen eine sexuelle Beziehung zu dem 18-jährigen Patrick Sello hatte. Bisher galt Sello aufgrund der Aussage der Lehrerin als der Täter. Er selbst kann sich zu den Vorwürfen nicht mehr äußern, er starb ebenfalls bei dem Massaker.

Bislang dachte man, er richtete sich selbst am Ende der Bluttat. Nun scheint es, als könne er zu den Opfern der blutigen Ereignisse auf Schloss Waldenstein gehören.

Ein paar Zeilen hielt ich für die Pressemitteilung der Staatsanwaltschaft frei. Pöppelbaums Fotos überzeugten mich nicht. Die Dinge, die auf der Toilette geschehen waren, waren zwar nur schemenhaft zu erkennen. Die Tatsachen waren aber klar.

Das Ganze bereitete mir ein schlechtes Gefühl. Die Bilder neben den Artikel zu stellen, wäre eine weitere Demütigung gewesen – nicht nur für Lara Lindenthal, sondern für alle Frauen.

Ich rief Anton Brinkhoff an und bat ihn um ein Treffen in Schmitzens Bistro.

»Ich bin mal eben für eine Stunde außer Haus«, teilte ich Jansen mit. »Meinen ersten Artikel kannst du schon lesen. Mit dem Rest warte ich und gucke, was bei der Vernehmung der Lindenthal herauskommt. Falls Herr Dr. Kleist sich nicht wieder zuknöpft.«

»Was ist mit den Fotos?«

»Das lassen wir«, antwortete ich. »Ich habe kein gutes Gefühl dabei. Bei solchen Bildern denkt die Fantasie die Geschichte zu Ende. Immerhin bezeichnen wir uns gern als Familienzeitung.«

»Na gut, Grappa. Es ist deine Story.«

So mochte ich meinen Chef.

Frau Schmitz hatte den Tisch im Bistro für drei gedeckt. Es war Mittagszeit.

Brinkhoff hatte sich im Schloss abgesetzt. Dort glaubte man, der neue Hausmeister sei im Baumarkt.

»Hallo, Frau Schmitz, wie isses dir?«

»Muss. Und wie isset dir selbst?«

Durch das Duzen hatte der Charme des jahrelangen Begrüßungsrituals gelitten. Aber wir würden schon einen neuen Weg finden.

»Ich hol ma die Schnittchen.«

»Was gibt es Neues im Schloss?«, fragte ich.

»Die Schüler, die noch da sind, sind völlig durcheinander«, berichtete Brinkhoff. »Dass die Lindenthal verhaftet worden ist, ist natürlich bis zum Schloss durchgedrungen. Lerchenmüller hat sich mit Anwälten in Klausur begeben. Eins muss man ihm ja lassen – er kümmert sich um die Lindenthal wie ein Vater.«

»Wie ein Vater?«, zweifelte ich. »So alt ist Lerchenmüller nicht, dass der bei so einer Hammerfrau auf Papi macht. Außerdem ...« Ich berichtete von dem Film und dem Verhältnis von Lara Lindenthal und ihrem Schüler.

Frau Schmitz tischte auf.

»So lässt es sich leben, Anneliese«, seufzte Brinkhoff verzückt. »Das Frühstücksbuffet im Schloss kann da nicht mithalten.«

»Findet eigentlich überhaupt noch Unterricht statt?« Ich ließ ein Stück Parmaschinken in meinen Mund gleiten.

»Nee, das nicht. Ab morgen sind sowieso Ferien. Es gibt Gesprächsgruppen mit Psychologen. Wer nach Hause will, kann gleich abreisen.«

»Es ist traurig, dass es für die psychologische Betreuung nach solchen Gewalttaten schon eine Art Routine gibt«, fiel mir ein. »Aber es ist sicher besser, als wenn es diese Beratungen nicht gäbe.«

»Man weiß gar nicht, ob die es besser haben, die nach Hause können, oder ob die Betreuung im Schloss sinnvoller ist«, überlegte Brinkhoff.

»Das wird nicht für alle gleich sein«, meinte ich. »Die Ideallösung ist wahrscheinlich, Eltern und Betreuer tun sich zusammen.«

»Es ist schließlich ein Internat«, überlegte Brinkhoff weiter. »Viele Eltern wohnen weit entfernt. Und einige Schüler können gar nicht nach Hause. Das sind vor allem die mit problematischen Eltern.«

»Problematische Eltern haben bestimmt auch die Rabauken, die mich überfallen haben«, warf Anneliese Schmitz ein.

»Und wie kommt das Schloss mit den Brandfolgen zurecht?«, wollte ich wissen.

»So schlimm sind die Schäden dann doch nicht. Einige der Zimmer sind schon wieder hergerichtet. Ein paar Schüler sind provisorisch untergebracht, in der Bibliothek und in kleineren Seminarräumen. – Kann ich mal den Senf haben?« Brinkhoff drückte einen Klecks auf das hart gekochte Ei.

Frau Schmitz sah ihm zu und lächelte. Sie war immer zufrieden, wenn ihre kulinarischen Überraschungen gut ankamen. »Willst du noch Kaffee, Frau Grappa?«

»Wenn du mir noch welchen gibst, Frau Schmitz, gerne!«

Ja. Das war's doch. Frau Grappa, Frau Schmitz und das Du.

Brinkhoff grinste. »Ich darf aber Grappa zu dir sagen, Grappa, oder? Maria – dieser Name will irgendwie nicht aus meinem Mund raus. Unter einer Maria stell ich mir eine schüchterne, dünne Frau vor.«

»Das hab ich jetzt auch verstanden«, meinte ich, schmierte die Butter aufs Brötchen und legte ein Stück Appenzeller drauf. »Aber das ist okay so. Maria darf mich sowieso nur einer nennen.«

»Ja, ja«, brummte Anton. »Der kleine Herr Friedemann.«

»Klein isser nun aba gar nicht«, widersprach Frau Schmitz.

»Thomas Mann. Der hat eine Novelle mit dem Titel *Der kleine Herr Friedemann* geschrieben. Ein gebildeter buckliger Mann verliebt sich in eine schöne, rothaarige verheiratete Frau. Als sie ihn – angeekelt von seiner Behinderung – von sich stößt, ertränkt er sich«, gab ich eine Kurzfassung.

»Rothaarig bist du auch, Frau Grappa«, sinnierte die Bäckerin. »Aber dein Friedemann hat ja gar keinen Buckel. Insofern …«

»… muss sich vielleicht niemand ertränken«, vervollständigte ich den Satz.

Wir lachten. Vorn im Laden ging die Glocke. Frau Schmitz hatte Kundschaft und ließ uns allein.

»Hast du die Waffen mal zu Gesicht bekommen, mit denen die Kinder am Schießstand trainieren?«

»Nein. Die sind in einem Stahlschrank verschlossen – wie es Vorschrift ist. Und eine Maschinenpistole von Heckler & Koch gehört nicht zur Standardausrüstung schulischer Übungsschießanlagen. Das ist eine Kriegswaffe.«

»Wenn die Lindenthal die Schützin ist, dann muss sie doch mal geübt haben«, grübelte ich. »Wie kommt man an eine Maschinenpistole heran? Wo übt man mit ihr, ohne dass es auffällt?«

»Das Rankommen ist einfach, Grappa. Du gehst in den Norden von Bierstadt in irgendeine Kneipe und lässt fallen, dass du an so einem Ding interessiert bist«, erklärte Brinkhoff. »Dass die MP5 nicht registriert sein sollte, erhöht natürlich den Preis. Aber innerhalb einer Woche hast du so ein Teil – funktionsfähig, mit weggefräster Seriennummer. Und Munition.«

»Gut. Dann hab ich so ein Ding. Und nun?«

»Das zeigt dir der Verkäufer schon – jedenfalls theoretisch. Und wenn du bei der Bundeswehr gewesen bist, weißt du sowieso, wie du das Ding zum Schießen kriegst.«

»Lara Lindenthal war bestimmt nicht bei der Bundeswehr«, wandte ich ein. »Und Patrick Sello auch nicht. Also, wo könnte die Lehrerin geübt haben? Wohl kaum in ihrem Appartement.«

Brinkhoff überlegte. »Im Wald? Keine Ahnung. Du stellst dir das zu kompliziert vor. Schießen ist eigentlich einfach. Die MP5 hat drei Sicherungsstellungen: Sicher, Einzelfeuer und Dauerfeuer. Du gehst auf Feuerstoß, zielst grob in die Richtung, in die du schießen willst, und ab geht die Luzie.«

»Man muss nur draufhalten?«

»Im Grunde schon.«

Frau Schmitz kam zurück. »Das war Olli, unser Dorfpolizist. Die Blagen, die mich überfallen haben, sind gefasst.«

»Und? Was passiert jetzt mit denen?«

»Nicht viel – sagt der Olli. Die haben schon öfters so was gedreht. Erst mal geht's vors Jugendgericht. Aber das kennen die schon alles.«

»Den Eltern müsste man mal die Super-Nanny auf den Hals schicken«, meinte ich. »Oder diese Frau Kallwass mit ihrem Ich-versteh-immer-alles-Blick.«

»Nee, Frau Grappa!«, rief Frau Schmitz aus. »Die Jungs gehören zu Frau Salesch auf die Sünderbank.«

»Oder in eins dieser Erziehungslager in der Wüste von Arizona«, machte Brinkhoff mit.

Jetzt hatten wir die einschlägigen Serien durch und die Teller leer gegessen. Brinkhoff machte sich auf den Rückweg ins Schloss und ich fuhr in die Redaktion.

Die Pressemitteilung lag auf meinem Schreibtisch. Ich überflog sie. Die Lindenthal war ein harter Brocken. Sie hatte das getan, was ich an ihrer Stelle auch getan hätte: Sie berief sich auf Erinnerungslücken. Nur eins wusste sie noch hundertprozentig sicher: Patrick Sello war der Täter. Er habe plötzlich die Waffe gezeigt und sie alle bedroht. Er habe sehr entschlossen gewirkt. Es sei ihr gerade noch möglich gewesen, eine SMS an Herrn Direktor Lerchenmüller zu senden. Die Vorkommnisse danach seien *wie in einem Nebel verschwunden.*

Praktisch, dachte ich und las weiter:

Die Beschuldigte wiederholte ihre Aussage, dass ihre Beziehung zu Patrick S. zunächst freundschaftlich und professionell, später dann eher distanziert gewesen sei. Gerüchte über eine Liebesbeziehung wies sie strikt zurück. Einen Film, welcher ihr vorgespielt wurde, bezeichnete sie als Fälschung. Die Beschuldigte sieht sich im Mittelpunkt von üblen Intrigen und ehrenrührigen Anschuldigungen. Der Haftrichter entscheidet am Abend, ob Frau Lindenthal in Untersuchungshaft verbleiben wird.

Ich rief Friedemann Kleist an, um mehr zu erfahren, doch leider wimmelte er mich ab – er befinde sich derzeit in einer Besprechung.

Ich ergänzte meinen Artikel vom Mittag. Konnte der Film tatsächlich eine Fälschung sein? Lara Lindenthal war darauf zu sehen, eindeutig. Das füllige Haar, die Stimme. Wie kann man solche Filme fälschen? Aber schon einmal waren alle auf einen Film reingefallen: Patricks Geständnis im Internetportal. Vielleicht hatte die emsige Theater-AG in einem zweiten Fall ein bisschen geübt.

Auf dem Heimweg stoppte ich bei dem Lebensmittelhändler meines Vertrauens und erstand Hühnerbrust, Kohlrabi, Sellerie, Lauch, Fenchel, Zucchini, Möhren, Äpfel und getrocknete Aprikosen. Zwiebeln hatte ich ausreichend in meinem Vorratsschrank.

Zu Hause teilten Caro und ich uns das Schnippeln auf.

Zuerst tat ich die Stücke aus der Hühnerbrust in den Wok und briet sie schön braun. Dann gab ich sie auf einen Teller und warf das Gemüse in das Öl. Bald erfüllte trotz des Abzugs ein herrlicher Duft die Küche. Besonders die Zwiebeln taten ihr würziges Werk. Ich holte die Schälchen und die Stäbchen aus dem Schrank und deckte den Tisch. Nachdem auch das Fleisch wieder im Wok lag, löschte ich die Brutzelei mit einer thailändischen Chilisauce ab, schmeckte noch einmal ab und stellte die Pfanne auf den Tisch. Ein paar Scheiben Weißbrot ersetzten den Reis.

Caro kämpfte erst ein wenig mit den Stäbchen, aber bald balancierte sie alles unfallfrei in den Mund.

Nach dem Aufräumen gingen wir an meinen Rechner. Caro loggte sich bei *ausstieg.de* ein, meldete sich aber mit *Paranoia* an, dem Namen des toten Patrick Sello. Anschließend ›betrat‹ sie nicht den Raum *Philosophische Fragen,* sie landete irgendwo anders – sie war ganz allein in dem Chatraum, in der Anwesenheitsliste stand nur der Name *Paranoia.*

»Was machst du denn da?«, fragte ich.

»Ich will ein paar Dinge überprüfen«, antwortete Caro etwas abwesend und gab einen Befehl ein. Der Name *Paranoia* wechselte die Farbe von Blau zu Lila.

»So, jetzt bin ich Admin«, sagte Caro und tippte weiter. Es erschien die Personalseite von *Nimmmich16.*

Diese Seite verfügte über einige Felder mehr als die von Patrick, die ich schon gesehen hatte. Ich bemerkte eine Reihe von codierten Angaben. Caro sprach von Adressen und klickte auf das Feld. Eine Liste erschien. Ich blieb still, guckte zu und verstand nichts von dem, was da auf dem Bildschirm vorging. Caro wechselte zwischen Seiten hin und her. Plötzlich pfiff sie durch die Zähne.

»Was ist denn los?«, fragte ich.

»Moment noch«, wehrte sie ab und machte weiter.

Dann schloss sie alle Fenster, ließ den Rechner jedoch an.

»Man kann auf diesen Listen eine ganze Menge in Erfahrung bringen«, verriet sie geheimnisvoll.

»Caro! Nun rede doch bitte!«

»Ich habe mir angeguckt, welche Nutzer welche Rechner benutzt haben, um sich einzuloggen. Wenn ich es recht gesehen habe, hat Lerchenmüller den Chat nicht nur von seinem eigenen Rechner aus betreten, sondern auch von Laras Rechner aus. Und bei ihr ist es genauso.«

»Verstehe ich das richtig? Ein Admin kann sehen, von welchem Rechner aus sich jemand einloggt?«

»Ganz genau. Man hinterlässt breite Spuren im Netz.«

»Dann haben Lerchenmüller und Lindenthal sich gegenseitig besucht«, schloss ich.

»Genau. Sie haben gemeinsam an den Rechnern gesessen, wie wir jetzt auch. Das wollte ich wissen«, erklärte Caro. »Komm, Grappa, wir gucken noch mal bei den *Philosophischen Fragen* rein. Mal schauen, wer da und wie die Stimmung ist.«

»Als *Keusche-Braut* will ich aber nicht mehr, das war mir zu blöd, diese Angriffe.«

»Oh, dann spiel ich die Braut«, meinte Caro leichthin. »Ich brauche nur das Passwort.«

Ich nannte es ihr und sie loggte sich auch mit ihrem Rechner bei *ausstieg.de* ein.

Einige Minuten später hatten wir alles vorbereitet. Ich hatte mich neu angemeldet und einen wunderbar zu mir passenden Spitznamen gewählt: *Tussi-de-Luxe.* Als Caro ihn sah, kicherte sie.

Zugleich klickten wir auf *Philosophische Fragen.*

[Tussi-de-Luxe betritt den Raum]

[Keusche-Braut betritt den Raum]

Wurstbrot: oh neeeee, nicht die schon wieder

Tussi-de-Luxe: ich grüße mal in die ganze Runde

Keusche-Braut: Kusshand, Wurstbrot, ich liebe dich auch

RichterAdam: Guten Abend, Tussi-de-Luxe und Keusche-Braut.

Keusche-Braut: wo ist denn der kinderschänder?

Wurstbrot: wer soll das denn sein?

Keusche-Braut: na, die Nimmmich16 ist doch ein Kerl älterer Bauart, lach

Der *RichterAdam* kam mir verdächtig vor. Der klang irgendwie so höflich.

Ich schaute auf seine Personalseite. Angeblich zwanzig Jahre alt und erst seit fünfunddreißig Minuten Mitglied bei *ausstieg.de.*

»Der Richter ist ganz neu«, sagte ich zu Caro.

»Du bist noch viel neuer«, gab sie grinsend zurück.

RichterAdam? Das war doch der aus dem *Zerbrochenen Krug* von Kleist. Mir schwante etwas.

Tussi-de-Luxe: Guten Abend Heinrich Adam Richter von K.

Wurstbrot: sind hier etwa wieder intellektuelle im raum??

RichterAdam: bestimmt nicht.

»Kann man auch mit einem Einzelmenschen flüstern?«

Caro erklärte mir, wie das funktionierte, und ich sandte *RichterAdam* eine private Nachricht:

[Flüstern mit RichterAdam]: komm du mir nach hause!

[Flüstern von RichterAdam]: gern, mit Brötchen. morgen früh.

[Flüstern mit RichterAdam]: bring 6.

Caro wunderte sich. »Kennst du den Richter etwa?«

»Ja. Du kennst ihn auch. Er kommt zum Frühstück.«

»Ach, der«, stöhnte sie.

»Und jetzt weiter im Text. Das macht ja richtig Spaß.«

Tussi-de-Luxe: sagt mal ... der name des Portals hier ... ausstieg ... was bedeutet der? Ist das eine suizidberatung mit fröhli-

chem ausgang oder verabreden sich hier die hartz4ler, die auf malle unter felsen sieben wohnen?
LostHope: es bedeutet, was es dir sagt, nicht mehr, nicht weniger. kommt nur drauf an, aus was du raus willst. und wenn du aus gar nichts raus willst, hast du hier nichts zu suchen
Keusche-Braut: kann man auch hilfe finden zum aussteigen? insulin zum beispiel?
Wurstbrot: bisher haben wir noch keine HALL OF FAME mit erfolgreichen aussteigern
RichterAdam: täusche ich mich, oder gibt es gerade nicht genug kandidaten dafür?
Keusche-Braut: du bist aber echt hart druff, RichterAdam
Tussi-de-Luxe: gibts eigentlich das video noch mit der lehrerin für deutsch und philo?
Wurstbrot: meinst die Blasmaus?
Tussi-de-Luxe: Wurstbrot, bist ein helles köpfchen.
Wurstbrot: willst was lernen, Tussi?
[Flüstern von RichterAdam]: übertreibs nicht.
[Nimmmich16 betritt den Raum]
Keusche-Braut: nimmmich16, grüß mal die Lerche von mir.
[Nimmmich16 verlässt den Raum]

»Der war aber schnell wieder weg«, stellte ich fest.

»War er«, nickte Caro. »Wetten, dass der jetzt voll die Panik hat?«

Ein nagelneuer Kandidat

Kleist erschien am Morgen mit sechs frischen Brötchen und der Nachricht von Lara Lindenthals Freilassung.

»Es gibt keine zwingenden Beweise«, erklärte er. »Der Film ist zwar peinlich für sie, reicht dem Haftrichter aber nicht aus, um weitere Untersuchungshaft anzuordnen.«

»Wo ist sie jetzt?«, fragte Caro.

»Auf Schloss Waldenstein, nehme ich an. Lerchenmüller hat sie abgeholt.«

»Also stehen wir wieder mit leeren Händen da«, stellte ich fest. »Vielleicht ist sie ja wirklich unschuldig.«

»Nein! Sie hat es getan!«, rief Caro aus.

»Wie kannst du nur so verdammt sicher sein?«, fragte ich. »Jetzt brauche ich einen Kaffee. Ich hab die ganze Nacht vom Chatten geträumt. Dieser Richter Adam war ein Lichtblick zwischen all den Rotznasen.«

Kleist lächelte. »*Tussi-de-Luxe* – wie kommt man nur auf so was?«

Beim Frühstück war Caro sehr zugeknöpft. Sie reagierte schnippisch und trotzig.

»Caro, was ist denn los mit dir?«, machte ich mir Sorgen.

»Für euch zählt nur, was ihr Beweise nennt. Ihr seid furchtbar. Ich kenne Frau Lindenthal. Und ich kannte Patrick. Ich weiß einfach, dass sie es war.«

»Ich spotte niemals über weibliche Intuition«, wehrte Kleist das Argument ab. »Aber in einem ordentlichen Ermittlungsverfahren kann sie nur als atmosphärischer Hintergrund fungieren. Ohne Ihre Rede, Caro, hätten wir uns an Patrick festgebissen. Sie haben doch Dinge bewirkt und können stolz darauf sein.«

»Ich höre immer nur Beweis, Beweis, Beweis. Ich brauche ja auch keinen Beweis dafür, dass Wasser abwärts fließt«, maulte sie.

»Caroline«, ergriff Kleist wieder das Wort. »Glauben Sie mir: Wir ermitteln umfassend. Wir haben die Vita der Frau durchleuchtet. Es hat sich nicht der geringste Hinweis darauf ergeben, dass sie eine sechzehnfache Mörderin sein könnte. Wir haben versucht, sie mit der Mordwaffe in Verbindung zu bringen. Unser Fazit ist heute: Die Lindenthal ist psychisch labil, hat sexuelle Neurosen und sich mit einem

Schüler eingelassen. Reicht das Ihrer Meinung nach aus, um jemanden lebenslang ins Gefängnis zu stecken?«

»Gegen so kalte Logik kann ich nicht argumentieren«, entgegnete Caro. Dann wandte sie sich an mich. »Ich bin in deinem Haus tagsüber allein und grüble und grüble. Es geht mir nicht gut dabei. Ich glaube, ich möchte lieber ins Schloss zurück. Ich brauche die anderen und vielleicht rede ich sogar mal mit einem der Psychologen, die sich dort breitgemacht haben.«

»Oh. Daran habe ich gar nicht gedacht. Du kommst so cool und beherrscht rüber.« Ich hatte ein schlechtes Gewissen. Dass Caro unter ungeheurem seelischem Druck stand – der Gedanke war mir gar nicht gekommen.

»Vielleicht ist es wirklich das Beste, wenn du ins Internat zurückgehst«, überlegte ich. »Die Lindenthal wird dir nichts tun. Falls sie wirklich geschossen hat, wird sie davonkommen, denn man kann sie nicht überführen. Sie ist frei. Diese Freiheit wird sie nicht riskieren, indem sie dir Gift in den Kakao kippt.«

Ich machte Nägel mit Köpfen.

»Hier Grappa vom *Tageblatt.* Ich möchte Ihnen Ihre Schülerin Caroline von Fuchs zurückbringen«, teilte ich Internatsleiter Lerchenmüller mit.

»Wie bitte? Caroline ist bei Ihnen?«, brüllte der Mann gleich los.

Ich überlegte kurz, ob ich ihn mit *Nimmmich16* ansprechen sollte.

»Das wird Konsequenzen haben!«, machte er weiter. »Ich habe das Aufenthaltsbestimmungsrecht für das Mädchen. Machen Sie sich auf eine Anzeige wegen Entziehung gefasst.«

»Wollen Sie mir etwa drohen, Sie Hampelmann?«, fragte ich mit der freundlichsten Stimme, die mir zur Verfügung stand.

Kleist nahm mir den Hörer aus der Hand. »Hier Dr. Kleist, Mordkommission. Herr Lerchenmüller, ich mache Sie darauf aufmerksam, dass Frau von Fuchs Ihre Einrichtung freiwillig verlassen hat. Sie fühlte sich bei Ihnen nicht mehr sicher. Was ich durchaus verstehen kann. Immerhin hat es im Schülertrakt gebrannt. Die Unterbringung bei Frau Grappa geschah auf Wunsch der Ermittlungsbehörde. Und jetzt bringe ich Ihnen das Mädchen zurück. Bis gleich.« Er legte den Hörer auf.

»Das war doch mal eine Ansage«, strahlte ich. »Dann mach dich mal fertig, Caro.«

Stumm raffte sie ihre wenigen Sachen zusammen.

»Wir bleiben in Verbindung, Caro«, sagte ich. »Du kannst mich jederzeit anrufen oder besuchen. Oder wende dich an den neuen Hausmeister, Herrn Lauscher. Der hat dir den Zettel unter der Tür durchgeschoben. Er ist ein ehemaliger Polizist und ein guter Freund von Herrn Kleist und mir. Und heute Abend treffen wir uns im Chat.«

Als ich ins Verlagshaus fuhr, registrierte ich erstaunt, dass ich erleichtert war.

Allein leben war auch schön. Ich war überzeugter Single und es fiel mir immer schwerer, jemanden ständig um mich herum zu haben.

Die Redaktionskonferenz hatte ich verpasst. Also klopfte ich an Jansens Büro. Er schaute auf.

»Hallo, Grappa«, meinte er ziemlich abwesend. »Wir kriegen Neuwahlen. Das ist jetzt amtlich. Die Verwaltungsgerichte haben Wahlbetrug festgestellt.«

»Und warum machst du so ein Gesicht?«

»Die SPD hat mich gefragt, ob ich kandidiere.«

»Wie bitte?«, rief ich. »Wie kommen die denn darauf? Du bist doch noch nicht mal SPD-Mitglied!«

»Die nehmen mich auch so.«

Mir wurde heiß und kalt. »Das kannst du nicht machen!«

»Warum nicht?« Er erhob sich und ging auf und ab. »Weißt du, Grappa, ich habe viele Jahre über diese Stadt geschrieben. Kritisch geschrieben. Ich kenne jeden Winkel, jeden sozialen Brennpunkt. Aber ich kenne auch die Menschen hier, die auf den ersten Blick etwas grob erscheinen, sich dann aber als echte Seelen entpuppen. Ich weiß, was diese Stadt braucht, was ihr guttut. Und den Menschen. Seit mir die Berghofen ihre Millionen vermacht hat, bin ich finanziell unabhängig. Warum sollte ich nicht Verantwortung übernehmen?«

»Und was wird aus uns?«

»Ach, komm, Grappa!« Peter Jansen nahm mich in den Arm. »Ihr seid doch schon groß. Besonders du! Ich bin jetzt in dem Alter, in dem ich noch mal was anderes, was Neues wagen muss. Und wenn es nur für fünf Jahre ist. Es ist meine letzte Chance.«

»Sorry, Peter«, seufzte ich. »Das muss ich erst mal verdauen.«

»Das versteh ich. – Was macht deine Story?«

»Lara Lindenthal ist frei. Es gibt keine Beweise für ihre Schuld. Und Caroline von Fuchs ist bei mir ausgezogen und wieder im Internat.«

»Über die Entlassung aus der U-Haft solltest du ein paar Zeilen schreiben«, regte mein Chef an. »Das wäre fair.«

»Ja, ja«, sagte ich lustlos. »Eine Meldung für die Eins.«

Das *Bierstädter Tageblatt* ohne Jansen? Ich ohne Peter? Eine schreckliche Vorstellung.

Aber in einem hatte er recht: Wenn er seinem Leben noch mal einen Schub geben wollte, musste er jetzt in die Vollen gehen. Und da war der Job des Oberbürgermeisters nicht der schlechteste.

Ich formulierte eine kurze Nachricht über die Freilassung von Lara Lindenthal. Die Buchstaben glitten mir nicht wie gewohnt in die Tasten. Aber ich hatte ja Routine. Jahrelange Routine.

Jansen! Ich beneidete ihn plötzlich.

Ich genoss die abendliche Single-Pasta und das Alleinsein. Im Fernsehen hatte ich die Wahl zwischen einem geigenden Dauergrinser, einem Film mit singender Doris Day, Rudi Carrell in seinen jungen Jahren und einer weiteren Folge der Endlosserie über Hartz-IV-Betrüger. Heute beklagte sich der Vater bei den Reportern, dass er kein Bettchen für seinen kleinen Sohn habe. Die Kamera schwenkte auf das Kind und zeigte, wie es selig im Karton des neuen Plasmafernsehgerätes schlief.

Fernsehen war langweilig.

Caro wartete bestimmt schon im Chat auf mich. Ich holte meinen Laptop und setzte mich aufs Sofa – neben mir ein Glas Wein und leckere Snacks. Es konnte losgehen.

[Tussi-de-Luxe betritt den Raum]
Wurstbrot: wie luxuriös biste eigentlich, tussi? kann ich mir dich leisten?

Keusche-Braut war ebenfalls anwesend und meldete sich gleich zu Wort.

Keusche-Braut: Wurstbrot, geh mit giftmüll spielen. hallo, Tussi
Wurstbrot: ihr zwei kennt euch wohl Tussi-de-Luxe und Keusche-Braut?
[Flüstern an Keusche-Braut]: Du lebst ja noch.
[Flüstern von Keusche-Braut]: Knapp! Lerche hat mich gegrillt. Ich soll alles zurücknehmen.
[Flüstern an Keusche-Braut]: Es gab Druck?
[Flüstern von Keusche-Braut]: Und wie. SIE war auch da, mit großen Kuhaugen.

[Viper betritt den Raum]

Viper: Hi, ihr Loser. schon gehört? Venus ist wieder da.

Wurstbrot: dann besuchen wir sie doch mal. wer macht mit?

[LostHope betritt den Raum]

War ich hier gerade Zeugin einer Verabredung zu einer Straftat? Gebannt starrte ich auf den Monitor. Was würde noch passieren?

Ich tippte.

Tussi-de-Luxe: Wurstbrot, die letzten, die Venus besucht haben, sind tot. Schon vergessen?

Wurstbrot: nee, Tussi, aber wir lassens uns auch gern von dir machen.

Tussi-de-Luxe: frag doch mal Nimmmich16

Wurstbrot: wer bläst so spät bei nacht und wind, es ist die lerche vor seinem spind? lach

[LostHope verlässt den Raum]

Tussi-de-Luxe: tolles niveau hier.

Viper: niveau? ist das nicht ne gleitceme?

[Flüstern an Keusche-Braut]: Ich geh raus. Wer ist Wurstbrot?

[Flüstern von Keusche-Braut]: null ahnung.

[Flüstern an Keusche-Braut]: Wo ist die Lindenthal?

[Flüstern von Keusche-Braut]: im schloss.

[Tussi-de-Luxe verlässt den Raum]

[Keusche-Braut verlässt den Raum]

Ich überlegte. Sollte ich die Drohung von *Wurstbrot,* mit anderen zusammen Lara Lindenthal zu besuchen, ernst nehmen? Nein. Die Jungs hauten doch nur – von der Anonymität im Chat gedeckt – verbal auf den Putz. Spätpubertäres Machogehabe, mehr nicht.

Der Gesang der Lerche

»Die wollen mir mein Stipendium streichen«, heulte Caro am Telefon. »Das hab ich der Lindenthal zu verdanken.«

»Beruhig dich doch.«

»Beruhigen? Du bist vielleicht gut«, schniefte sie. »Ich steh kurz vor dem Abi.«

»Ist denn alles schon entschieden?«, fragte ich.

»Nein. Es gibt eine Anhörung vor dem Stiftungskuratorium. Ich werde da vorgeladen. Lerchenmüller und Lindenthal auch.«

»Wann ist der Termin?«

»In drei Tagen.«

»Das sollte reichen«, murmelte ich.

»Wozu reichen?«

»Lass mich mal machen. Ich hab da eine Idee.«

»Nun sag schon, Grappa!«, forderte sie.

»Caro, sei ein liebes Mädchen und mach keinen Stress. Und lies morgen das *Bierstädter Tageblatt.* Kriegst du das hin?«

Dieses Kind. Hoffentlich hielt sie still. Ich fuhr früher als sonst in die Redaktion. Peter Jansen war schon da. Er kam immer als Erster, um in Ruhe die Meldungen der Agenturen und Zeitungen zu lesen. Bei der Redaktionskonferenz war er dann besser informiert als wir alle.

»Willst du immer noch als Oberbürgermeister kandidieren?«, fragte ich.

»Ich glaube, ja.«

Er sah auf die Uhr und dann mich überrascht an. »Und du kommst extra eine Stunde früher hier rein, um mir diese Frage zu stellen?«

»Halt mir bitte noch ein letztes Mal den Rücken frei.«

»Mach ich das nicht immer, Grappa?«, fragte er.

»Doch. Ich verzieh mich gleich und schreibe was. Und du liest es dann. Danach weißt du, was ich meine. Mit dem freien Rücken.«

Mein Chef kratzte sich an der Stirn. »Du machst mich neugierig, Grappa-Baby.«

Zuerst lief ich in die Kaffeeküche, Dröhnung holen. Ich trank eine Tasse und wartete ein Weilchen. Konzentrieren. Und dann schreiben. Fies schreiben.

NEUER SKANDAL AUF SCHLOSS WALDENSTEIN:
WAS TREIBT DIREKTOR LERCHENMÜLLER (58)
NACHTS IM SCHÜLERCHAT?

Natürlich gab es noch keinen Skandal. Jetzt noch nicht. Aber nach Erscheinen meines Artikels.

Hatte ich das Recht, Lerchenmüller so vorzuführen? Ich dachte lieber nicht weiter über die Frage nach. Er würde es als Rufmord empfinden, doch juristisch würde er mir nichts am Zeug flicken können. Die deutsche Sprache ist so wunderbar biegsam. Ein kleines Fragezeichen hier, ein Konjunktiv da – und schon war man aus dem Schneider.

Ich tippte los:

Wenn es draußen dunkel wird, gehen in vielen Schülerzimmern im Nobelinternat Schloss Waldenstein die Rechner an. Die jungen Leute treffen sich. Nicht von Angesicht zu Angesicht, sondern im Internet. Sie betrachten das Schülerportal *ausstieg.de* als ihre kleine virtuelle Kneipe. Sie chatten im Raum *Philosophische Fragen.* Hier reden sie über Schulethemen, erzählen sich gegenseitig ihre Sorgen und Nöte, helfen und beraten sich. Dies tun sie nicht unter ihren richtigen Namen. Sie suchen sich einen sogenannten

Nicknamen aus, denn das Portal ist für jeden zugänglich und niemand möchte für Außenstehende zu erkennen sein.
So wird aus dem einen Schüler, der vielleicht Hans heißt, ein Chatter namens *Wurstbrot* oder eine melancholische Schülerin namens Vanessa verwandelt sich in die Chatterin *LostHope*.
Wenn es dunkel wird rund um Schloss Waldenstein, fährt noch jemand seinen Rechner hoch. Das ist Dr. Wolfgang Lerchenmüller. Auch er loggt sich bei den *Philosophischen Fragen* ein. Erkennen kann ihn niemand, denn der 58-jährige Pädagoge gibt sich die Identität einer 16-jährigen Schülerin. Sein Nickname: *Nimmmich16*. Mehrere Monate chattete der Internatsleiter unerkannt, bis ihm ein sogenannter Administrator auf die Schliche kam und die anderen Chatter informierte.
Zum Hintergrund: In den Nutzungsbedingungen des Portals *ausstieg.de* ist eine Altersbeschränkung vermerkt: Nicht älter als zwanzig Jahre darf man sein, wenn man sich dort einträgt. So soll verhindert werden, dass sich ältere Menschen an Kinder und Jugendliche heranmachen. Diese Bedingungen müssen per virtueller Unterschrift bestätigt werden. Nach Informationen unserer Zeitung hat sich Lerchenmüller unter einem erfundenen Namen bei dem Portal angemeldet. Nach Angaben der anderen Chatter führte *Nimmmich16* mit Vorliebe erotische Gespräche, was auch der Nickname schon vermuten lässt. Die Frage, die sich jetzt alle stellen: Warum möchte Dr. Lerchenmüller ein 16-jähriges pubertierendes Mädchen sein?

So. Das war Teil eins. Ich rief auf Schloss Waldenstein an. Lerchenmüller befand sich in einer Schulkonferenz.

»Es ist aber dringend«, teilte ich seiner Sekretärin mit.

»Um was geht es denn?«, fragte sie.

»Das würde ich gern mit Herrn Dr. Lerchenmüller selbst besprechen.«

»Unser Terminkalender ist übervoll«, flötete der Vorzimmerdrachen.

»Gut. Sagen Sie ihm, dass ich gern über *Nimmmich16* mit ihm reden würde. Dann hat er bestimmt Zeit für mich.«

»Nimm mich … was?«

Ich wiederholte den Namen und gab meine Handynummer an. Jetzt heißt es abwarten, Grappa, dachte ich.

In der Kantine kaufte ich mir ein belegtes Brötchen und verzog mich damit in meine Einzelzelle – das Mobiltelefon immer hart an der Frau. Ich war sicher, dass mich *Nimmmich16* innerhalb der nächsten Stunde anrufen würde.

Es dauerte nur fünfzehn Minuten.

»Sie wollten mich sprechen?«, fragte Dr. Lerchenmüller. Ein sinnlose Frage, denn er wusste es ja.

»Es freut mich sehr, dass Sie sich melden«, sülzte ich. »Kennen Sie ein Schülerportal namens *ausstieg.de?*«

»Warum interessiert Sie das?«, fragte er vorsichtig.

»Ich arbeite für die morgige Ausgabe an einem Artikel über dieses Portal«, antwortete ich freundlich. »Ich lese Ihnen am besten vor, was ich bisher geschrieben habe. Dann werden Sie verstehen, weshalb ich Sie sprechen wollte.«

Ich las und lauschte. Er hatte mich nicht unterbrochen.

Die Leitung blieb stumm. »Sind Sie noch da, Herr Dr. Lerchenmüller?«

Ich vernahm ein Stöhnen. Dann den Satz: »Das wollen Sie wirklich veröffentlichen?«

»Warum haben Sie sich in dieses Forum eingeloggt?«, fragte ich.

»Wie kommen Sie darauf, dass ich das getan habe?« Lerchenmüller hatte sich wieder im Griff.

»Ich weiß es eben. Ist ja auch kein Problem – eigentlich. Chatten ist ja keine strafbare Handlung.«

»Ich bin das nicht. Und wenn Sie das schreiben, bekommen Sie einen Prozess wegen übler Nachrede an den Hals, von dem Sie und Ihre Zeitung sich nicht mehr erholen werden. Ziehen Sie sich warm an!«

»Bleiben Sie doch bitte ruhig«, sagte ich. »Vielleicht gibt es ja pädagogische Gründe, auf die ich noch nicht gekommen bin. Auffällig ist natürlich, dass Sie sich als Schülerin ausgeben. Aber vielleicht hat das ja auch einen guten Grund.«

»Was wollen Sie von mir?« Lerchenmüller wollte Zeit gewinnen.

»Eine Stellungnahme. Es ist guter journalistischer Brauch, die Gegenseite zu hören. Aber ich kann auch schreiben: *Dr. Wolfgang Lerchenmüller wollte sich zu den gegen ihn erhobenen Vorwürfen nicht äußern.* Wäre Ihnen das recht?«

»Ich lasse mich nicht von Ihnen erpressen, Frau Grappa.«

Mist, dachte ich, der Kerl ist ein harter Brocken.

»Diese Unterstellung verbitte ich mir«, sagte ich mit empörter Stimme. »Und Sie machen einen Fehler, Herr Dr. Lerchenmüller. Es gibt in diesem Portal einen sogenannten Administrator, der Zugang zu den Daten der einzelnen Chatter hat. Er kann sogar die Rechner identifizieren, von denen jemand gechattet hat. Und *Nimmmich16* hat von dem Rechner aus gechattet, an dem Sie sich in dem Portal angemeldet hatten. Dieser Computer steht in Ihrem Büro!«

Ich hörte Lerchenmüller tief durchatmen.

»Und noch etwas ist festgestellt worden: *Nimmmich16* hat auch den Rechner von Frau Lindenthal benutzt. Ihr Nickname ist *Venus.* Und *Venus* saß nachweisbar umgekehrt schon mal am PC von *Nimmmich16.*«

Keine Reaktion.

»Wenn Sie dazu nichts sagen wollen, ist das Ihr gutes Recht. Ich wünsche Ihnen noch einen angenehmen Tag.«

»Warten Sie!«

Jaaaa! Ich hatte ihn.

Eine halbe Stunde später beendete ich meinen Artikel mit folgenden Zeilen:

Die Frage, die sich jetzt alle stellen: Warum möchte Dr. Lerchenmüller ein 16-jähriges pubertierendes Mädchen sein?
»Ich muss doch wissen, was in den Köpfen meiner Schülerinnen und Schüler vorgeht«, so der Pädagoge gegenüber unserer Zeitung. »Um da einen Einblick zu bekommen, ist dieses Portal sehr gut geeignet. Und als Schuldirektor hätte ich niemals authentisch Gespräche führen können. Aber im Gewand einer Schülerin bekam ich Einblick in Sorgen und Nöte der Jugendlichen, die mir von ihren Eltern anvertraut wurden.«
Warum sich der Internatsleiter einen Mädchen-Nick aussuchte, begründet er so: »Gerade junge Frauen sind heutzutage gefährdet. Immer früher sind sie sexuellen Angriffen ausgesetzt. Dem wollte ich vorbeugen, indem ich geprüft habe, wie die männlichen Schüler von Schloss Waldenstein mit einer vermeintlichen Gefährtin umgehen.«
Bleibt die Frage, ob der Nickname *Nimmmich16* sexuelle Angriffe nicht eher provoziert als verhindert.

Jansen grinste fett, als er den Artikel las. »Den servierst du den Lesern auf einem Silbertablett – und zwar in kleine Stücke filetiert.«

»Merkt man das?«, fragte ich scheinheilig.

»Nein, das merkt niemand außer mir.«

»Vielleicht haben wir ja nur das filigrane pädagogische Konzept nicht verstanden, das hinter der Sache steckt.«

»Und jetzt raus damit, Grappa!« Jansen war plötzlich ernst.

»Womit?«

»Was steckt für dich hinter der Sache? Warum machst du den Mann so gekonnt fertig?«

Ich überlegte und sagte dann: »Pharisäer haben mich immer schon angekotzt. Außerdem stützt er die Lindenthal und will Caroline von der Schule werfen.«

»Und weiter?«

»Ein solcher Lehrer ist nicht gut für die Schüler. Er missbraucht ihr Vertrauen, um seinen schiefen Trieben zu frönen.«

»Hast du noch eine Idee?« Er fixierte mich.

»Klar.« Es hatte keinen Sinn, Jansen etwas vorzumachen. »Ich will dem Arsch mal zeigen, was eine Harke ist. Der arrogante Wichser soll begreifen, dass er nicht unberührbar ist und die Presse durchaus hinter die Mauern seines Schlosses greifen kann.«

Jansen schwieg eine Weile. Dann sagte er: »Wir drucken den Artikel.«

»Und was sollte das Inquisitionsspiel gerade?«

»Ich wollte nur wissen, ob du noch in der Lage bist, dir die Wahrheit einzugestehen«, entgegnete Peter. »Lerchenmüller hat deine Eitelkeit verletzt und dafür rächst du dich. Es geht um Macht und nicht um die Rettung der Kinder vor einem schrägen Pädagogen. Aber offiziell gelten natürlich die hehren Journalismusgründe: Informationspflicht gegenüber der Bevölkerung, kritische Hinterfragung gesellschaftlicher Phänomene und unbedingte Solidarität mit den Schwachen unserer Gesellschaft – in diesem Fall den Schülern.«

»Bin ich ein schlechter Mensch?«, fragte ich.

»Klar«, nickte mein Chef. »Aber das macht nichts – solange du das noch auf dem Schirm hast.«

Jansen hatte mir mit seinem Grundkurs in journalistischer Ethik zu denken gegeben. Missbrauchte ich die Macht, die mir mein Arbeitsvertrag verlieh? Was würde geschehen, wenn Lerchenmüller sich etwas antun würde? Wäre ich dann schuldig?

Ein Kommissar muss auch mal schlafen

Eine Flasche Wein hatte meine Gewissensbisse abgeschwächt und mir eine halbwegs ruhige Nacht beschert. Ich stand spät auf und nahm mir vor, ein entspanntes Wochenende zu genießen. Doch als ich mein Handy einschaltete, begann es sofort zu piepen. Es waren einige Nachrichten eingegangen.

Caro, Kleist und Brinkhoff hatten mir auf die Mailbox gesprochen.

Caro:
Super Artikel. Jetzt hat Lerche ein Riesenproblem. Er ist mit der Zeitung durch den Speisesaal gedüst, der Vollpfosten. Wenn Blicke wirklich töten könnten, läg ich in meinem Blut. Bitte melde dich.

Kleist:
Liebe Maria! Ich habe Angst um dich. Dein Artikel! Sag Bescheid, wenn ich einen Beamten vor deinem Haus postieren soll, ja? Den Polizeischutz könnte ich heute Abend für einige Stunden aber auch selbst übernehmen. Schick mir eine SMS, wenn es dir NICHT passt.

Brinkhoff:
Lerchenmüller tobt. Er hat ein Flugblatt mit einer Stellungnahme ausgehängt. Die Schüler stehen davor und kichern. Heute Morgen war der Vater des toten Patrick Sello da und hat das Zimmer seines Sohnes ausgeräumt. Dabei ist er dem Lerchenmüller an die Gurgel gegangen. Grappa, was hast du nur angerichtet mit diesem Artikel? Ich melde mich später.

Wunderbar. Alles lief nach Plan. Ich ließ Wasser in die Wanne, schüttete ein Badesalz hinein, das schon ägyptische Mumien wieder frisch gemacht hatte, und stieg hinein. Schön, für zwanzig Minuten von der realen Welt abgeschottet zu sein. Die Wärme und der Duft machten mich leicht benommen.

Richard Sello hatte die Sachen seines Sohnes abgeholt. Und es hatte Streit gegeben. Warum?

Ich suchte die Handynummer von Sello heraus und rief ihn an.

»Ich habe gehört, dass Sie Streit mit Dr. Lerchenmüller hatten. Um was ging es?«

Sello lachte bitter. »Er nannte Patrick einen Soziopathen. Ein Soziopath ist ein Mensch, der weder Liebe noch Mitleid noch Trauer oder Freude empfinden kann. So war Patrick aber nicht. Er konnte sich freuen und traurig sein.«

»Sicher konnte er das«, sagte ich lahm. Ich dachte an den bösen Film. »Sie wissen aber bestimmt auch, dass sich Soziopathen gut verstellen können. Sie schauen sich Gefühlsregungen bei ihren Mitmenschen ab und spielen sie nach, imitieren sie. Denken Sie an das Video mit dem Geständnis. Es war so überzeugend, dass alle drauf reingefallen sind.«

»Ich habe meinen Sohn wohl wirklich nicht so gekannt, wie ein Vater seinen Sohn kennen sollte«, räumte Sello ein. »Wie geht es eigentlich dem Mädchen, das auf der Trauerfeier diesen Skandal provoziert hat?«

»Caro ist wieder im Schloss«, erklärte ich. »Lerchenmüller will sie aus der Schule entfernen, weil sie sich weigert, die Beschuldigungen gegen die Lindenthal zurückzunehmen. Er hat die Stiftung informiert. Ich hoffe, dass mein Artikel heute dazu führt, dass Lerchenmüller selbst Probleme bekommt.«

»Da mache ich gern mit«, meinte Sello. »Ich kenne den Stiftungsratsvorsitzenden. Werde ihn anrufen. Mal sehen, was er von einem Schulleiter hält, der sich nachts in einem Schülerchat herumtreibt. – Ich habe eine Bitte. Ich möchte den Film, über den Sie geschrieben haben, mit eigenen Augen sehen. Können Sie das vermitteln?«

»Besser als das. Ich habe ihn hier. Sie müssten sich freilich herbemühen. Ich habe heute frei.«

»Die Adresse?«

Ich gab sie ihm. Das war's dann wohl mit einem entspannten Tag.

Nachmittags Sello, abends Kleist. Zwei Mal Herrenbesuch. Die Nachbarn bekamen ordentlich was zu tratschen.

Ich entledigte mich meines Schlabber-T-Shirts und der Jogginghose, warf mich in Rock und Pulli und legte ein wenig Schminke auf.

Sello kam zur vereinbarten Zeit – mit einem Blumenstrauß.

»Das wäre aber nicht nötig gewesen«, meinte ich verblüfft.

Er konnte ja nicht wissen, dass ich abgeschnittene und damit dem Tod geweihte Blumen nicht ausstehen konnte. Im Garten sahen sie weit besser aus. Ich zweckentfremdete den Sektkühler als Vase und bot Kaffee an. Dankend nickte er.

»Wie geht es Ihnen eigentlich?«, fragte ich.

»Na ja. So langsam komme ich mit allem klar. Muss ich ja auch. Trotzdem bin ich erschrocken über mich selbst.« Richard Sello seufzte. »Wissen Sie ... ich dachte immer, dass Patrick und ich noch sehr viel Zeit hätten. Nach dem Abitur hätte er in einer Stadt seiner Wahl studieren können. Ich wäre ihm gefolgt. Ich kann meinen Job als Wirtschaftsprüfer und Wirtschaftsjurist ja überall auf der Welt ausüben.«

»Haben Sie in Patricks Nachlass etwas Interessantes entdeckt?«, fragte ich.

»Nein. Kleidung, Bücher, die Schulsachen, meine Briefe an ihn. Früher haben wir uns geschrieben. Kann ich jetzt den Film sehen?«

»Ja, kommen Sie mit in mein Arbeitszimmer. Aber es ist nicht erfreulich.«

Patricks Vater folgte mir.

Seine Miene versteinerte, als er begriff, was da passierte.

»So, Lara, du kriegst ja den Hals nicht voll«, hörten wir Patrick sagen. »Und wir wollen dir helfen. Diese Kollegen möchten auch mal so bedient werden wie ich gerade. So 'ne scharfe Lehrerin wie du ist ja für alle da. Und wenn du es nicht machen möchtest ... Die erste Blase haben wir eh schon gefilmt ...«

Patricks ungeheuerliche Worte waren aus dem Laptop nur verzerrt zu hören. Bevor der Countdown begann, beendete ich die Schau.

Sello starrte eine Weile vor sich hin.

»Das ist nicht schön, was Patrick da veranstaltet hat«, räumte er schließlich ein und schluckte schwer. »Aber noch ein Grund mehr, die Lehrerin zu verdächtigen. Sie hatte Angst vor einem Skandal und wollte sich rächen.«

»Und schickt den kompletten Kurs mit ins Jenseits?« Ich schüttelte den Kopf. »Die Polizei glaubt nicht an eine solche These. Und Beweise gibt es schon gar nicht.«

»Welchen Eindruck macht Frau Lindenthal eigentlich auf Sie, Frau Grappa?«

Das war eine gute Frage. Und ich konnte sie nicht wirklich beantworten.

»Ich hatte das zweifelhafte Vergnügen noch nicht, mich mit ihr zu unterhalten«, gab ich zu. »Und ich habe sie nur zwei Mal gesehen: am Tag des Massakers auf der Trage und bei der Trauerfeier. Und natürlich in dem Film.«

»Frau Lindenthal steht beruflich auf der Kippe«, sagte Sello. »Ich habe den Stiftungsratsvorsitzenden vorhin erreicht. Sie bieten ihr eine Stelle an einem anderen Internat an, aber nur, wenn es kein Aufsehen mehr um sie gibt.«

»Dann kann sie den Lerchenmüller ja gleich mitnehmen«, sagte ich. »Und Caro kann bleiben, bis sie das Abi hat.«

Brinkhoff meldete sich, wie er es angekündigt hatte.

»Ist die Lindenthal im Schloss?«

»Ja. Ich hab sie vorhin noch gesehen. Ich hab erst seit zwei Stunden Feierabend. Langsam artet der Hausmeisterjob in Arbeit aus.«

»Ist der Zaun zur Waldseite inzwischen repariert?«

»Dazu bin ich noch nicht gekommen«, antwortete Brinkhoff. »Das ist dir doch recht so, oder?«

»Wo genau befindet sich das Appartement von der Lindenthal?«

Kleist durfte nicht wissen, dass ich mir am nächsten Morgen die Lindenthal vorknöpfen wollte. Er wirkte sehr müde, als er endlich klingelte.

Wir kochten gemeinsam, hörten Musik und sahen fern. Wie ein altes Ehepaar nach langen Jahren gemeinsamer Lebenszeit.

»Willst du über Nacht bleiben?«, fragte ich.

»Wenn du nichts dagegen hast – ja!«

»Schön. Aber ich habe morgen einen dienstlichen Termin. Ziemlich früh. Du müsstest vielleicht allein frühstücken. Schlimm?«

»Kein Problem. Dann kann ich ausschlafen.«

Rettungswagen und ein pfiffiger Hausmeister

Um sieben Uhr griff ich mir das kleine Diktiergerät und schlich mich aus dem Haus. Lara Lindenthal – ich komme, machte ich mir selbst Mut. Mehr als rauswerfen konnte sie mich nicht. Aber ich wollte dieser Frau endlich gegenüberstehen.

Ich hatte mir wohlweislich bequeme Klamotten angezogen. Hoffentlich gab es die Lücke in der Mauer und den Spalt im Zaun noch, wie es der Aushilfshausmeister Brinkhoff behauptet hatte.

Zuerst steuerte ich die Bäckerei Schmitz an, sie lag auf dem Weg.

Anneliese Schmitz machte große Augen, als sie mich erkannte: »Bist du krank, Frau Grappa?«

»Muss, und du, Frau Schmitz?« Ich war wohl doch noch nicht ganz wach.

»Wie imma, Frau Grappa?«

»Kein Frühstück, nur vier Brötchen. Bestechungsbrötchen.«

»Was ist das denn?«

»Vertrauensbildung, so warm und duftend.«

Frau Schmitz grinste wissend: »Kleiner Sonntagmorgenkrach mit dem Herrn?«

»Nix Herr, Frau Schmitz«, winkte ich ab. »Die Brötchen sind für meine Mörderin.«

Ihre Augen weiteten sich noch mehr. Kopfschüttelnd nahm sie vier der herrlichen Rundstücke vom Blech und tütete sie ein. »Du und deine Scherze, Frau Grappa.«

Ich nahm die Straße zum Schloss. Da war der Feldweg, der direkt in den Wald führte. Nach fünfhundert Metern parkte ich das Auto und lief zu Fuß weiter.

Der Wald schien mir noch dichter zu sein als vor zwei Wochen. Zweige schlugen mir ins Gesicht.

Wenn dir etwas passiert, Grappa, dachte ich, finden sie deine Leiche in einem halben Jahr. Oder gar nicht. Ich hätte jemandem sagen sollen, was ich vorhabe.

Das ließ sich kitten. Ich schickte eine SMS an Brinkhoff: *Gehe zum Schloss. Nehme Weg durch den Wald. Melde mich.*

Da waren die Lücke in der Mauer und der durchschnittene Maschendraht. Ich zwängte mich hindurch und stand im Park. Im Schloss schienen alle noch zu schlafen. Niemand zeigte sich an den Fenstern, niemand befand sich auf den gepflegten Wegen, die durch die Rasenflächen führten. Die fernen Schreie eines Pfaus kamen mir wie Warnungen vor.

Ich sprintete zum Gartenhaus, wartete und peilte erneut die Lage. Nichts los.

Brinkhoff hatte mir das betreffende Haus beschrieben. Lara Lindenthal wohnte im Erdgeschoss. Mein Undercoveragent hatte mir berichtet, dass sie einen Lorbeerbaum und einen Lavendeltopf vor ihre Tür gestellt hatte.

Ich schlüpfte durch die Eingangstür und hielt Ausschau nach dem Lorbeer. Ja, da war einer. Der Lavendel war etwas mickrig. Diese Pflanzen brauchen mehr Licht, dachte ich.

Neben der Tür gab es ein Namensschild. *Lara Lindenthal.* Das Klingelsignal tönte wie Big Ben.

Es rührte sich nichts. Was nun?

Noch einmal Big Ben.

Eine Tür klappte.

Ich hörte, wie sich ein Schlüssel im Schloss drehte. Dann ging die Tür einen Spalt auf. Eine Sicherheitskette war vorgelegt. Die Lehrerin trug einen dunkelbraunen Bademantel. Ihr Gesicht war halb verdeckt von einem Vorhang schwarzer Haare.

»Was ist denn los?«, vernahm ich eine schwache Stimme.

Ich packte meine gute Kinderstube aus: »Guten Morgen, Frau Lindenthal, es tut mir leid, dass ich Sie störe. Mein Name ist Grappa. Maria Grappa vom *Bierstädter Tageblatt.*«

»Moment.«

Die Tür schloss sich. Nach einigen Sekunden öffnete sie sich wieder, die Sicherheitskette blieb aber vorgelegt. Lara Lindenthal hatte ihre Haare gebändigt, sodass ihr Gesicht halbwegs zu erkennen war.

»Sie sind diese Schmierenjournalistin, die mich mit Dreck bewirft?« Ihre Stimme war nun kräftiger. »Was wollen Sie hier?«

»Ein Gespräch mit Ihnen, Frau Lindenthal.«

Ich machte die Brötchentüte auf und hielt sie so, dass der Duft nicht nur in meine Nase zog.

»Sie wagen es, hier aufzutauchen? Wie sind Sie überhaupt auf das Gelände gekommen um diese Uhrzeit?«

»Ich habe meine Möglichkeiten.«

»Sie haben Ihre Möglichkeiten? Heißt das Einbruch?« Die Lautstärke ihrer Stimme nahm zu. Wenn das so weiterging, würde sie das ganze Haus zusammenkreischen.

»Ich konnte Sie bisher nicht erreichen, Frau Lindenthal. Zum journalistischen Ethos zählt, auch die andere Seite zu hören. Darum bin ich hier. Sie sollten mit mir reden.«

»Sie gehören doch auch zu denen, die glauben, dass ich die Schüler erschossen habe!« Ihre Augen waren braun und richteten sich jetzt mit vollem Blick auf mich.

»Nein. Es gibt keine Beweise gegen Sie. Ich halte mich an Fakten. Also – lassen Sie mich jetzt rein? Sonst werden die Brötchen kalt.« Ich hielt ihr die Tüte noch einmal unter die Nase.

Sie atmete tief ein. Durch die Nase. Dann murmelte sie »Okay«. Sie schloss die Tür. Ich hörte, wie sie die Kette aushakte, dann ging die Tür weit auf. Mit übertriebener Gestik lud mich die Lehrerin in ihre Wohnung.

Sie führte mich in ihre Küche. Eine kleine, dunkelbraune Küche im Bauernstil. Ein Tisch mit drei Stühlen.

»Setzen Sie sich. Ich mach mich mal eben etwas frisch. Kochen Sie doch bitte schon mal Kaffee.«

Sie zeigte auf eine Espressomaschine. Mit wenigen Griffen nahm sie eine Tüte Kaffeebohnen aus dem Schrank sowie zwei Sammeltassen mit unterschiedlichem Design, Löffel und Milch. Dann verschwand sie und kurz darauf plätscherte eine Dusche.

Ich versuchte, die Espressomaschine in Gang zu setzen. Bis Lara Lindenthal wieder erschien, das Haar zu einem riesigen Pferdeschwanz gebunden, war es mir immerhin gelungen, den Einschaltknopf und das Fach für die Bohnen zu identifizieren.

Die Pädagogin trug eine elegante schmale Hose, schwarz, und einen knallroten Pullover, der ihre Formen gut zur Geltung brachte. Bald hatte sie zwei Kaffeetassen gefüllt und saß mir gegenüber.

»Hätten Sie etwas da, was man auf die Brötchen legen kann?«, fragte ich.

Sie ging zu einem Minikühlschrank und nahm eine angebrochene Packung Gummikäse und ein Stück Leberwurst heraus. Ihre Bewegungen waren vorsichtig, vermutlich behinderte sie ihre Verletzung. Der Verband an ihrer Schulter zeichnete sich unter dem Pullover ab.

»Ich frühstücke ja meist mit den Kindern zusammen«, begründete sie den kargen Inhalt ihres Kühlers. »Da brauch ich nicht mehr.«

»Das reicht schon«, meinte ich. »Hauptsache Kaffee.«

Plötzlich nieste sie.

»Gesundheit.«

Sie nieste erneut, und dann noch vier Mal.

Ich kam mit den Gesundheitswünschen gar nicht hinterher.

»Besitzen Sie eine Katze?«, fragte sie mich.

»Schon jahrelang nicht mehr«, war meine Auskunft. »Warum?«

»Ich habe eine Katzenallergie«, schniefte die Lehrerin. »Aber es ist gleich vorbei.« Sie atmete tief durch.

»Ich verstehe nicht, wieso Sie Patrick verteidigen und Lerchenmüller verleumden«, ging sie dann in die Offensive. »Ganz davon abgesehen, dass Sie mich ins schlechteste Licht setzen.«

»Wir berichten über Ereignisse so, wie sie sich abspielen, das ist unsere Aufgabe«, rechtfertigte ich mich. »Die Rede von Caroline von Fuchs auf der Trauerfeier konnten wir nicht einfach übergehen. Patrick habe ich keineswegs verteidigt. Ich habe Ihre Liaison zu ihm nur angedeutet und auch bei der Schilderung des Films, der auf der Toilette entstanden ist, bin ich bei Weitem nicht so deutlich geworden, wie ich es gedurft hätte.«

»Trotzdem wusste jeder, zu was die Jungen mich gezwungen haben.«

»Ja. Aber das stimmt doch auch. Oder – war das etwa nur eine gespielte Theaterszene wie das angebliche Bekennervideo?«

Sie schwieg.

»Können wir uns einigen?«, insistierte ich. »Wollen Sie mir ein Interview geben? Dann nehme ich alles auf und gebe es wortwörtlich wieder. Oder soll unser Zusammensein ein Gespräch bleiben, das ich dann darstelle, wie ich es erlebe?«

»Kein Interview. Sie können froh sein, dass ich überhaupt mit Ihnen spreche. Für Sie zählen doch nur Sensation und Auflage«, entgegnete sie.

Ich biss in das Brötchen. Die Leberwurst war kalorienreduziert und schmeckte auch so. Mir fiel etwas ein.

»Moment, Frau Lindenthal. Das wissen Sie besser. Schüler haben mir von Ihrem Unterricht erzählt.«

»Ja und?«

»Sie haben mit Ihren Schülern die Kriminalberichterstattung in den Medien analysiert und dabei auch meine Artikel berücksichtigt. Erinnern Sie sich?«

»Stimmt«, nickte die Lindenthal, »Sie haben da gar nicht schlecht abgeschnitten.«

»Es ist vielleicht schwer, aber können Sie nicht versuchen, dem Ergebnis Ihres eigenen Unterrichts zu vertrauen?«, fragte ich leise.

Übertreib es nicht mit dem Gesülze, mahnte mich eine innere Stimme.

»Caro erzählte mir, dass Patrick ziemlich sauer auf Sie war«, kam ich aufs Thema zurück. »Weil Sie ihn in den Noten haben abrutschen lassen.«

»Lüge!« Sie zupfte ihren Pferdeschwanz in Form. »Er tanzte mir auf der Nase herum, ja. Glaubte, sich alles erlauben zu können, weil …« Sie stoppte.

»… Sie beide eine Affäre hatten«, komplettierte ich ihren Satz.

»Ich will Ihnen mal einen Schultag schildern. Eine ganz normale Unterrichtsstunde in der elften Klasse.« Lindenthals Stimme bekam eine kratzige Note. »Ich betrete den Klassenraum. Begrüße die Schülerinnen und Schüler. Sie antworten, aber schon jetzt kichern einige. Ich klappe die Tafel auf und lese: *Blasehase.* Gegröle. Ich ringe um Fassung. Bemühe mich, mit dem Unterrichtsstoff zu beginnen. Während der Stunde kleinere Sticheleien oder Gesten. Die Jungen grinsen, die Mädchen schürzen die Lippen. Können Sie sich vorstellen, wie ich mich gefühlt habe?«

»Die Mädchen haben mitgemacht?«

»Ja.«

»Ich verstehe nicht, wie Sie nach dem Vorfall auf der Toilette den Kurs überhaupt noch weiter unterrichten konnten«, wunderte ich mich. »Warum hat Lerchenmüller Sie da nicht rausgeholt?«

»Zuerst wusste er ja nichts von dem Video«, antwortete sie. »Wolfgang ist als Internatsdirektor nicht so nah an den Kindern wie die Lehrer, die ständig unterrichten. Er hat sich um so viele andere Dinge zu kümmern.«

»Wann haben Sie sich Lerchenmüller anvertraut?«

»Vor einem Monat. Er wollte die beteiligten Jungen von der Schule werfen. Mich beurlauben. Aber ich wollte das alles nicht.« Sie seufzte.

»Warum? Es wäre doch eine Möglichkeit gewesen, die Lage zu entspannen.«

»Ich habe den Fehler gemacht, mich mit Patrick einzulassen. Also wollte ich auch die Konsequenzen tragen. Den Kampf mit der Klasse austragen.«

»Wäre nicht eigentlich ein Disziplinarverfahren gegen Sie fällig gewesen? Wegen der Affäre mit Patrick?«, kam mir in den Sinn.

»Lerchenmüller hat mir zuliebe davon Abstand genommen. Ich konnte doch nicht ahnen, dass Patrick dermaßen durchdreht und zum Mörder wird.«

»Merkwürdig, dass er alle – sogar sich selbst – erschossen und Sie weitgehend geschont hat«, stellte ich fest. »Ein Schuss in die Schulter. Mehr nicht.«

»Ich hatte eben großes Glück.« Sie lächelte traurig.

»Haben Sie ihn geliebt?«

»Warum fragen Sie das?«

»Weil ich es wissen möchte.«

»Patrick war ein intelligenter junger Mann. Und ich glaubte am Anfang, dass er einen tadellosen Charakter hätte.«

»Also ging es Ihnen nur um seine inneren Werte«, sagte ich spöttisch.

»Es hat gleich gefunkt zwischen uns. Mir war klar, dass es nicht sein durfte. *Mille ioci Veneris.*«

»Was heißt das?«

»*Tausendfach sind die Spiele der Venus.* Ein Zitat aus der *Ars amatoria* von Ovid«, erklärte sie.

»Es war also eher gegenseitiges Begehren und keine Liebe?«

»Patrick war der beste Fick, den ich je hatte!«, stieß sie plötzlich hervor. »Aber wenn Sie das schreiben, dann …«

»Dann?«

Der sonntägliche Besuch bei Lara Lindenthal hatte nur eine knappe Stunde gedauert. Hatte ich etwas erfahren, was die Lehrerin erneut in Verdacht bringen würde? Nein. Dass sie gemobbt worden war, hatte ich vorher schon gewusst. Auch dass Patrick nicht der gut erzogene Unschuldsengel war. Neu war, dass Lerchenmüller von dem Mobbing gewusst hatte, aber untätig geblieben war.

Trotzdem – irgendetwas hatte zu einem Knoten in meinem Hirn geführt. Ich musste mit jemandem über den Fall reden, um die Blockade zu lösen.

Ich verließ das Gelände von Schloss Waldenstein auf dem Weg, den ich gekommen war. Leider hakte es beim Durchstieg an der Mauer. Meine Handtasche blieb mit einer Schlaufe im beschädigten Maschendraht hängen. Fluchend befreite ich das Teil und geriet mit der Hand in einen scharfen, verrosteten Draht. Es blutete heftig.

Ich starrte auf die Wunde. Erst mal abfließen lassen, dachte ich, damit der Dreck rausgeht.

Blut. Viel Blut. Die Schüsse und die Schreie. Mir ging der Morgen des schrecklichen Massakers wieder durch den Kopf. Hier, an dieser Stelle hatte die Geschichte angefangen. Doch jetzt war es still. Kein Polizeihubschrauber, keine Martinshörner und keine aufgeregten Stimmen. Nur leichter Wind in den Bäumen und eine Sonne, die noch nicht stark genug schien, die Feuchtigkeit aus dem Waldboden zu vertreiben.

Die Blutung ließ etwas nach. Ich legte ein Papiertaschentuch auf die Wunde.

Am Auto nahm ich einen sterilen Verband aus dem Notfallkasten und wickelte ihn um die Hand.

Der Weg war frei und ich erreichte die Asphaltstraße. Mein Handy klingelte. Ich hielt an und erkannte Brinkhoffs Nummer.

»Alles ist gut gegangen«, berichtete ich. »Ich konnte mit Frau Lindenthal sprechen. Das hat eigentlich nichts gebracht. Aber das Gespräch hat mich an etwas erinnert, was ich nicht zu packen kriege.«

»Erzähl es dem Hausmeister deines Vertrauens. Vielleicht klappt es dann. Ich höre dir zu, Grappa.«

»Mir gehen die beiden Schüsse nicht aus dem Kopf«, sagte ich.

»Welche beiden Schüsse?«

»Am Tag, als es passierte«, erläuterte ich. »Wir waren da ja im Garten hinter dem Schloss. Es war furchtbar. Dieses Rattat-tat aus der Maschinenpistole.«

»Wieso sprichst du dann von zwei Schüssen?«, fragte Brinkhoff.

»Am Ende gab es eine Pause und dann noch zwei einzelne Schüsse.«

»Vielleicht musste er nachladen.«

»Der letzte Schuss muss doch der sein, mit dem Patrick sich umgebracht hat, wenn er es denn war. Wem galt der vorletzte?«, grübelte ich. »Der muss einem Überlebenden gegolten haben.«

»Das macht Sinn«, stimmte Brinkhoff zu. »Aber warum ist das so wichtig?«

»Und wenn es Lara war, die geschossen hat? Wie ist es dann?«

»Dann hat sie sich Patrick als Letzten aufgehoben. Ihn musste sie aus nächster Nähe erschießen, sogar die Mündung aufsetzen. Er durfte ja nur einen Einschuss haben«, meinte Anton.

»Vielleicht hat sie an Schmauchspuren gedacht und am Ende seine Finger um den Abzug gelegt und in die Luft geschossen«, dachte ich weiter. »An seinen Händen waren Spuren. Und ihre Hände sind nicht untersucht worden. Sie kann es aber trotzdem nicht gewesen sein.«

»Wieso nicht?«, fragte Brinkhoff.

»Sie kann sich doch nicht selbst in die Schulter schießen. Keinesfalls aus einer größeren Entfernung. Damit ist endgültig klar: Caro liegt total schief.«

»Das glaube ich auch«, meinte Brinkhoff. »Ich kann dich ja verstehen, Grappa, dass du die einfachen Lösungen nicht so magst. Aber in diesem unglückseligen Fall scheint die Sachlage klar. Was sagt denn mein Nachfolger dazu?«

»Der ermittelt noch nach beiden Seiten. Es ist noch nichts wirklich schlüssig.«

Kleist war fort. Auf dem Tisch lag ein Zettel: *Liebe Maria, tut mir leid um unseren Sonntag. Ich muss auch weg. Melde mich. F.*

Wie niedlich! Er hatte aufgeräumt und die Spülmaschine bestückt.

Ich informierte Peter Jansen über mein Gespräch mit der Lindenthal. Er hörte mir zwar zu, aber sein Interesse an dem Fall war nicht mehr groß. Er war voll mit seiner geplanten Kandidatur zum Oberbürgermeister beschäftigt. Die Neuwahlen waren für das nächste Frühjahr angesetzt worden.

»Ich kann mir das *Tageblatt* ohne dich nicht vorstellen«, grummelte ich. »Wer weiß, was der Verlag uns für einen Vollpfosten vor die Nase setzt?«

»Wird schon nicht so schlimm werden, Grappa«, entgegnete mein künftiger Exchef. »Und wenn doch, kannst du doch meine Pressesprecherin werden.«

»Nichts für mich«, lehnte ich entschlossen ab. »Ich habe nicht viele Prinzipien – aber eines hab ich mir immer geschworen: niemals Pressestelle! Ich will, dass mein Leben wild und gefährlich bleibt.«

»Vielleicht wird es das ja dann erst recht – bei der Politik, die ich machen werde«, lachte er. »Aber okay. Ich sehe ein, dass du ins Presseamt nicht reinpasst. Dir fehlt die Beamtenmentalität, die man für den Job braucht.«

Das war ein Kompliment.

Den Rest des Tages gammelte ich herum. Haare färben, Zeitung lesen, im Internet surfen und Bücher ersteigern.

Natürlich schaute ich auch bei *ausstieg.de* rein.

[Tussi-de-Luxe betritt den Raum]

Wurstbrot: tussi, was willste?

Tussi-de-Luxe: Guten Abend, ihr lieben Kleinen.
Wurstbrot: lieb? Jo. Gegen mich ist bambi ne killermaschine, tussi
LostHope: Kannst du nicht ma die fresse halten, Wurstbrot? Du nervst ohne ende.

Ich schaute mir die anderen Nicks an. *Viper* war da, ein Pseudonym namens *Kaputt-Nick* und *paris007.*

Tussi-de-Luxe: was gibt es neues auf der Hütte?
Viper: wir mögen keine spitzel
Tussi-de-Luxe: einfache Fragen wohl auch nicht.
Wurstbrot: Tussi-de-Luxe, du warst nie auf der hütte. gibs zu.
Tussi-de-Luxe: Doch, Wurstbrot, heute morgen noch. Aber da hast du noch gepennt. Ich hab venus besucht.
Viper: dat blasehasi? lach. biste doch ein kerl, Tussi-de-Luxe? hat sies dir gemacht?
[LostHope verlässt den Raum]
[Flüstern von Kaputt-Nick]: hier ist Caro.
[Flüstern an Kaputt-Nick]: Caro! Schön, dich zu treffen. Warum schon wieder ein neues Kleidchen?
[Flüstern von Kaputt-Nick]: ich dachte, dass du vielleicht hier bist. dein handy geht nicht.
[Flüstern an Kaputt-Nick]: Ich habs zum Aufladen weggelegt. Gibt es was Neues?
[Flüstern von Kaputt-Nick]: Lerche war lange bei Lara. die haben sich gefetzt. sie hat ihn so was von angeschrien.
[Flüstern an Kaputt-Nick]: worum ging es?
[Flüstern von Kaputt-Nick]: hab mich nicht näher rangetraut. aber er war fix und fertig, als er von ihr wegging.
Viper: warum sagst du nix mehr, tussi?
[Flüstern von Kaputt-Nick]: ich hör martinshorn. da ist was los. warte!
Wurstbrot: da ist was! alle mal raus hier.
[Wurstbrot verlässt den Raum]

[Viper verlässt den Raum]
[paris007 verlässt den Raum]

Ich wartete. Würde Caro zurückkommen? Ihr Nick wurde als *afk*, also *away from keyboard* angezeigt. Gebannt starrte ich auf den Monitor. Da war sie ja wieder!

[Flüstern von Kaputt-Nick]: rettungswagen. es ist was mit Lerche. ich muss raus – ciao
[Kaputt-Nick verlässt den Raum]

Das hörte sich nicht gut an. Ich versuchte, Kleist zu erreichen – vergebens. Ich sprach auf seine Mailbox.

Zwanzig Minuten später rief ich die Leitstelle der Feuerwehr an und erkundigte mich nach einem Einsatz auf Schloss Waldenstein. Der diensthabende Beamte bestätigte einen Rettungswageneinsatz. Weitere Angaben machte er nicht, weil die Staatsanwaltschaft eine Nachrichtensperre verhängt hatte. Mit Lerche muss etwas Schlimmes passiert sein, dachte ich, sonst machen die nicht so ein Theater. Fragt sich nur, was.

Weder Kleist noch Caro waren erreichbar. Auch Bluthund Pöppelbaum schwächelte. Er hing nicht mit beiden Ohren am Polizeifunk, sondern hatte sich freigegeben. Ich musste mich gedulden, bis Hilfshausmeister Lauscher alias Brinkhoff am nächsten Tag wieder im Einsatz war.

Ich entfernte den Verband an meiner Hand. Zum Glück schien sich die Wunde nicht zu entzünden. Omas Rezept kam mir in den Sinn: ein Bad in warmer Kernseifenlösung, die Haut an der Luft trocknen lassen und locker verbinden. Das war keine Verletzung, die mich am Schreiben hindern würde.

Naschkatzen leben gefährlich

Die Presseerklärung von Staatsanwaltschaft und Polizei lag auf meinem Schreibtisch, ebenso die Agenturmeldungen. Lerchenmüller war tot.

Der 58-jährige Dr. Wolfgang L. alarmierte den ärztlichen Notdienst. Er gab Atemnot und Verdacht auf Herzinfarkt an, verstarb aber während der Fahrt ins Klinikum.

Ein Fremdverschulden kann nicht ausgeschlossen werden. Die Ermittlungen dauern an.

Brinkhoff war erreichbar, konnte allerdings nicht reden. »Ich melde mich, sobald es geht.«

Kleist befand sich in einer Dienstbesprechung mit der Staatsanwaltschaft. Also konnte ich mir den Anruf bei Oberstaatsanwalt Abel Ritter auch sparen.

Nach und nach trudelten die Kollegen ein. Der Austausch über die Aktivitäten am vergangenen Wochenende stand zunächst im Mittelpunkt der Unterhaltung.

Sara hatte ein »supergeiles Wellness-Wochenende« hinter sich, Stella war mit ihrem neuesten Galan »schön« essen und danach im Kino in einem Ballerfilm gewesen, Susi klagte über Bauchweh, das bei ihr immer am Wochenende aufzutreten pflegte.

Simon Harras war noch nicht ganz wach. Er war »mit Kumpels um die Häuser gezogen«.

Sogar Margarete Wurbel-Simonis hatte etwas zu berichten: Sie hatte sich mit einem Herrn getroffen, den sie bei der Esoterik-Fortbildung kennengelernt hatte. Sie errötete leicht bei diesem Geständnis.

»Und? War es nett?«, fragte Harras.

»Wir haben zusammen gekocht«, berichtete sie. »Kichererbsenpüree und Möhrenpizza. Unter besonderer Berücksichtigung der Feinstofflichkeit der Elfenwelt.«

»Und was hast du gemacht, Grappa?«, fragte Harras und deutete auf meine verbundene Hand. »Beim Rasieren geschnitten?«

»Die Haare auf den Zähnen müssen kurz gehalten werden, sonst stören sie beim Essen von Mandelhörnchen«, grinste ich. »Kann mir jemand sagen, wo Jansen bleibt? Er ist doch sonst immer vor uns da.«

»Termin bei der SPD«, informierte Sarah. »Die wollen ihn überreden, in die Partei einzutreten. Wegen der Kandidatur.«

»Das macht er nie!«, rief ich aus.

»Was mache ich nicht?«, fragte Jansen. Er war unbemerkt zu uns gestoßen.

»In die Partei eintreten«, antwortete ich.

»Stimmt, entweder unterstützen die mich so oder sie lassen es. Grappa? In fünf Minuten in meinem Zimmer?«

Ich holte mir eine Tasse Kaffee und betrat schon drei Minuten später Jansens Büro.

»Was weißt du über den toten Lerchenmüller?«

»Nicht viel«, gab ich zu. »Ich konnte meine Informanten nicht erreichen. Aber ich greif mir gleich Pöppelbaum und fahre raus.«

»Schon wieder eine Leiche im Schloss. Das ist kein guter Ort.«

»Vielleicht ist es ja ein einfacher Herzinfarkt.«

»Krieg es raus. Ab mit dir.«

Diesmal fuhren Pöppelbaum und ich direkt durch die Haupteinfahrt auf das Schlossgelände. Einige Fotografen, Reporter und ein Kamerateam lungerten herum – unschlüssig, wie man eine Geschichte stricken sollte. Weder Schüler,

Lehrer noch anderes Personal waren zu sehen. Das Portal war geschlossen und an den Fenstern zeigte sich niemand.

»Komm!«, forderte ich Wayne auf. Wir stiegen die Treppen zum Haupttor hinauf. Dort gab es eine Klingel. Ich drückte sie lange und gleichmäßig.

In der Tür war ein Fenster, das sich nach einer Weile öffnete.

»Die Schule ist geschlossen«, sagte eine Männerstimme.

»Und die Schüler?«

»Die haben Ferien. Alle sind weg. Weitere Auskünfte erhalten Sie vom Stiftungsvorstand. Verlassen Sie bitte das Gelände.«

Das Türchen schloss sich.

»So weit waren wir auch schon, Grappa«, höhnte ein Kollege.

»Ein Versuch kostet ja nichts«, entgegnete ich.

»Da drüben tut sich was.« Wayne deutete auf eine Gruppe Männer, die aus einer Seitentür den Weg zum Nebengebäude nahm. Ich erkannte Friedemann Kleist und Abel Ritter, den Oberstaatsanwalt.

Die Fotografen blitzten, die Kameraleute hielten drauf und die Reporter stürzten sich auf die Beamten.

Ich blieb zurück und wählte Caros Nummer. Keine Antwort. Aber Brinkhoff ging ans Telefon. Er erklärte, dass er am Morgen vom stellvertretenden Internatsleiter nach Hause geschickt worden sei.

»Wo ist Caro?«

»Ich weiß es nicht.«

»Und Lindenthal?«

»Grappa! Ich habe niemanden gesehen heute Morgen!«

Ich gesellte mich zu den Kollegen. Abel Ritter kündigte eine Pressemitteilung an und erwähnte eine Festnahme. Ich blickte zu Kleist. Seine Miene war sehr ernst. Was hatte das zu bedeuten?

»Wie ist Lerchenmüller gestorben, was war die Todesursache?«, fragte ich den Oberstaatsanwalt.

»Genaue Auskünfte können wir erst nach der Obduktion geben. Das wird gegen Abend sein. Das sagte ich Ihren Kollegen aber bereits, Frau Grappa!«

»Wer ist denn festgenommen worden?«, versuchte ich es weiter.

»Sie werden es zu gegebener Zeit erfahren.«

»Mann oder Frau?«, setzte ich nach.

»Ist das hier ein Quiz?«, fragte Ritter empört.

»Wohl kaum. Es gibt ja nur Fragen und keine Antworten!«

Kleist grinste leicht.

»So, jetzt entschuldigen Sie uns. Wir haben zu arbeiten.« Ritter wandte sich ab.

»Was glaubt der denn, was wir hier machen?«, meinte Pöppelbaum.

Auf dem Weg zur Redaktion machten wir im Schmitz-Bistro Mittagspause.

»Frau Grappa, wie isses?«

»Frau Schmitz, muss. Und selbst?«

»Muss. Und der junge Herr? Wie isses dem?«

»Wer mit der Grappa malocht, dem isses imma gut«, ruhrpöttlerte Pöppelbaum.

»Ich hab jetzt 'ne kleine Mittagskarte«, teilte die Bäckerin mit und reichte mir eine laminierte Pappe. »Hier isse. Guck doch mal rein, Frau Grappa.«

Ich las *Chili con Carne*, *Pfefferpotthast, Erbseneintopf mit Bockwurst, Linsensuppe* und *Bauernfrühstück.*

»Jeden Tag ein Stammgericht zum Dummpink-Preis von drei Euronen«, erläuterte Frau Schmitz. »Heute ist das Chili dran.«

»Dann nehm ich das.«

»Ich auch«, sagte Wayne.

Wir futterten. Frau Schmitz hatte sehr tief in die Chili-Kiste gegriffen. Nach zwei Minuten schnappte ich nach Luft. Pöppelbaum hielt länger durch.

»Und? Wie isses?« Frau Schmitz hatte sich vor uns aufgebaut, um unsere Mimik zu beobachten.

»Haut voll durch, Frau Schmitz«, keuchte ich.

»Zu stark, Frau Grappa?«, fragte sie scheinheilig.

»Bist du zu stark, Frau Schmitz«, hustete ich, »bin ich zu schwach.«

Inzwischen stand auch Pöppelbaum der Schweiß auf der Stirn.

»Frau Schmitz, mein Kompliment!«, stammelte er. »Jetzt weiß ich endlich, was 'ne scharfe Frau ist.«

»Na, na, junger Mann«, kicherte Frau Schmitz. »Nun übertreiben Se mal nicht.«

»Jetzt zum Löschen des Brandes noch vier Mandelhörnchen«, sagte ich. »Aber bitte einpacken, Frau Schmitz!«

»Geht klar, Frau Grappa! Noch 'nen schönen Tag wünsch ich dir.«

Am Nachmittag wurde die nächste Pressemitteilung herumgeschickt.

Die Obduktion der Leiche Lerchenmüller hatte ergeben, dass er vergiftet worden war. Mit Rizin. Der Wirkstoff hatte sich in einer Praline befunden. Eine Schachtel mit weiteren Pralinen wurde in Lerchenmüllers Wohnung gefunden. Auch sie waren vergiftet.

Ich las weiter.

Im Zusammenhang mit dem Tod des 58-jährigen Wolfgang L. wurde Caroline von F. (17) festgenommen. Sie steht in dringendem Tatverdacht, dem Geschädigten die tödlichen Pralinen verabreicht zu haben.

Das war hart. Caro im Knast. Es wurde Zeit, mit Kleist zu sprechen.

»Frau Lindenthal belastet Caroline«, teilte mir Kleist am Telefon mit. »Sie hat gesehen, wie das Mädchen in Lerchenmüllers Wohnung gegangen ist – mit einer Pralinenschachtel in der Hand.«

»Und das glaubst du?« Ich fasste es nicht.

»Ich muss die Zeugenaussage von Frau Lindenthal erst einmal ernst nehmen«, antwortete er. »Im Zimmer des Mädchens haben wir Rizin gefunden. Und eine Schachtel mit den gleichen Pralinen.«

»Das wurde ihr alles untergeschoben!«, behauptete ich.

»Das kann gut sein. Aber die Faktenlage ist eben zurzeit so.«

»Und Caro lässt diese Sachen bei sich rumliegen, weil sie unbedingt will, dass sie verdächtigt wird«, höhnte ich. »Es kann doch nicht wahr sein, dass du auf so was reinfällst?«

»Maria! Beruhige dich, bitte.«

»Ich denke gar nicht daran!«, blaffte ich. »Was ist Rizin überhaupt?«

»Eines der wirksamsten Gifte, die es gibt«, antwortete Kleist. »Man kann es leicht aus den Bohnen der Rizinuspflanze gewinnen. Es wird sogar im Kriegswaffenkontrollgesetz erwähnt. Und es gibt kein Gegenmittel. Es zersetzt den Menschen von innen heraus. Die roten Blutkörperchen werden zerstört, die Zellen sterben ab.«

»Bitte? Rizinusöl nehmen doch die Menschen, die Verstopfung haben, oder irre ich mich?«

»Das Öl ist ungiftig. Der Wirkstoff ist nicht fettlöslich«, erklärte Kleist. »In der Praline waren achtzig Mikrogramm Rizin. Das reicht, um einen Ochsen niederzustrecken. Der Mörder wollte auf Nummer sicher gehen.«

»Ist das ein schlimmer Tod?«, fragte ich.

»Die Symptome sind normalerweise hohes Fieber, Übelkeit mit blutigem Erbrechen, blutiger Durchfall, Koliken und Herzprobleme. Der Todeskampf kann vier bis acht Stunden dauern. Bei Lerchenmüller ging es schneller. Er war schon vorbelastet mit einem Herzfehler.«

»Was sagt Caro?«

»Sie streitet alles ab. Das Rizin in ihrem Zimmer erklärt sie ähnlich wie du – es sei ihr untergeschoben worden. Und sie belastet die Lindenthal.«

»Und die streitet auch alles ab«, murmelte ich. »Das hatten wir schon. Wer hat Lerche gefunden?«

Kleist seufzte. »Ach, Maria.«

»Was?«

»Lass mich mal grundsätzlich etwas feststellen«, sagte er. »Wir beide sind Ermittler – also sind unsere Berufe ein wenig miteinander verwandt. Aber das Ziel unserer jeweiligen Ermittlungen ist anders. Du willst Auflage machen. Ich will Verbrechen aufklären und die Täter dem Richter zuführen. Dazu muss ich streng nach den Gesetzen vorgehen, sonst pflücken mich clevere Anwälte vor Gericht auseinander. Ich kann dir einfach nicht alles sagen, weil es weitere Ermittlungen behindern würde und die Gegenseite ihre Verteidigungsstrategie darauf abstellen würde. Außerdem ist ein Kriminalist, der einer Reporterin alles brühwarm erzählt, ein Unding. Eine Lachnummer. Eine Tratschtante.«

»Weißt du, was für mich ein Unding ist? Dass du ein siebzehnjähriges Mädchen in Untersuchungshaft steckst. Aufgrund der Beschuldigung einer Frau, die mehr als dubios ist.«

Er atmete tief durch. »Caro ist nicht in U-Haft. Wir haben sie nur aus dem Verkehr gezogen und in einer Pension untergebracht. Dem Gästehaus der Polizei. Sie steht unter Bewachung. Zu ihrem eigenen Schutz. Und jetzt wünsche ich dir noch einen schönen Tag.«

Er legte auf. Verdammt, dachte ich, das habe ich wieder wunderbar hingekriegt.

Bevor mich Liebeskummer umwerfen konnte, schickte ich das Wort Rizin in das Informationsnetz.

Jansen unterbrach meine Recherchen über das Gift. »Sechzig Zeilen?«

»Ja. Und ein Kasten mit Infos über Rizin. Wusstest du, dass an dieses Gift ganz leicht dranzukommen ist? Hier steht es.« Ich schaute auf den Monitor und las vor: *»Rizin ist einer der giftigsten Eiweißstoffe, die in der Natur vorkommen. Gelangt das Gift in den menschlichen Organismus, so bringt es die kontaminierten Zellen zum Absterben. Für eine tödliche Vergiftung eines Erwachsenen genügen 0,25 Milligramm isoliertes Rizin oder zwei bis vier der Samenkörner. Da Rizin meist versehentlich durch den Verzehr von Rizinussamen aufgenommen wird, werden vor allem Zellen des Verdauungstraktes in Mitleidenschaft gezogen. Letztlich führt eine Vergiftung mit Rizin auch zu einer Zerstörung der roten Blutkörperchen. Der Tod erfolgt durch Lähmung medullärer Zentren, besonders des Atemzentrums.* Nicht schön, oder?«

»Allerdings. So einen Tod wünscht man nur ausgesuchten Feinden«, stellte Jansen fest. »Aber die Infos zum Gift schenken wir uns lieber. Sonst sind morgen Abend alle Rizinuspflanzen im Verbreitungsgebiet des *Tageblattes* ausverkauft.«

»Rizin wird sogar von Geheimdiensten benutzt«, erzählte ich weiter. »Die Bulgaren haben sich da hervorgetan.«

Jansen hakte ein: »Ja, da war doch diese berühmte Schirmattacke wie bei Nick Knatterton.«

»Du kennst Nick Knatterton, den Kombinierer mit den Vorläufern der Bond-Waffen?«

»Ja klar, und das mit dem Schirm war irgendwie ganz außergewöhnlich. Eine Kugel mit Löchern, darin das Gift und über dem Gift ein Verschluss aus Zucker. Der löste sich im Opfer auf und gab das Gift frei.«

»Das klingt echt nach Fantasiekrimi. Wann war das noch? Ende der Siebziger?« Ich konnte mich nicht genau erinnern.

»Das ist sogar verfilmt worden«, stimmte Jansen zu. »Nun haben wir Rizin in einer Schokoladenkugel namens Praline. Und jetzt schreib dein Drehbuch, Grappa.«

Ich schaute in die Online-Ausgaben der Konkurrenz. Keine Überraschungen. Die BILD-Zeitung nannte Schloss Waldenstein inzwischen *Internat des Todes.*

Ob ich mit Caro sprechen konnte? Ich versuchte es auf dem Handy, vergebens. Auch bei *ausstieg.de* zeigte sie sich nicht. Vielleicht hatte man ihr Handy und Laptop weggenommen. Oder das Gästehaus der Polizei stand im Funkloch. Jetzt hatte ich drei meiner Informationsquellen verloren. Brinkhoff war nach Hause geschickt worden, Caro war in einer Art Schutzhaft und mit Kleist war ich zerstritten. Du bist ein echter Profi, Grappa, lobte ich mich.

Also schrieb ich nur das, was ich wusste.

Jansen segnete meinen Artikel ab.

»Was ist los? Du siehst ziemlich frustriert aus«, sagte mein Chef.

»Ich hasse alle Männer, außer dir.«

»Aha. Liebeskummer?«

»Quatsch. Ich doch nicht!«, behauptete ich.

Die Pension befand sich in der Nähe des Polizeipräsidiums – ein unscheinbares Haus, das nicht so wirkte, als würde die Ermittlungsbehörde hier ›Gäste‹ unterbringen. Es gab auch keine Hotelreklame, sondern eine normale Klingelleiste. Die Schildchen trugen fiktive Namen. Ich wusste noch aus Brinkhoffs Zeiten als Chef der Mordkommission, dass die Klingeln taub waren – bis auf die eine ganz unten.

Sollte ich mir noch schnell einen Trick ausdenken? Eine Geschichte erfinden? Nein, dazu war ich zu müde. Also die Wahrheit.

Ich drückte die Schelle.

»Ja, bitte?« Eine Männerstimme.

»Ich möchte zu einem Gast. Caroline von Fuchs.«

»Sind Sie Frau Grappa?«

»Allerdings«, bejahte ich verblüfft.

»Halten Sie Ihren Presseausweis oben links in die Kamera.«

Da war die Minikamera. Ich kramte den Ausweis hervor und hielt ihn Richtung Linse. Ein Zoom summte.

Ich wartete. Nach einer Weile wurde die Tür geöffnet und ich betrat einen Zwischenraum, der zum Flur mit einer speziellen Tür gesichert war. Die Außentür fiel ins Schloss.

»Moment«, tönte es aus einer Sprechanlage. »Ich bin gleich da.«

Ein uniformierter Polizist erschien. »Ich musste mich erst vergewissern, ob Sie auch allein sind.«

»Ich verstehe. Wieso wussten Sie, dass ich kommen würde?«

»Mitteilung aus dem Präsidium.«

»Von wem?« Ich dachte an Kleist und seine weise Voraussicht.

»Haben Sie denn keinen Antrag gestellt, Frau von Fuchs sehen zu dürfen?«, fragte der Bewacher.

»Doch, doch«, beeilte ich mich zu versichern. »Ich habe nur nicht damit gerechnet, dass die polizeiinterne Kommunikation so schnell funktioniert. In welchem Zimmer ist das Mädchen?«

»Eine Etage höher. Zimmer 11. Ich lasse Sie hinein.«

Auch im ersten Stock sicherte eine Panzerglastür die Zimmerflucht. Der Beamte öffnete, klopfte und kündigte meinen Besuch an. Wenig später stand ich Caro gegenüber.

»Grappa!«, rief sie. »Ein Glück, dass du kommst.«

»Ich lass Sie dann mal allein«, sagte der Polizeischützer. »Wenn Sie gehen wollen, bitte die Klingel bedienen.«

Das Zimmer war zweckmäßig eingerichtet. Kleiderschrank, Bett, Tisch und zwei Stühle. Sogar Fernseher,

Kühlschrank und zwei Kochplatten. Eine Tür führte in ein kleines Bad.

»Geil, was?«, meinte Caro. Ihre grünen Augen hatten den Glanz fast verloren. »Im Knast kann es kaum schlimmer sein.«

»Doch, kann und ist es«, meinte ich. »Und jetzt erzähl, was passiert ist.«

»Ich habe Lerche nicht gekillt. Das steht fest! Warum sollte ich das tun?«

»Weil er dich von der Schule werfen wollte?«, half ich ihr.

»Quatsch. Die Lindenthal war's.«

»Und warum?«

»Vielleicht hat Lerche sie erpresst.«

»Und womit?«

»Sie hat ihm vielleicht gestanden, dass sie die Kursteilnehmer getötet hat. Vielleicht war er ja sogar Zeuge, wie sie geschossen hat. Was weiß ich ... Und er wollte auspacken!«

Ich schüttelte den Kopf. »Ziemlich unwahrscheinlich. Falls Lerche von ihrer Schuld gewusst hätte, warum sollte er sie ausgerechnet jetzt verraten? Dann wäre er selbst dran.«

»Gewissensbisse?«, schlug Caro vor.

»Der Typ war doch eiskalt«, entgegnete ich. »Und die Pralinen und das Gift wurden bei dir gefunden, liebes Mädchen!«

»Ja, ich weiß. Ich bin ja auch so blöd, Giftpralinen in meinem Zimmer herzustellen. Und die Beweise den Bullen auf dem Tablett zu servieren.«

»Zweimal blöd ist vielleicht einmal intelligent«, wandte ich ein. »Minus mal minus ergibt plus.«

»Was meinst du?«

»Du lässt die Beweise in deinem Zimmer zurück, um später zu sagen, dass du nicht so doof sein kannst, die Beweise zurückzulassen«, erklärte ich. »Und jetzt erzähl bitte genau, was gestern geschehen ist. Warst du in Lerchenmüllers Wohnung?«

»Aber nein!«

»Die Lindenthal will dich gesehen haben – mit der Pralinenschachtel.«

»Kann sie nicht. Sie lügt.«

»Und wie soll sie die Pralinen und das Gift in dein Zimmer gebracht haben?«, fragte ich.

»Mit dem Generalschlüssel. Der passt überall.«

»Weißt du, ob auf der Schachtel Fingerabdrücke gefunden wurden?«

Caro schüttelte den Kopf. »Nein. Aber wenn ja – meine können es nicht gewesen sein. Ich habe so einen Kasten niemals angefasst.«

Ausgetretene Pfade

In der Nacht dachte ich immer wieder an Caros Vermutung: *Vielleicht war er ja sogar Zeuge, wie Lara geschossen hat.* Die beiden einzelnen Schüsse nach dem Massaker. Waren sie der Schlüssel zur Wahrheit?

Ich nahm einen Zettel und kritzelte die Namen der Beteiligten darauf.

Patrick verletzt Lindenthal und erschießt sich. An seinen Fingern werden Schmauchspuren festgestellt. Diese Version war eigentlich nicht zu toppen.

Oder doch?

Lindenthal schießt die Schüler nieder. Als letzten erschießt sie Patrick. Aber wie kommt sie zu ihrer Schulterwunde? Konnte sie Patrick dazu zwingen, ihr in die Schulter zu schießen? Nein. Völlig unmöglich. Patrick hätte nicht nur auf die Schulter der Lehrerin gehalten.

Dritte Variante: Lindenthal schießt, aber sie hat einen Helfer. Der soll Lara anschießen, damit sie nicht in Verdacht geraten kann. Wenn das einer der Schüler ist, überlebt er es nicht, und Lara muss mit dem letzten Schuss den Helfer töten. Patrick kann das nicht sein.

Ein Helfer von außen würde den letzten Schuss erklären. So machen die beiden Einzelschüsse Sinn, dachte ich.

Aber wer könnte das sein? Wer würde einer Massenmörderin helfen, davonzukommen, und warum?

Ich blickte auf den Zettel. Da stand nun: Patrick, Lara, Helfer.

Wer konnte der Helfer sein?

Lerchenmüller?

Aber warum war Lerchenmüller dann tot?

Ich war zum Sterben müde. In den kurzen Stunden bis zum Morgen träumte ich die Varianten des Massakers immer wieder von Neuem und erfand noch weitere dazu. In allen Versionen spielte Lerchenmüller die Rolle des Mitwissers. Seltsam, wie sich diese kleine Bemerkung von Caro so festfraß in meinen Vorstellungen.

Wie durch den Fleischwolf gedreht! Ich schaute in den Spiegel und dachte an den immer wieder gern bemühten Gag: *Dich kenn ich nicht, dich wasch ich nicht.*

Meine Augen waren klein, die Falten zogen sich von den Nasenflügeln bis zu den Mundwinkeln. Das Kinn straffte sich nur, wenn ich den Kopf wie ein Reiher nach vorn schob.

Ein Frauenversteher hatte mal den milden Satz geprägt, dass Falten Linien menschlicher Weisheit seien, die vom Pinsel der Natur gemalt werden. So ein Schrott! Meine Falten kamen von zu wenig Schlaf, zu viel Wein, zu wenig Disziplin und dem unsteten Single-Leben. Na ja, das Alter hatte auch was damit zu tun. Mit Mitte fünfzig trägst du dein Leben eben im Gesicht und nicht nur auf den Hüften, dachte ich.

Ich sah aus wie etwas, mit dem ein Hund zu lange gespielt hatte.

Ich duschte kalt. Die Wassertropfen trafen meine Haut wie Nadelspitzen. Jetzt noch mal zurück ins warme Bett!

Nein. Nicht schwächeln. Doch, schwächeln! Ich verkroch mich und zog die Decke über mich. Diese vertrackte Geschichte nagte an meinen Nerven und stellte alles infrage, was ich mir bislang zugetraut hatte.

Mein Job nervte mich, die Zukunft ohne Peter Jansen beunruhigte mich. Meine Beziehung zu Kleist war kompliziert und nicht gerade innig. Aber wollte ich überhaupt mehr Nähe zulassen?

Ich schleppte mich zum Telefon und meldete mich krank. Jansen zeigte Verständnis.

»Du hast gestern schon so ausgesehen wie ein Schluck Wasser in der Kurve.«

»Danke. Komplimente waren schon immer deine Stärke«, entgegnete ich. »Das wird mir echt fehlen, wenn du Oberbürgermeister geworden bist.«

»Du kannst mich jederzeit anrufen und dir deinen Spruch abholen«, lachte er. »Und jetzt erhol dich. Morgen ist Großkampftag.«

»Wieso das?«

»Für mich, Grappa«, erklärte mein Noch-Chef. »Ich werde mein Wahlprogramm den SPD-Delegierten vorstellen. Na, die werden Augen machen.«

»Dann kann es also sein, dass sie dich danach nicht mehr wollen?«, schöpfte ich Hoffnung.

»Davon gehe ich aus. Mein Programm ist entschieden sozial. Mehr Kohle für die armen Leute, Personalabbau in der Verwaltung.«

»Und wovon willst du das bezahlen?«, fragte ich.

»Ganz einfach. Verkauf der städtischen Immobilien und der Aktienpakete und Beteiligungen.«

»Damit kommst du bei den Sozis nicht durch«, atmete ich auf. »Die sitzen mit ihren Ärschen doch fest in den Vorständen und Aufsichtsräten und streichen die Sitzungsgelder ein.«

»Abwarten. Vielleicht hat ja der eine oder andere kapiert, dass es nicht so weitergehen kann«, entgegnete Jansen. »Ich habe jedenfalls nicht vor, den ausgetrampelten Pfaden meiner Vorgänger zu folgen.«

Ausgetrampelte Pfade. Wieder ein Begriff, der mir nicht aus dem Kopf gehen wollte. Mein Weg sah so ähnlich aus, nur hatte ich den Pfad selbst getrampelt und nicht gemerkt, dass es ein Rundpfad war. Immerzu im Kreis. Das war mein aktuelles Problem. Ich stand am Fenster und blickte in den Garten.

Bevor ich mich der Depression ganz hingeben konnte, hörte ich ein Klopfen. Wer konnte das sein? Ich lief zur Eingangsseite, konnte aber niemanden entdecken. Also runter die Treppe und zum Hinterausgang der Küche. Eins der Probleme mit meinem Erdhügelhaus war, dass man nicht hören konnte, aus welcher Richtung Geräusche kamen. Für meine geliebte klassische Musik war das wunderbar, denn die umhüllte mich wie ein allgegenwärtiger Schleier aus Tönen.

Woher kam das Klopfen? Wollte mich jemand überfallen oder gar ermorden?

Mutig öffnete ich die Tür zum Balkon. Der Jemand kauerte hinter dem Geländer und spähte in den Garten. Es war Caro. Sie stürzte an mir vorbei ins Haus.

»Was machst du denn hier?« Etwas Besseres fiel mir nicht ein.

»Ich bin übers Feld gekommen und durch die Seitenpforte in den Garten geschlüpft.«

Wir setzten uns in die Küche und sie berichtete von ihrer Flucht aus dem Gästehaus der Polizei. Ich hatte Kaffee zubereitet und ein originelles Frühstück zusammengestellt: altes Brot, Tomatenmark, Gewürzgurken und Frischkäse.

»Das war so«, erzählte sie. »Auch Bullen müssen mal pinkeln. Und da bin ich raus.«

»Wie hast du das geschafft bei doppelt gesicherten Türen?« Die Sache kam mir merkwürdig vor.

»Ich hab sie einfach aufgedrückt.«

»Einfach so?«

»Genau. Dann hab ich mich in den erstbesten Bus gesetzt, der bei der erstbesten Haltestelle anhielt. Ich landete am Hauptbahnhof. Von dort habe ich mir ein Taxi genommen. Und nun bin ich hier.«

»Dann hast du deine Spuren ja genial verwischt«, lobte ich sie. »Ein Anruf der Polizei bei der Taxizentrale und sie haben dich. Dem beugen wir mal vor.«

Ich nahm mein Handy und wählte Kleist an. »Ich muss dir etwas sagen …«

»Ich weiß. Ich bin auf dem Weg zu euch«, erklärte er. »Brötchen?«

»Was verschafft uns die Ehre deines Besuches?«, fragte ich. »Willst du Caro wieder zurückbringen?«

»Ich komme nicht mit!«, sagte sie trotzig.

»Sie haben recht, Sie sind hier besser aufgehoben.« Kleist lächelte Caro an. »Auch wenn Frau Grappa nicht immer wie eine fürsorgliche Mutter agiert. Aber Sie sind ja schon groß.«

»Steh ich denn noch unter Verdacht, Lerche vergiftet zu haben?«

»Ein dringender Tatverdacht besteht nicht. An der Pralinenschachtel, die wir in Lerchenmüllers Wohnung gefunden haben, gibt es keine Fingerabdrücke. Ebenso an den Utensilien in Ihrem Zimmer.«

»Und wer hat Lerche nun gekillt? Lara?«, fragte Caro.

»Ein dringender Verdacht besteht auch gegen Frau Lindenthal nicht. Wir können ihr gar nichts beweisen. In ihrem

Appartement gab es keinerlei Spuren von Rizin. Sie besitzt noch nicht einmal einen Rizinus als Topfpflanze. Aber es gibt dennoch eine neue Entwicklung.«

Ich horchte auf.

Kleist plauderte über dienstliche Dinge – und das im Beisein einer neugierigen Reporterin und einer halbwüchsigen ehemaligen Hauptverdächtigen. Hatte ihm jemand Quasselwasser zu trinken gegeben?

Mein Hauptkommissar schob sich eine Gewürzgurke in den Mund und kaute sie bedächtig. Dann spülte er mit Kaffee nach und wischte sich den Mund mit einer Serviette ab.

»Nun sag schon!«, forderte ich ungeduldig.

»Ihr wisst ja, dass es im Schloss einen Schießstand gibt. Und Waffen.«

»Sportwaffen«, warf ich ein. »Aber keine Maschinenpistole von Heckler & Koch.«

»Keine MP5 – richtig, Maria. Aber Patronenhülsen aus einer MP5. Und zwar aus der Waffe, die bei dem Anschlag benutzt wurde. Unsere Spusi war sehr gründlich – auch wenn es gedauert hat.«

»Dann hat also doch jemand mit der MP5 geübt!«, rief ich aus. »Aber wer?«

»Genau das ist die Frage«, nickte Kleist.

»Und? Kannst du sie beantworten?«

»Ich kann dir nur sagen, wer – aller Wahrscheinlichkeit nach – nicht geübt hat.« Er schwieg.

»He, spannend machen gilt nicht.«

»Patrick Sello.«

»Und wie willst du das wissen?«

»Weil wir herausgefunden haben, woher die Maschinenpistole stammt – trotz gelöschter Seriennummer.«

»Wie das?«, fragte ich.

»Es gibt Möglichkeiten, die Nummer wieder sichtbar zu machen. Den Kollegen vom LKA ist das gelungen. Es ist ein ähnliches Verfahren, wie es Restauratoren bei alten Gemälden anwenden.«

»Und woher die Waffe stammt, soll ich jetzt bei eurer Pressestelle nachfragen, oder was?«

Kleist grinste. »Wäre ich dann hier? Kann ich noch eine Tasse dieses köstlichen Milchkaffees kredenzt bekommen?«

Caros Augen zeigten wieder ihr grünes Feuer und auch ich fühlte mich sehr viel besser als noch kurz nach dem Aufstehen.

»Die MP5 gehört zur Beute eines Einbruchs in eine Polizeischule in Süddeutschland. Das war etwa vor einem Jahr. Die Täter sind inzwischen ermittelt und befinden sich in Untersuchungshaft. Sie gehören zu einer albanischen Bande mit mafiösen Strukturen. Überfälle, Raubmorde, Frauen- und Drogenhandel. Meine Kollegen vom LKA München haben mir die Vernehmungsprotokolle gefaxt. Einer der Männer hat angegeben, dass ein Teil der Waffen ins Ruhrgebiet verkauft wurde.«

»Weiß man auch, an wen?«, fragte ich.

Kleist schüttelte den Kopf. »So einfach ist die Sache leider nicht. Um eine solche Waffe zu bekommen, musst du Kontakte haben und die Orte kennen. Bestimmte Kneipen im Rotlichtmilieu zum Beispiel. Wir haben einige Informanten im Norden der Stadt, die wir anzapfen werden.«

»Du bist heute so merkwürdig mitteilsam«, wunderte ich mich. »Was hat das zu bedeuten?«

»Ich möchte, dass du einen Artikel über die Waffe schreibst. Mit genau den Fakten, die ich dir gerade genannt habe.«

»Und wen soll ich als Quelle für diese Fakten nennen?«

Kleist lachte schalkhaft. »Wie schreibt ihr Zeitungsleute immer? Wie aus gut unterrichteten Kreisen verlautet …«

»Gut«, grinste ich zurück. »Du bist ein gut unterrichteter Kreis. Und was soll mein Artikel bezwecken?«

»Er soll für Unruhe sorgen. In der Szene und bei der Lindenthal.«

»Wieso bei Lindenthal?«

»Lindenthal hält privaten Kontakt zu einem ehemaligen Polizeischüler. Er wurde an der Schule ausgebildet, an der die Waffen gestohlen wurden. Wir überprüfen jetzt, ob der junge Mann den Albanern einen Tipp gegeben hat. Dann hätten wir die Verbindung zu Lindenthal.«

»Nicht schlecht!«, rief ich. »Du sitzt zu Recht auf deinem Posten.«

»Herzlichen Dank, Maria, du ziehst eben manchmal die falschen Schüsse aus meiner Schweigsamkeit.«

»Aber wie soll das gehen?«, mischte sich Caro ein. »Die Lindenthal kann sich doch nicht selbst in die Schulter geschossen haben.«

»Stimmt, junge Dame!«

»Wer hat auf Lara geschossen?«, brachte ich die Frage auf den Punkt.

»Bei dem Versuch, das herauszubekommen, haben wir eine Bewegungsmatrix ausgearbeitet.«

»Was ist das denn?«, wollte ich wissen.

»Bei den Vernehmungen der Schüler und Lehrer, die am Tag des Anschlags im Schloss waren, haben wir natürlich auch gefragt, wer wann wen gesehen hat. Aus den Angaben macht man Skizzen, auf denen alle Personen eingetragen werden. Bei einer ganzen Internatsbevölkerung und einer Zeitspanne von mehr als zwei Stunden ist so was sehr aufwendig. Darum hat es auch so lange gedauert.« Kleist machte eine Pause.

»Nun mach es doch nicht immer so spannend«, stöhnte ich.

»Es gibt eine einzige Person, die während der gesamten Evakuierung der Schule von niemandem gesichtet wurde. Wir haben keine Ahnung, wo diese Person war und was sie getan hat. Und sie wird es uns auch nicht sagen.«

»Weil sie tot ist«, folgte ich einem Impuls.

»Lerchenmüller!«, rief Caro.

»Ganz recht, es ist Lerchenmüller. Aber was das bedeutet, wissen wir noch nicht.«

»Soll ich das in meinem Artikel auch andeuten?«, fragte ich.

»Das überlasse ich dir.«

Pendeln hilft nicht immer

In der Redaktion saßen Margarete Wurbel-Simonis, Sarah, Stella und Susi am Besuchertisch. Die Kulturredakteurin hatte die Augen geschlossen und den rechten Arm ausgestreckt. Am Zeigefinger baumelte ein dünner Strick, an dessen Ende ein schweres Lot befestigt war.

»Ich hab die Frage jetzt«, sagte Sarah, »du kannst loslegen.«

Wurbelchen schloss die Augen. Die Sekretärinnen sahen gebannt auf das Pendel.

»Was geht denn hier ab?«, fragte ich.

»Wurbelchen pendelt Sarahs Date aus«, flüsterte Stella.

»Pendeln?«

»So geht das nicht. Ich kann mich nicht konzentrieren!«, blaffte mich die Wurbel an. »Wie soll ich meine Schwingungen auf das Pendel übertragen? Mein Chakra ist gestört.«

»Chakra? Pendeln?«

»Erklär's der Grappa mal«, meinte Stella. »Die will dann bestimmt auch.«

»Nee, lasst mal ruhig. Dieser Bildungsurlaub hat ja wohl voll durchgeschlagen«, murmelte ich. »Ich pendle lieber meinen Artikel aus. Bis später, die Damen!«

Es war noch Zeit bis zur Konferenz. Gelegenheit, bei Peter Jansen vorbeizuschauen. Der Kaffee lief gerade durch.

»Draußen ist was los«, meinte ich. »Die Wurbel pendelt.«

»Ich weiß«, seufzte mein Chef. »Schon seit drei Tagen. Sie hat am Wochenende an einem Kurs *Pendeln und Tarot für Anfänger* teilgenommen. Seitdem unsere drei aus dem Sekretariat wissen, dass jeder Mensch eine Aura hat und damit auch sie, schauen sie die Welt mit ganz anderen Augen an.«

»Es gibt Neuigkeiten vom Internat des Todes. Hast du ein Ohr dafür?«

Er hatte und genehmigte mir vierzig Zeilen.

Im Großraumbüro herrschte nun wieder Ruhe. Wurbel-Simonis hatte ausgependelt.

»Und? Was ist mit deinem Date, Sarah?«, fragte ich.

»Alles Mist, Grappa«, muffelte sie. »Der Typ will nur das eine von mir.«

»Das hat das Pendel dir mitgeteilt?«

»Ja. Das Pendel hat Nein gesagt«, antwortete sie.

»Und wie war die Frage?«

»Ist Rolf der Richtige fürs Leben?«

»Welcher Rolf?«, wollte ich wissen.

»Grappa! Der Typ, mit dem ich mich treffen wollte. Hab ihn im Single-Chat kennengelernt. Aber das Pendel warnt mich.«

Ich kratzte mich am Kopf. »Suchst du denn den Mann fürs Leben, Sarah? Willst du dir wirklich einen Rolf aus dem Chat ans Bein binden? Neulich hast du mir noch erzählt, dass dir das Alleinsein so viel Freude macht.«

»Ja, schon.« Sarah überlegte. »Du hast das auch schon mal behauptet, Grappa. Aber so richtig hältst du dich nicht dran.«

»Man soll seine Prinzipien immer nur so hoch hängen, dass man noch drunter durchkann. Hast du die Post schon gesichtet?«

»Alles, was für dich ist, liegt auf deinem Schreibtisch«, antwortete Sarah. »Und jetzt schreib ich dem Rolf eine Mail und mach das Date klar.«

SCHULMORD-WAFFE STAMMT AUS DIEBSTAHL –
ÜBTE MÖRDER IM INTERNAT? –
WO WAR LERCHENMÜLLER?

Ein Exklusivbericht unserer Polizeireporterin Maria Grappa.

Neueste Enthüllungen über den Massenmord im Nobelinternat Schloss Waldenstein. Die Bierstädter Kripo konnte die Maschinenpistole, mit der sechzehn junge Menschen niedergemetzelt wurden, eindeutig identifizieren: Sie stammt aus einem Einbruch in ein Polizeiausbildungszentrum im Süden Deutschlands. Die Täter: eine albanische Bande. Die Spur der Waffen führt ins Ruhrgebiet – hier soll ein Teil der Beute illegal verkauft worden sein.

Wie aus gewöhnlich gut unterrichteten Kreisen verlautet, gibt es eine Verbindung zwischen der überlebenden Lehrerin und der Mordwaffe. Die 36-jährige Pädagogin Lara L., die Deutsch und Philosophie unterrichtet, ist mit einem ehemaligen Polizeischüler des Ausbildungszentrums bekannt. Die Ermittlungsbehörden prüfen nun, ob der Mann den Tätern einen Tipp gegeben hat.

Die Spurensicherung der Polizei hat im Schießstand der Schule Patronenhülsen gefunden, die aus der Mordwaffe abgeschossen wurden. Hat der Mörder hier mit der Maschinenpistole trainiert, bevor er die 16 Schülerinnen und Schüler der Jahrgangsstufe 11 tötete?

Nach wie vor ist unklar, welche Rolle Internatsdirektor Dr. Lerchenmüller am Tag des Massakers spielte. Er informierte zwar die Polizei und seine Lehrerkollegen über die Bedrohung, verließ das Gebäude aber selbst sehr spät. Die Polizei geht nun der Frage nach, ob der Internatsdirektor Zeit hatte, die Situation in dem Kursraum persönlich zu überprüfen. Lerchenmüller selbst kann dazu nichts mehr sagen – denn er wurde am Sonntag vergiftet. Die zunächst festgenommene Schülerin Caroline von Fuchs (17) ist inzwischen außer Verdacht.

Würde dieser Text Lara Lindenthal aus der Reserve locken?

Dem guten journalistischen Brauch folgend, auch die andere Seite zu hören, tippte ich die Nummer der Schule in mein Telefon. Lindenthal war nicht zu erreichen. Ich überzeugte die Frau im Sekretariat, dass es sinnvoll wäre, die Handynummer der Lehrerin herauszurücken.

Sie ging nicht an den Apparat. Ich sprach auf die Mailbox und bat dringend um Rückruf.

Sie meldete sich nicht. Aber das war in Ordnung. Ich hatte meine Pflicht erfüllt. Jansen las meinen Artikel und wunderte sich über die neuen Informationen.

»Hast du ihn endlich weichgekocht?«, grinste er.

»Keineswegs. Kleist sagt mir nur das, was er will. Da kann ich mich noch so anstrengen. Er möchte die Lindenthal aus der Deckung locken. Auch wenn ich Zweifel habe, dass das gelingt. Bisher hat die Frau alles richtig gemacht.«

»Falsch«, widersprach Jansen. »Ihr erster Fehler war, die Affäre mit dem jungen Sello anzufangen. Und ihr zweiter Fehler, dass sie den Vorfall auf der Toilette nicht angezeigt hat.«

»Ich fahr jetzt nach Hause«, kündigte ich an, ohne auf Jansens Worte einzugehen. »Caroline ist da.«

Auf dem Weg zum Parkplatz klingelte mein Handy. Richard Sello wollte sich verabschieden.

»Mich bedrängt immer noch die Angst, dass mein Sohn ein mehrfacher Mörder ist«, sagte er.

»Da bleiben Sie mal ganz ruhig. Die Ermittlungen sind keineswegs abgeschlossen«, widersprach ich.

»Halten Sie mich bitte auf dem Laufenden«, bat er. »Ich habe übrigens Kontakt zu dem Stiftungsrat aufgenommen. Lerchenmüllers Antrag, Caroline aus dem Internat zu werfen, hat sich erledigt.«

»Das überrascht mich nicht. Der Antragsteller ist ja nicht mehr da.«

»Ich hab mir etwas überlegt. Sollte es mit dem Stipendium des Mädchens Schwierigkeiten geben, übernehme ich das

Schulgeld. Sie hat sich in Schwierigkeiten gebracht, weil sie sich für Patricks guten Namen eingesetzt hat. Ich konnte sie leider nicht erreichen und es ihr sagen.«

»Diese frohe Botschaft überbringe ich gern.«

Ich hielt beim Supermarkt und anschließend bei Frau Schmitz. Ich staunte nicht schlecht, als ich Brinkhoff im Bistro entdeckte.

»Ich bin ja jetzt arbeitslos«, meinte er.

»Fehlt dir der Job etwa?«, fragte ich.

»Der Hausmeisterjob nicht«, entgegnete der Expolizist. »Aber undercover zu arbeiten – das gefällt mir. Den Harmlosen zu spielen, während ich auf der Suche nach Informationen und Beweisen bin. Hier und da eine Bemerkung fallen zu lassen, die das Objekt der Ausforschung unvorsichtig werden lässt. Das ist was ganz anderes als Polizeiarbeit. Viel kreativer.«

»Mach dich doch selbstständig, als Privatermittler«, schlug ich vor.

»Nein, Grappa. Meine Pension reicht für ein bequemes Leben. Aber ich will im Kopf fit bleiben. Ich hab neulich von einer Studie gelesen. Da wurden fünftausend Menschen fünf Jahre lang im Ruhestand begleitet. Wer noch geistig aktiv war, hatte die wesentlich bessere Gesundheit.«

»Kein Wunder«, meinte ich. »Schau dir die Menschen vor zweihundert Jahren an. Wer über sechzig war, hatte höchstens Anspruch auf Mitleid. Und Frauen sowieso. Die waren bloß noch Omas.«

Frau Schmitz hatte im Verkaufsraum die Brote geordnet und die letzten Sätze mitgehört.

»Recht haste, Frau Grappa. Ich hab vor, den Laden hier bis zu meinem seligen Ende zu führen. Was soll ich zu Hause?«

»Das ist gut. Ohne deine Mandelhörnchen wäre auch mir ein frühes Ende beschert, Frau Schmitz«, lachte ich.

»Die sind gleich fertig. Und – wie isses sonst so?«

»Es gibt neue Spuren im Internat. Es geht um die Tatwaffe. Steht aber alles morgen im *Tageblatt.*«

Ich erstand ein Brot, packte die Mandelhörnchen, auf deren Enden die Schokolade fast noch flüssig war, und fuhr nach Hause.

Caro hatte sich in mein Arbeitszimmer zurückgezogen. Sie saß am Laptop und chattete bei *ausstieg.de.*

»Gibt es was Neues?«, fragte ich.

»Es sind nicht mehr viele da«, entgegnete sie. »Es sind ja Ferien.«

»Ich hab für dich eine gute Nachricht. Du kannst auf der Schule bleiben. Der Rausschmiss ist vom Tisch. Und Richard Sello übernimmt dein Schulgeld, wenn es damit Probleme geben sollte.«

Ein Leuchten zog über Caros Gesicht. »Das ist gut. Ab morgen hab ich übrigens einen Ferienjob. Ich will dir nicht auf der Tasche liegen.«

»Und was machst du?«, fragte ich überrascht.

»Ich jobbe im Tierheim. Die suchen Schüler, die mit den Hunden spazieren gehen, die Käfige säubern und so weiter. Vier Euro pro Stunde gibt's dafür.«

»Magst du denn Tiere?«

Caro lächelte. »Ja, sehr. Ich möchte Tierärztin werden. Einen Hund oder eine Katze zu haben, war immer mein Traum. Aber im Schloss ist das nicht erlaubt. Absolutes Verbot. Vor allem wegen der Hygiene. Ich freu mich schon auf morgen.«

Briefe voll Liebe und Hass

Caro war früh aufgestanden, um ihren Ferienjob anzutreten. Ich fand es klasse, dass sie die Sommerferien nicht auf der faulen Haut verbringen wollte.

Vor dem Duschen überprüfte ich mein Handy und hörte die Mailbox ab.

Keine Nachricht von Lara Lindenthal.

Beim Frühstück unterhielt mich das Lokalradio mit der Hörerfrage: *Was sind Maultaschen? A) eine Teigspezialität oder B) Modeschmuck.* Zu gewinnen gab es ein Wellness-Wochenende in einem Sauerländer Hotel, das als der größte Swingerklub in der Region bekannt war. Nachdem ich mir Maultaschen-Modeschmuck vorgestellt hatte, fuhr ich entspannt zur Arbeit.

Dort saßen die Kolleginnen und Kollegen im Großraumbüro beisammen.

»Ist keine Konferenz heute?«, fragte ich.

»Die fällt aus. Der Chef ist schon seit einer Stunde mit den Anwälten zugange«, informierte mich Susi.

»Mit welchen Anwälten?«, fragte ich, obwohl ich es ahnte.

»Na, von dieser Lehrerin, über die du geschrieben hast.« Susi deutete auf die heutige Ausgabe des *Tageblattes,* das – einer Anklage gleich – auf jedem der Schreibtische lag. *Schulmord-Waffe stammt aus Diebstahl – Übte Mörder im Internat? – Wo war Lerchenmüller?*

»Hoffentlich kriegen wir jetzt nicht echten Ärger, Grappa!«

»Du kriegst bestimmt keinen«, meinte ich. »Ist die Lindenthal auch da?«

»Nein, nur zwei Kerle mit Aktenkoffern.«

»Und mit Gesichtern wie Inquisitoren«, ergänzte Simon Harras.

Ich griff zum Telefon und wählte Jansens Büronummer. Er hatte den Ruf auf Sarah umgeleitet.

»Er will nicht gestört werden«, verkündete Sarah und schob nach: »Auch nicht von dir, Grappa.«

Das klang nicht gut.

»Willst du dein Tageshoroskop wissen, Grappa?«, erkundigte sich Stella. »Widder – nicht wahr?«

Ich nickte.

Stella raschelte mit der Konkurrenzzeitung. »Hier hab ich's. Hört mal alle zu: *Der Widder nimmt das Leben heute besonders mit Humor. Kein Haar in der Suppe kann Ihre komische Stimmung trüben. Sie machen sich einfach nichts aus Traurigkeit und Schwarzseherei und setzen diese Einstellung auch ein, um Ihre Mitmenschen zum Lachen zu bringen. Am besten harmonieren Sie jetzt mit einem Zeitgenossen, dem ebenfalls häufig zum Lachen zumute ist.* Toll, was?«

»Passt doch! Die Mitmenschen, die ich zum Lachen bringen werde, sind bestimmt diese Anwälte«, grinste ich.

»Und was sagt Jansens Horoskop?«, fragte Pöppelbaum.

»Der Chef ist Löwe«, wusste Susi. »Mach mal, Stella.«

»Ihr Verstand ist hellwach und wendig wie selten. Probleme durchschauen Sie sofort. In beruflicher Hinsicht gilt es jetzt, nicht zu zögerlich zu sein. Sie haben Ihr Ziel genau vor Augen und wissen, wie Sie es erreichen können. Wenn sich auf Ihrem Weg überraschend Hindernisse auftun, sollten Sie diese energisch überwinden, anstatt davor zurückzuschrecken. Glauben Sie einfach an sich selbst, dann haben Sie alles im Griff.«

»Besser kann's ja gar nicht sein«, meinte Harras. »Grappa wird komisch und Jansen räumt ihr – wie immer – die Schwierigkeiten aus dem Weg. Die gewohnte Arbeitsteilung.«

Jansens Bürotür öffnete sich. Die Herren, die heraustraten, waren so grau wie die Männer in Kafkas *Prozess.* Nein, doch nicht ganz. Das Gesicht des Jüngeren zierten hektische rote Flecken, der Ältere schnappte hörbar nach Luft.

»Sie werden von uns hören, Herr Jansen«, zischte der Fleckgesichtige. »Ich werde Beugehaft beantragen.«

Pöppelbaum richtete die Kamera auf die Anwälte und drückte mehrfach ab.

»Keine Fotos«, kreischte der Ältere. »Wir machen das Recht am eigenen Bild geltend.«

»Ich schick Ihnen Abzüge«, entgegnete der Fotograf frech. »Ihre Visitenkarten haben wir doch, oder?«

Ohne Abschied hetzten die beiden davon.

»Die sahen aber nicht zufrieden aus«, murmelte Harras.

Alle schauten wir zur Tür. Wie ging es Jansen?

»Ach, Leute«, brummte er endlich – kopfschüttelnd im Türrahmen stehend. »Früher hätte ich für solche Typen zehn Minuten gebraucht und nicht über eine Stunde. Ich werde alt.«

»Wollen die dich ins Gefängnis werfen, Chef?«, fragte Stella.

»Wollen, ja. Aber dürfen, nein«, antwortete er. »Konferenz in einer halben Stunde. Und du, Grappa, kommst mal eben rein zu mir.«

Die Advokaten hatten versucht, Jansen zu zwingen, die Quelle unserer Informationen zu nennen. Das konnte einen alten Hasen wie Peter natürlich nicht erschüttern. Noch immer galt der Informantenschutz nach dem Presserecht.

»Aber die haben mir etwas Interessantes dagelassen«, berichtete Jansen. »Hier!«

Er reichte mir einen Stapel Fotokopien. Ich blätterte sie durch. E-Mails, aber auch handgeschriebene Briefe. Sie waren an Lara Lindenthal gerichtet. Ihr Verfasser war Lerchenmüller.

»Liebesgesülze und Drohbriefe«, erklärte Jansen. »Lerche war der Lindenthal hörig.«

»Und warum geben uns die Anwälte diese Unterlagen?«

»Vielleicht hat es damit zu tun.« Er reichte mir ein weiteres Blatt Papier. Es trug das Logo des Polizeipräsidiums und war eine Einladung zu einer Pressekonferenz.

»Neue Erkenntnisse im Fall der Tötung von sechzehn Menschen«, las ich. Der Termin war in einer Stunde.

Um mich herum sah ich bekannte Gesichter. Doch es war eher ein kleiner Kreis von Kollegen, der sich im Konferenzraum des Präsidiums eingefunden hatte. Das Interesse der überregionalen Medien an der Geschichte war abgeklungen. Selbst das Lokalfernsehen hatte kein komplettes Team geschickt, sondern begnügte sich mit einem einsamen Digi-Ritter. Auch Friedemann Kleist fehlte und hatte seinen Stellvertreter geschickt.

»Dr. Lerchenmüller hat für den Fall seines unnatürlichen Todes ein Schreiben bei einem Notar hinterlegt«, erklärte Oberstaatsanwalt Abel Ritter. »In dem Dokument hat Lerchenmüller den Ablauf der Tat geschildert und ein Teilgeständnis abgelegt. Ich habe Ihnen den Sachverhalt in einer Presseinformation zusammengestellt. Die Tat ist aufgeklärt. Weiterhin möchte ich Ihnen mitteilen, dass gegen Frau Lindenthal Haftbefehl erlassen wurde. Die Anklage geht davon aus, dass Lara Lindenthal fünfzehn Menschen getötet hat.«

»Wieso fünfzehn? Es sind doch sechzehn«, fragte ich.

»Ich kann Ihnen den Inhalt der Pressemitteilung gern persönlich vermitteln, Frau Grappa.«

»Ich hab nichts dagegen«, meinte ich.

»Dürfen wir auch zuhören?«, fragte der Kollege der Deutschen Presseagentur.

Ritter lächelte. »Ich fasse also zusammen. Es handelt sich um einen von zwei Angehörigen des Lehrerkollegiums gemeinschaftlich geplanten und begangenen sechzehnfachen Mord. An jenem Morgen nahm Frau Lindenthal die Schülerinnen und Schüler ihres Deutschkurses der Jahrgangsstufe 11 als Geiseln. Sie wollte sich für monatelange Demütigungen rächen und die Tat ihrem ehemaligen Geliebten, dem Schüler Patrick Sello, anlasten. Die Tat hatte sie zuvor mit dem Direktor des Gymnasiums, Lerchenmüller, abgesprochen. So steht es jedenfalls in dem nachgelassenen Dokument des Schulleiters. Lerchenmüllers Hauptmotiv, sich an dieser Tat zu beteiligen, war Hass. Er hasste seine Arbeit, er hasste insbesondere die Schüler. Und er fühlte sich frei, diesem Hass nachzugeben, weil er krank war. Er hatte nur noch wenige Wochen zu leben. Sein Beitrag zur Tat sollte sein, dass er einen Schuss auf Frau Lindenthal abgab. Beiden war klar, dass die Tat und ihre anschließende Verschleierung nur dann erfolgreich sein konnten, wenn Frau Lindenthal eine Verletzung aufweisen würde, die sie sich nicht selbst zugefügt haben konnte. Doch dann geschah etwas Unvorhergesehenes: Frau Lindenthal brachte es nicht fertig, Patrick Sello zu töten. Er lag auf den Knien vor ihr und bat sie um Verzeihung.«

»Also erledigte Lerchenmüller ihn«, meinte Pöppelbaum. »Ganz schön perfide.«

»Genau so hat es sich ereignet«, bestätigte der Oberstaatsanwalt. »Lerchenmüller hat Patrick Sello erschossen, durch einen Schuss in den Mund, wie er bei Selbsttötungen oft vorkommt. Danach verletzte er Lara Lindenthal. Lerchenmüller drückte Patrick die Waffe in die Hand und achtete darauf, dass dessen Fingerabdrücke überall auf der Waffe zurückblieben. Der Direktor verließ den Tatort durch den Nebenraum, der in ein kleines Treppenhaus führt. So vermied er die Begegnung mit den herankommenden Sicherheitskräften. Anschließend wechselte er die Kleidung und mischte sich unter die Menge der Schüler und Helfer.«

»Und spielte den erschütterten Pädagogen! Das ist unglaublich!«, rief ich aus. »Was sagt Frau Lindenthal zu den Beschuldigungen?«

»Sie streitet natürlich alles ab. Lerchenmüller habe ihr eins auswischen wollen, weil sie ihn abgewiesen hatte. Für diese Behauptung gibt es tatsächlich eine Vielzahl unterstützender Dokumente.«

Die Liebes- und Drohbriefe, dachte ich. Sie vergiftet Lerche, damit er seine Behauptungen nicht wiederholen kann, und setzt alles daran, dass sein notarielles Geständnis unglaubwürdig wirkt. Diese Frau wusste genau, was zu tun war, um einer langjährigen Gefängnisstrafe zu entgehen.

Ich hatte neunzig Zeilen auf der Eins. Das war viel, aber es war schnell geschrieben. Ich musste nichts in die Länge ziehen, sondern gab schnörkellos wieder, was der Staatsanwalt bekannt gegeben hatte. Zum Schluss konnte ich mich allerdings nicht beherrschen und berichtete auch noch von der Strategie Lindenthals, Lerchenmüller als rachedurstigen, abgewiesenen Möchtegernliebhaber darzustellen.

Patricks Vater schickte ich eine SMS aufs Handy mit dem Hinweis, sich die Online-Ausgabe des *Tageblattes* zu Gemüte zu führen.

Zu Hause wartete Caro auf mich. Sie hatte Lokalradio gehört und war völlig aufgelöst.

»Ich wusste es von Anfang an«, schluchzte sie. »Die Lindenthal steckt hinter allem. Aber dass Lerchenmüller Patrick abgeknallt hat – das hätte ich ihm nicht zugetraut. Ich hoffe, die Lindenthal geht für den Rest ihres Lebens in den Knast.«

»Da bin ich mir nicht sicher«, seufzte ich. »Wenn das Gericht Zweifel an Lerchenmüllers Geständnis hat, könnte sie davonkommen.«

»Wie meinst du das?« Caro sah mich mit ihren auffälligen grünen Augen an.

»Es steht Aussage gegen Aussage«, erklärte ich. »Die Briefe und E-Mails, die Lerche an Lara geschrieben hat, sprechen für sich. Zum Schluss hat er sie bedroht und von Rache gesprochen. Ich habe die Unterlagen gesehen. Und Lerchenmüller kann sich nicht mehr wehren.«

»Dafür hat sie ja gesorgt«, brauste Caro auf. »Mit den verdammten Giftpralinen.«

Einen Teil der Nacht verbrachte ich mit der Lektüre der Lerchenmüller-Briefe. In den älteren Schreiben hatte er Lara Lindenthal jeden Tag ein kleines Gedicht verehrt, das sie *liebevoll durch den Tag tragen* sollte. Er nannte sie bei Kosenamen, wie die jeweiligen Gedichte es erforderten. Heloise, Isolde, Blancheflor – Lerchenmüller bevorzugte die Literatur des Mittelalters. Das gemeinsame Motiv der Verse war unerfüllte Sehnsucht, Verheißung von Glück und das Lob der Geliebten.

Vidi florem floridum, vidi florum florem, Vidi rosam Madii cunctis pulchriorem, Vidi stellam splendidam, cunctis clariorem, Per quam ego degeram lapsus in amorem.

Der Text war mit einem kleinen Bild verziert. Meine Lateinkenntnisse waren ziemlich eingerostet, doch ich erkannte den Text. Er stammte aus den *Carmina Burana.* Ich schaute nach der Übersetzung:

Ich sah eine blühende Blume, ich sah die Blume der Blumen. Ich sah eine Mairose, schöner als alle. Ich sah einen leuchtenden Stern, heller als alle, durch den ich mein Leben verbringen werde, der Liebe verfallen.

Warum wirken Verliebte immer so peinlich auf die, die sich gerade nicht in diesem Ausnahmezustand der Gefühle befinden?

Nach einem halben Jahr änderte sich der Ton in Lerchenmüllers Briefen. Er war traurig und bittend statt romantisch, fast schon depressiv. Ich las: *Im großen Pflanzenwuchsgetriebe des Lebensackers ist kein Kraut, das so viel Gift zusammenbraut, als langsam abgedorrte Liebe.*

Einige Wochen später wieder ein Bruch in der Tonart. Der Schuldirektor hatte keine Gedichte mehr geschrieben, sondern schnöde Prosa. Die Wortwahl war niveaulos und wurde aggressiv und bösartig. So blieb es bis etwa vier Wochen vor den unglaublichen Morden.

Danach gab es keine Briefe mehr. Jedenfalls keine, die Lara Lindenthal hergegeben hätte.

Allerhand lebende Haustiere

»Möchtest du eine Katze haben? Oder einen Hund?«, fragte Caro am Morgen.

»Ich hab noch nicht mal einen Mann«, muffelte ich im Halbschlaf. »Was soll ich dann mit einem anderen Haustier?«

Der erste Kaffee des Tages stand dampfend auf dem Tisch.

»Wir haben so viele nette Tiere im Heim«, machte Caro weiter. »Und du hast ein großes Haus und einen großen Garten.«

»Hör auf, Caro«, wehrte ich ab. »Ich hatte mal einen Kater, aber das lief nicht wirklich gut. Eberhard ging mir mit seinen dummen Sprüchen auf den Zwirn.«

»Sprüche?«, grinste sie. »Er hat mit dir geredet?«

Ich ging nicht auf die Frage ein. »Ich muss los.«

Auf dem Weg zur Arbeit hörte ich Lokalradio. Jansen war jetzt offiziell Oberbürgermeisterkandidat für die SPD und die Grünen. Diese Personalie hatte die Aufklärung der Internatsmorde auf Platz zwei der Nachrichten verdrängt.

In sieben Monaten würde der Wahlkampf beginnen. Im Sommer hätte ich dann einen neuen Chef. Grausige Vorstellung. Hoffentlich nicht so ein schnöseliger Sonnenbanktyp, wie sie gerade in Mode waren.

Ich traf meinen Noch-Chef in der Kaffeeküche. »Glückwunsch, Peter!«

Er befreite gerade ein Tablett Kuchenteilchen von der Papierumhüllung.

»Danke, Grappa.« Er sah mich an. »Du freust dich wohl nicht für mich?«

»Für dich schon, aber nicht für mich.«

»Verstehe.«

»Weißt du schon, wer dein Nachfolger wird?«

Peter Jansen verneinte.

»Ab wann kann ich eigentlich Altersteilzeit beantragen?«, fragte ich.

»Ach, Grappa. Gib der Neuen eine Chance.«

»Der Neuen?«, entfuhr es mir.

»Ja. Der Verleger will eine Frau. Sämtliche Headhunter stehen in den Startlöchern.«

»Auch das noch!«

»Wenn's mit der Neuen gar nicht geht, denk an die städtische Pressestelle.«

Den Kuchen gab es in der Konferenz zehn Minuten später. Jansen teilte nun offiziell mit, dass er in die Politik wechseln wollte. Die Reaktionen der Kolleginnen und Kollegen waren unterschiedlich. Sie reichten von guten Wünschen, die von Herzen kamen, bis zu desinteressierter Kenntnisnahme.

Das Tagesgeschäft inklusive Terminverteilung rauschte an mir vorbei. Ich verzog mich in mein Büro.

In meiner Handtasche klingelte es: Kleist.

»Wir hatten gerade einen Haftprüfungstermin in Sachen Lindenthal«, berichtete er. »Der Richter hat den Haftbefehl aufgehoben.«

»Das darf doch nicht wahr sein!«, rief ich.

»Leider ist es so. Angeblich besteht keine Fluchtgefahr. Und Lerchenmüllers Beschuldigungen reichen dem Haftrichter nicht aus. Lindenthal hat aber die Auflage, sich nicht aus der Stadt zu entfernen. Ich lasse sie außerdem observieren.«

»Ich werde eine Meldung zu ihrer Freilassung verfassen«, kündigte ich an. »Gibt es was Neues zu der Maschinenpistole?«

»Keine Beweise, dass Lindenthal oder Lerchenmüller die Waffe gekauft haben.«

»Wo ist die Lindenthal jetzt?«

»Moment.«

Ich hörte ihn telefonieren.

»Sie geht spazieren. Im Rombergpark.«

»Allein?«

»Noch ist sie allein«, antwortete Kleist.

»Nicht mehr lange«, meinte ich grimmig.

Lara Lindenthal saß dekorativ auf einer Bank, die von Rosenbeeten umgeben war. Die Beine übereinandergeschlagen, die ausgestreckten Arme auf der Lehne drapiert. Große Sonnenbrille, wuschelige Haare und ein perfekt geschminkter Mund.

Ich musste an das Bild denken, das sie mit Rosen im Haar und gewagt gekleidet beim Kostümfest gezeigt hatte.

Ich befand mich nicht in ihrem Blickfeld. Verstohlen sah ich mich um. Ich entdeckte keine polizeilichen Beschatter, was aber nicht hieß, dass sie nicht da waren.

Entschlossen trat ich auf die Bank zu und setzte mich. »Hallo, Frau Lindenthal.«

»Sie?« Lara Lindenthal nahm betont langsam ihre große Brille ab. »Sie werden es nicht glauben, aber ich habe gerade an Sie gedacht, Frau Grappa.«

Sie wirkte keineswegs überrascht. Ihre Stimme klang souverän, fast ein wenig gelangweilt.

»Wie schmeichelhaft«, entgegnete ich.

»Das würde ich nicht so sagen.« Sie lächelte, aber es war kein ehrliches Lächeln.

Ein leiser Wind kam auf und wirbelte die Blätter überreifer Rosen auf. Sie tanzten wie Schmetterlinge in der Sonne.

»Ich machte mir gerade Gedanken darüber, wie ich Sie belangen kann. Zwar wird bei Ihnen ja nicht viel zu holen sein, aber bei Ihrem Verlag.«

Sie pflückte ein rotes Rosenblatt von ihrem Oberschenkel und zerrieb es zwischen den Fingern.

»Und wie heißt das Verbrechen, das ich begangen habe?«, fragte ich.

»Es handelt sich um mehrere Verbrechen. Meine Anwälte werden sich schon etwas einfallen lassen. Es dürfte aber in die Richtung von Beleidigung, übler Nachrede, Bedrohung und so weiter gehen.«

Ich seufzte. »Diese Verbrechen sind nichts gegen einen fünfzehnfachen Mord. Oh, nein – ich vergaß. Lerchenmüller kommt ja auch noch dazu. Also – sechzehn Morde.«

»Haben Sie ein Aufnahmegerät bei sich? Oder hat man Sie verkabelt?«

Ich schüttelte den Kopf.

»Darf ich?« Sie wartete meine Antwort nicht ab, griff nach meiner Tasche und durchsuchte sie.

Ich zog meine Jacke aus und präsentierte meine nackten Schultern und das Dekolleté. »Sehen Sie? Nirgendwo ein Kabel oder ein Mikrofon. Ich bin völlig ungefährlich für Sie.«

»Das waren Sie immer«, meinte sie arrogant.

»Dann muss ich mich wohl gewaltig überschätzen.«

Sie antwortete nicht. Ein altes Ehepaar spazierte an uns vorbei. Die beiden gingen Hand in Hand. Ihre Körperhaltung drückte totale Vertrautheit aus.

»Schön, wenn die Liebe im Alter funktioniert«, sinnierte ich.

»Sie haben es ja nicht mehr lange bis dahin.«

Ich ging auf die Provokation nicht ein. Sie brannte darauf, mir die ganze schreckliche Wahrheit zu erzählen – das spürte ich in jeder Beleidigung, die sie von sich gab.

»Wie haben Sie das nur über sich gebracht, diese vielen Schüsse abzugeben? Zuzusehen, wie Ihre Schülerinnen und Schüler zusammenbrechen, sterben?«

»Das ist gar nicht so schwer. Die Maschinenpistole auf Dauerfeuer stellen und abdrücken. Die Waffe macht alles fast von allein.«

»Woher kommt dieser Hass?«

»Das wissen Sie doch.«

Sie hatte recht. Das Video, die Demütigungen, das tägliche Mobbing.

»Und bei Patrick hatte die Waffe plötzlich Ladehemmung?«

»Nein. Die Hemmung lag bei mir. Ich konnte ihn nicht erschießen.«

»Genau, wie Lerchenmüller es geschrieben hat«, murmelte ich. »Wie haben Sie den armen Trottel dazu bekommen, mitzumachen?«

»Er liebte mich. Und Liebe ist eine starke Triebfeder.«

»Ja, genau wie Hass.«

Sie nickte.

»Sie haben gerade ein Geständnis abgelegt«, erinnerte ich sie.

»Sie kennen das Spielchen doch«, lächelte Lara Lindenthal. »Aussage gegen Aussage. Und dass Sie mich auf dem Kieker haben und deshalb lügen, glaubt jeder Richter. Also lassen Sie mich ab jetzt zufrieden.«

»Das kann ich Ihnen nicht versprechen.«

Das war es also. Niemandem schien es zu gelingen, diese mehrfache Mörderin zu überführen und der gerechten Strafe zuzuführen.

Ich meldete mich in der Redaktion ab und fuhr nach Hause. Von dort informierte ich Kleist über das Gespräch mit der Lindenthal.

»Ich kann deine Aussage aufnehmen«, bot er mir an. »Dann bleibt der Fall zunächst offen.«

»Macht das noch Sinn?«, zweifelte ich. »Sie hat auf ganzer Linie gewonnen.«

»Scheint so. Möchtest du, dass ich zu dir komme?«

»Nein. Ich will mich nur verkriechen. Und nichts hören oder sehen.«

»Verstehe.« Er legte auf.

Das Verkriechen war schlecht zu bewerkstelligen, denn Caro war zu Hause. Und sie hatte einen Hund mitgebracht. Er war ein Ausbund von Hässlichkeit.

»Eine Englische Bulldogge«, erklärte sie. »Ist er nicht süß?«

»Was macht dieses Tier in meinem Haus?«

»Ich hab ihn nur mal mitgebracht.« Mein Tonfall schüchterte sie ein. »Er war früher in einem Privathaushalt und leidet jetzt furchtbar. Sein Frauchen ist gestorben.«

Das Hundetier trampelte auf mich zu – hechelnd und keuchend. Sein Speichel tropfte auf meinen Holzboden. Mir wurde übel.

Aber damit nicht genug. Der Hund hüpfte auf meinen Schoß. Seine fleischige Zunge kletterte meinen Arm hinauf.

»Igitt!«, schrie ich und fegte das Teil von meinen Oberschenkeln. Er war so unbeweglich, dass er voll auf die Schnauze fiel.

»Armer Mobby!«, säuselte Caro.

»Mobby?«, kreischte ich.

Eine Poularde und ein Vögelheim

Sorgfältig verschloss ich meine Schlafzimmertür. Dieses Mobby-Monster in meinem Haus, das war zu viel. Caro hatte einen Knall. Ich hatte verlangt, dass sie das Tier am nächsten Tag ins Tierheim zurückbrachte. Und das war mir bitterernst.

Beim Frühstück sprachen wir kaum miteinander. Mobby starrte mich aus hervorstehenden Augen an, sabberte den Küchenboden voll und schnaufte ohne Ende.

»Wann schaffst du ihn weg?«, fragte ich.

»Er mag dich«, wich sie meiner Frage aus.

»Das ist aber absolut einseitig«, stellte ich fest.

Eine speckige Pfote mit schwarzen Krallen legte sich auf meinen Oberschenkel. Ich pflückte sie ab und bugsierte sie nach unten.

»Mobby ist der Hund unserer toten Kämmerin«, verriet ich. »Die Frau, die für das millionentiefe Haushaltsloch in dieser Stadt verantwortlich ist.«

»Dafür kann Mobby doch nichts. Sie wird das Geld ja kaum für sein Futter ausgegeben haben.«

»So fett, wie der ist, ist das nicht auszuschließen.«

»Das ist die Rasse. Die müssen so aussehen!« Grüne Augen blitzten mich empört an.

»Caro! Ich will diesen Hund nicht. Und jetzt Ende.«

Sie stand auf, leinte Mobby an und verließ wortlos das Haus.

Ich duschte lange. Schließlich war Samstag und ich hatte keine Pläne. Noch nicht.

Kleist war auf seinem Handy erreichbar.

»Hast du frei heute?«, fragte ich.

»In etwa zwei Stunden«, antwortete er. »Ich schreibe den vorläufigen Abschlussbericht zu den Internatsmorden.«

»Klappst du die Akte Lerchenmüller gleich mit zu?«

»Nein. Da stecken wir noch mitten in den Analysen.«

»Magst du zu mir kommen?«, fragte ich.

»Ja. Ich hätte mal wieder Lust zu kochen. Alles, was wir brauchen, bringe ich vom Markt mit. Isst Caro mit?«

»Ich glaube nicht«, antwortete ich. »Sie hat das Haus verlassen. Wir haben Stress wegen Mobby.«

Er lachte, als ich ihm die Geschichte erzählte.

Caro hatte alles liegen und stehen gelassen. Ihr Laptop war noch angeschaltet. Natürlich schaute ich nach, was auf dem Monitor zu sehen war. Sie hatte zuletzt Medizinseiten aufgesucht.

Ihr scheint es mit dem Berufswunsch Tierärztin wirklich ernst zu sein, dachte ich schon wieder versöhnt.

Kleist war bepackt wie ein Maulesel. Ein Korb mit frischem Gemüse, eine Tüte mit Käsespezialitäten und eine französische Poularde.

»Dann lass uns mal loslegen«, freute ich mich. Ich wusch den Gockel, würzte ihn und steckte den Kadaver auf den *Hildo*. Der tönerne Hähnchenbräter war ein Phänomen: Der Körper des Flattermanns wurde vertikal auf den kerzenförmigen Spieß gesetzt. So konnte man sich eine komplizierte Füllung schenken, und die Hitze wurde über den Spieß prima ins Innere des Tiers transportiert. Zwei Stunden bei hundert Grad und das weiße Fleisch würde von den Knochen fallen.

Kleist zerstückelte das Gemüse. Er konnte wunderbar mit dem Messer umgehen. Mit der Geschwindigkeit eines Profikochs hackte er Zwiebeln, Möhren, Sellerie, Kohlrabi, Lauch und Kartoffeln.

»In Butter gedünstet wird das ein Gedicht«, meinte er. »Aber es ist noch Zeit. Gäbe es vorher noch eine andere Möglichkeit der Entspannung?«

»Erst stell ich die Poularde in den Backofen«, lächelte ich. »Die brät ja von allein.«

»Gut. Aber dreh sie runter auf achtzig Grad. Dann dauert es länger.«

Das hörte sich nach einem wunderbaren Vorschlag an.

Drei Stunden später machten wir uns über die Poularde her. Die Haut war knusprig braun, das Fleisch weiß und saftig. Das gedünstete Gemüse und ein frisches Weißbrot rundeten das Mahl ab.

»Hast du eigentlich bemerkt, dass wir die letzten Stunden kein Wort über die Morde verloren haben?«, fragte ich.

»Ja, ich wundere mich auch, dass wir noch andere Themen haben«, nickte Kleist ernst.

»Übers Wetter hatten wir ja schon mal gesprochen«, beruhigte ich ihn.

»Und übers Kochen.«

Ich ließ ein Stück von dem Flattermann in meinen Mund gleiten. »Wir reden also mehr miteinander als das durchschnittliche bundesdeutsche Ehepaar.«

»Das gibt im Hinblick auf unsere Beziehung zu den schönsten Hoffnungen Anlass«, fuhr er spitzbübisch fort.

Sein Handy klingelte.

»Hast du Bereitschaft?«, fragte ich.

»Eigentlich nicht.«

Er drückte die grüne Taste und hörte zu. Er sagte nicht viel, der Gesprächspartner am anderen Ende lieferte offenbar einen Bericht.

»Ich bin in einer halben Stunde da«, beendete er das Gespräch.

»Was ist passiert?«, fragte ich.

»Das war der Kollege, der die Lindenthal observiert«, antwortete Kleist – sich nachdenklich am Kinn kratzend. »Sie hat bemerkt, dass sie beschattet wird, und versucht, ihn abzuschütteln. Er hat so getan, als würde es ihr gelingen, ist aber drangeblieben.«

»Und?«

»Frau Lindenthal hat ein Zimmer zur Miete in einem mehr oder weniger einschlägig bekannten Appartementhaus in der City.«

»Einschlägig?«

»Die Kollegen von der Sitte nennen es *Vögelkuckucksheim.*«

»Netter Name«, grinste ich. »Mit wem kuckuckt die Lehrerin denn da?«

»Das werden wir herausbekommen«, meinte Kleist grimmig. »Und zwar sofort. Wenn wir erst einen Durchsuchungsbeschluss beantragen, hat sie Zeit genug, aufzuräumen. Deshalb brauchen die Kollegen mich. Ich kann die Regeln etwas leichter biegen. Sie ist noch dort. Ich muss los.«

Ratlos blieb ich allein am Tisch sitzen und stocherte in meinem Essen herum. Zum Glück kehrte Caro zehn Minuten später nach Haus zurück. Ohne Mobby.

»Hast du Hunger?«, fragte ich.

Sie hatte und verdrückte zwei Poulardenschenkel. Ich schenkte uns einen Chardonnay aus Frankreich ein.

»Lecker«, meinte sie. »Eigentlich esse ich ja kein Fleisch.«

»Ja, als Tierfreundin sollte man das auch lassen«, stimmte ich zu.

»Kann ich noch etwas Wein haben?«

Caro und ich hatten die Flasche bald ausgetrunken. Irgendwann erzählte ich ihr von Lindenthals Wohnung im *Vögelkuckucksheim.*

»Ich habe mich immer gefragt, wo sie und Patrick sich getroffen haben«, murmelte sie. »Im Schloss ging das ja nicht.

Da haben die Wände Ohren und die Steine Augen. Und sie waren bestimmt nicht nur im *Lila.*«

»Ich hab dich das vor langer Zeit schon mal gefragt, Caro«, sagte ich. »Warst du in Patrick verliebt?«

»Um Himmels willen, nein. Ich mag keine Jungs«, gestand sie. »Glaube ich wenigstens. Aber – ob ich Frauen mag, kann ich auch nicht sagen. Ich liebte Patrick, weil er ein wunderbarer Mensch war. Allerdings hatte ich nie Lust, mit ihm zu … schlafen.«

»Das kommt alles noch«, tröstete ich sie. »Irgendwann siehst du einen Menschen und hast plötzlich das dringende Bedürfnis, dich in seine Arme zu kuscheln, seine Haut zu riechen, ihn anzufassen und dich anfassen zu lassen. Dann ist es egal, ob es ein Mann oder eine Frau ist.«

»Ist das dann Liebe?«

»Nein«, lächelte ich. »Das ist Erotik. Lieben kannst du ja schon.«

»Und hassen auch«, lächelte sie versonnen.

Liebe Grüße zum Geburtstag

Sonntagmorgen. Ausschlafen bis zum Mittag.

Als ich endlich aufgestanden war, saß Caro schon am Rechner.

»Guten Morgen«, gähnte ich.

»Heißer Kaffee steht in der Küche«, entgegnete sie, ohne die Augen vom Monitor zu nehmen.

»Was gibt es denn Spannendes?«

»Nichts. Ich schreib nur ein paar Mails an meine Freunde.«

Ich frühstückte und duschte. Wenn ich jetzt allein gewesen wäre, hätte ich mich wieder im Bett verkrochen, gelesen und Musik gehört oder den Garten genossen. Mir wurde klar, dass ich auf Dauer niemanden um mich herum ertragen konnte. Auf dem Weg zur komischen Alten bin ich schon ziemlich weit, dachte ich.

Was hatte die Durchsuchung des Liebesnestes in der City wohl ergeben? Ich musste den Vorsprung, den ich gegenüber den elektronischen Medien hatte, nutzen.

»Jetzt haben wir die Chance, die Lindenthal wegen des Mordes an Lerchenmüller dranzukriegen«, berichtete Kleist bereitwillig. »Wir fanden eine Rizinuspflanze im Blumentopf, eine Injektionsspritze mit Rizinrückständen. Und einen Mörser. Eine echte Giftküche.«

»War die Lindenthal noch da, als ihr aufgetaucht seid?«

»Aber ja.« Er lachte. »Sie hatte den ganzen Kram schon in eine Tüte gepackt – vermutlich, um ihn verschwinden zu lassen.«

»Dann hast du ja alles, was du brauchst!«

Ich erzählte Caro von der neuerlichen Verhaftung. »Nur wegen Lerchenmüller?«, meinte sie. »Und was ist mit der Klasse?«

»Caro! Man kann nicht alles haben. Das Massaker kann man ihr nun mal nicht nachweisen. Aber sie geht in den Knast – das ist sicher.«

Fünf Wochen später hatte sich mein Leben wieder normalisiert. Die Schulferien waren vorbei. Caro war ausgezogen, Schloss Waldenstein hatte einen neuen Direktor bekommen und Lara Lindenthal wartete auf ihren Prozess.

Caro und ich blieben in Verbindung. Sie bereitete sich intensiv auf ihr Abitur vor und hatte erkannt, dass sie doch nicht lesbisch war. Denn sie hatte sich in einen jungen Lehrer verguckt, der sein Referendariat auf Schloss Waldenstein absolvierte.

Dann kam der Tag, an dem mich Wayne Pöppelbaum mitten in der Nacht anrief.

»Ich habe eine Meldung über einen Todesfall reinbekommen«, berichtete er. »Ich dachte, dass sie dich interessieren würde.«

»Tote interessieren mich doch immer«, gähnte ich.

»Es ist Lara Lindenthal.«

»Bitte?« Ich war mit einem Schlag hellwach. »Wie ist das passiert?«

»Keine Ahnung«, antwortete er.

»Wo bist du?«

»Im UG, Treppenhaus.«

Vierzig Minuten später war auch ich beim Untersuchungsgefängnis. Auf der Straße stand ein Leichenwagen, leer. Pöppelbaum lungerte mit der Kamera im Anschlag vor dem Gebäude herum.

Friedemann Kleist grüßte mich mit einem kurzen Kopfnicken. Er hatte wohl auch schon geschlafen, denn sein dunkles Haar war verwuschelt und er hatte sein Hemd falsch zugeknöpft.

»Kannst du schon etwas sagen?«, fragte ich, als er vor mir stehen blieb.

»Diesmal muss ich dich wirklich vertrösten«, antwortete er.

»Selbstmord?«

»Dafür gibt es keine Anzeichen. Auch nicht für äußere Gewalt. Möglicherweise ist sie einfach gestorben. Wir müssen die Obduktion abwarten.«

Das war wohl das Ende der Geschichte. Weder die Schüler noch Lerchenmüller würden gerächt werden, ging mir durch den Kopf.

Jansen gab mir vierzig Zeilen. »Ich muss auf die Pressemitteilung und das Obduktionsergebnis warten«, meinte ich lustlos.

»Du hast doch Waynes Fotos«, erinnerte er mich. »Mach die eine Nummer größer, dann passt es.«

»Ja, ja. Große Bilder sind schnell geschrieben«, bemühte ich den uralten Zeitungsjournalistenwitz.

In meinem Zimmer angekommen, rief ich Caro an. Sie ging nicht an ihr Handy. Sie hatte bestimmt Unterricht und dort waren Mobiltelefone verboten. Ich sprach ihr auf die Mailbox.

Eine Stunde später trudelte die Pressemitteilung von Staatsanwaltschaft und Polizei in meinem Mail-Account ein. Ergebnis: Lara Lindenthal war eines natürlichen Todes gestorben.

»Ich fasse es nicht!«, rief ich aus und las den Text genau.

Die Verstorbene hatte einen schweren Asthmaanfall und ist erstickt. Was den Anfall, der zum Tode führte, ausgelöst hat, konnte noch nicht ermittelt werden.

Erstickt, dachte ich. Ein schrecklicher Tod.

Etwas klingelte in meinem Hinterkopf. Da war doch etwas gewesen, mit Atmen ... bei Lara Lindenthal ... was war das noch? Ich schloss die Augen und grübelte.

Ah! Sie hatte geniest. Und von einer Katzenallergie gesprochen.

Aber im Untersuchungsgefängnis konnte es keine Katzen geben. Doch ich musste Kleist auf diese Möglichkeit aufmerksam machen.

Jetzt konnte ich die vierzig Zeilen schreiben:

TRAGISCHER TOD EINER MORDVERDÄCHTIGEN – LARA LINDENTHAL WAR AN ASTHMA ERKRANKT UND IST ERSTICKT

In einigen Monaten sollte ihr der Prozess wegen Mordes gemacht werden. Doch dazu wird es nicht mehr kommen. Die 36-jährige

Lehrerin Lara Lindenthal, die in das Massaker auf Schloss Waldenstein verwickelt war, wurde tot in ihrer Zelle des Bierstädter Untersuchungsgefängnisses gefunden. Die Obduktion hat ergeben, dass die Frau an schwerem Asthma litt. Wurde der Anfall durch ihre Katzenallergie ausgelöst?
Der Mord an Dr. Wolfgang Lerchenmüller, dem ehemaligen Direktor des Nobelinternates Schloss Waldenstein, bleibt nun strafrechtlich ungesühnt. Lara Lindenthal wurde von der Staatsanwaltschaft beschuldigt, den 58-jährigen Pädagogen mit einem Pflanzengift getötet zu haben, um ihn an seiner Aussage zu den tödlichen Schüssen, bei denen 16 Schüler starben, zu hindern. Lerchenmüller hatte in einem schriftlichen Vermächtnis gestanden, zusammen mit der Lehrerin geplant zu haben, die Schülerinnen und Schüler umzubringen. Der Grund: Hass auf Schüler und monatelanges Mobbing der Lehrerin durch Teile der Jahrgangsstufe 11 des Privatgymnasiums Schloss Waldenstein.

Ich schaute nach den Bildern, die Pöppelbaum in der vergangenen Nacht gemacht hatte, stellte noch ein Foto der Lindenthal dazu und speicherte den Artikel ab.

Kleist sagte sich für den Abend an.

Ich war überrascht und erfreut zugleich. Abgesehen von dem Treffen gestern Nacht hatten wir einige Tage lang keinen Kontakt gehabt.

»Ich bringe etwas vom Italiener mit«, kündigte mein spezieller Hauptkommissar an.

»Prima«, freute ich mich. »Ich mache einen bunten Salat. Und Wein stelle ich auch kalt – natürlich nur für mich.«

»Ich habe noch jemanden dazugebeten«, gestand er. »Ich hoffe nicht, dass du dich überrumpelt fühlst.«

»Kommt drauf an, wer es ist«, meinte ich, leicht irritiert.

»Caroline von Fuchs.«

»Warum das?«

»Ich werde es euch beiden erklären, wenn wir beisammensitzen. Ich hole sie jetzt am Schloss ab. Bis gleich.«

Eine merkwürdige Unruhe machte sich in mir breit. Was beabsichtigte Kleist mit diesem Dreiergipfel? Ich putzte den Salat, schnitt die Tomaten in Scheiben, die Zwiebeln in Würfel, die Gurke in Stücke und mischte alles durcheinander. Ganz bei der Sache war ich nicht.

Dann kamen sie. Ich hörte den Automotor vor dem Haus und öffnete die Tür. Kleist trug lockere Freizeitkleidung: einen dunkelblauen Nicki, eine graue Cordhose und einen Hut.

Das sieht nicht nach einem dienstlichen Termin aus, dachte ich. Er gab mir einen brüderlichen Kuss auf die Wange.

Caro stürzte auf mich zu und umarmte mich. »Schön, dich zu sehen«, sagte sie atemlos.

»Dann kommt mal rein, ihr zwei.«

Kleist hatte drei Pizzas mitgebracht. Er nahm den Pizzaschneider aus der Schublade und zerteilte die Teigscheiben.

»Warum sollte ich denn unbedingt heute Abend mit?«, fragte Caro.

»Ich weiß es nicht«, antwortete ich. »Es war nicht meine Idee. Warum hast du eigentlich nicht angerufen? Ich hatte dir auf die Mailbox gesprochen.«

»Ach? Mein Handy ist verloren gegangen.«

»Dann weißt du noch gar nicht, dass die Lindenthal tot ist?«

»Tot?« Sie wurde bleich.

»Ja. Sie ist erstickt.«

Wir setzten uns zu Tisch. Niemand sprach. Kleist war stumm geblieben und fixierte Caro, ich fixierte Kleist. Die Schwingungen im Raum wurden unerträglich.

»Was ist los?«, fragte ich. »Irgendetwas geht hier vor.«

Kleist trank – betont langsam – einen Schluck Mineralwasser. Caro starrte auf die Tischplatte.

»Caro! Zählst du die Astlöcher im Holz?«, fragte ich.

»Wir haben das hier bei Lara Lindenthal gefunden«, sagte Kleist plötzlich und nahm ein Blatt Papier aus der Brieftasche. Es war gefaltet.

»Lara Lindenthal hatte gestern Geburtstag. Ihren neununddreißigsten. Sie hat Glückwunschschreiben bekommen. Sogar von ehemaligen Schülerinnen und Schülern und Kollegen. Dieser Glückwunsch war auch dabei.«

Ich entfaltete das Blatt Papier. Es war die Farbfotokopie einer normalen klappbaren Glückwunschkarte, wie sie in jedem Schreibwarengeschäft zu bekommen ist. Rote Rosen bekränzten die Ränder der Karte. Ein Gedicht war auf der ersten Seite zu lesen:

Ach, es ist so dunkel in des Todes Kammer,
Tönt so traurig, wenn er sich bewegt
Und nun aufhebt seinen schweren Hammer
Und die Stunde schlägt.

»Liest sich nicht unbedingt wie ein fröhlicher Geburtstagsgruß«, murmelte ich.

»Das ist ein Gedicht von Matthias Claudius«, erklärte Kleist.

Ich drehte das Blatt um und sah sechzehn Namen. Es waren die Namen der toten Schülerinnen und Schüler der elften Klasse.

»Caro? Warst du das etwa?«, fragte ich.

Sie schaute mich trotzig an. »Ja. Wieso nicht? Ist es verboten, seiner ehemaligen Lehrerin zum Geburtstag zu gratulieren?«

»Genau so habe ich mir liebe Glückwünsche immer vorgestellt«, sagte ich trocken. »Und über diese Karte hat sich die Lindenthal so erschrocken, dass sie erstickt ist?«

»Die Karte lag auf dem Tisch«, berichtete Kleist. »Und Lara Lindenthals Kopf unmittelbar daneben. So ist sie gefunden worden.«

»Ich kann nichts dafür«, verteidigte sich Caro. »Ich wollte sie nur an ihre Schuld erinnern – mehr nicht.«

»Wir lassen die Sendung jetzt untersuchen.« Kleist biss mit Appetit in ein Pizzastück.

»Untersuchen?«, fragte Caro.

Ich blickte von Caro zu Kleist und wieder zurück. In meinem Hirn begann ein wildes Schneetreiben. Ein Brief, der tötet. Glückwünsche, die eine Allergikerin umbringen.

Caro. Sie arbeitete im Tierheim. Caro.

»Enthielt der Brief ein Stück Katzenfell?«, fragte ich.

»Nein. Es ist übrigens ein Irrtum zu glauben, dass Katzenhaare die Allergie auslösen«, erklärte Kleist. »Es ist der Speichel. Wenn wir Katzenspeichel auf dem Papier finden, wissen wir Bescheid.«

Caro sagte nichts. Sie trank ihr Glas Wein mit einem Zug leer und schenkte sich sofort nach.

»Möchtest du hier übernachten, Caro?«, fragte ich.

»Nein. Ich will ins Schloss zurück. Und zwar auf der Stelle.«

Die Untersuchungsergebnisse zur Glückwunschkarte lagen drei Tage später vor. Das Papier war mit Katzenspeichel getränkt. Konzentriert genug, um Lara Lindenthal einen allergischen Schock zu bescheren, der zum Erstickungstod führte. Karte und Umschlag wiesen Fingerabdrücke von Caro auf.

»Caro hat nicht verschleiert, dass sie diese Karte geschickt hat. Keine Handschuhe. Die Frage ist jetzt, wie die Allergene auf die Karte gekommen sind. Wie alle im Internat wusste Caro von der Allergie. Und dann ist es ja nicht nur der Asthmaanfall allein«, berichtete Kleist.

Wir hatten uns in Schmitzens Bistro zum Frühstück getroffen.

»Was denn noch?«

»Der Schreck. Lara Lindenthal bekommt eine Glückwunschkarte mit einem Todesgedicht und den Namen der jungen Menschen, die sie auf dem Gewissen hat. Und dann atmet sie den Katzenspeichel ein – ohne es zu wissen. Bei einem Schreck atmet man oft schnell und tief ein. Und schon bekommt sie Atemnot. Die Angst packt sie. Das Kortisonspray hat sie nicht gleich zur Hand. Sie ist in einer Zelle, ungewohnte Umgebung. Sie ist zu schnell geschwächt und zu aufgeregt, es sich zu holen.«

Anneliese Schmitz räumte auf dem Tisch herum und bemühte sich, so viel wie möglich mitzubekommen.

»Das ist ja mal 'ne interessante Todesart«, plapperte sie fröhlich. »Tod durch Katzenspucke. Hab ich noch nie gehört, echt!«

»Frau Schmitz!«, ermahnte ich sie. »Alles, was du hier hörst, ist geheim. Das weißt du, oder?«

»Klar. Topp sikrit«, lächelte sie. »Das Rührei ist gleich fertig.«

»Wirst du Caro beschuldigen?«, fragte ich, als die neugierige Bäckerin wieder in ihrer Küche räumte.

»Mir bleibt nichts anderes übrig«, seufzte Kleist. »Aber vielleicht hat sie ja eine ganz einfache Erklärung für das alles.«

»Erklärung?« Mir war nicht ganz klar, was er andeuten wollte.

»Wie der Katzenspeichel auf die Karte geraten ist, wissen wir nicht«, sinnierte er. »Bei der Postkontrolle konnte so etwas nicht auffallen. Da wird ja nicht auf Katzenspeichel getestet.«

»Caro arbeitet im Tierheim. Da kann man Katzen kaum aus dem Weg gehen.«

Epilog

Caroline von Fuchs wurde verhört. Sie gab zu, dass sie Lara Lindenthal an ihre Schuld hatte erinnern wollen. Von dem

Katzenspeichel habe sie nichts gewusst. In ihrer Vernehmung las sich das so:

> Ich schrieb die Karte, als ich im Tierheim eine Pause hatte. Es gibt dort einen Aufenthaltsraum. Plötzlich hörte ich ein furchtbares Bellen in den Hundekäfigen. Ich verließ den Raum, um nachzusehen. Die Glückwunschkarte blieb auf dem Tisch zurück. Im Hundezwinger waren zwei Rüden aneinandergeraten. Zusammen mit anderen Tierheimmitarbeitern trennte ich die Hunde voneinander. Danach kehrte ich in den Aufenthaltsraum zurück. Die Karte lag auf dem Boden. Es befanden sich mehrere Katzen im Raum. Die Tür hatte ich in der Eile nicht geschlossen. Ich hob die Karte auf und steckte sie in den Umschlag. Mehr kann ich zu dem Fall nicht sagen.

Kleist schloss die Akte. Gegen Caroline von Fuchs wurde keine Anklage erhoben. Der Fall Lara Lindenthal wurde zu den Akten gelegt – wie zuvor schon der Massenmord an den Schülern und der Giftmord an Lerchenmüller.

Achtzehn Tote in wenigen Wochen. Das war eine Menge.

Aber Bierstadt vergaß schnell. Schon stand die Wiederholung der Kommunalwahl im Mittelpunkt des Interesses.

Die Umfrageergebnisse waren eindeutig. Peter Jansen hatte die besten Chancen, Oberbürgermeister von Bierstadt zu werden. Er hatte Anton Brinkhoff zu seinem Wahlkampforganisator bestellt. Der alte Hauptkommissar kannte die Menschen und wusste, wie man sie packen konnte.

»Hast du Lust auf eine kurze Reise?«, fragte mich Friede mann Kleist eines schönen Morgens.

»Vielleicht«, wich ich aus. »Wo soll es denn hingehen?«

»Drei Tage. Internationaler Polizeikongress in Krakau. Inklusive angehängter Damen«, antwortete er. »Ich halte dort ein Referat.«

»Welches Thema?«

»Überzeugende Zweifel und zweifelhafte Überzeugungen – ein verstehender Blick auf die hermeneutische Polizeiforschung«, lächelte er.

»Das hört sich ja superspannend an. Gibt es ein Happy End?«

»Natürlich. Der Kommissar und die Schöne kriegen sich.«

»In die Haare?«

Er schüttelte den Kopf.

»Okay, dann komm ich mit«, kündigte ich an. »Und ich freue mich schon aufs Damenprogramm.«

Mehr Krimis mit Maria Grappa

Grappas Versuchung, ISBN 978-3-89425-034-8
Reporterin umkreist charmanten Bösewicht.

Grappas Treibjagd, ISBN 978-3-89425-038-6
Wer ist der geheimnisvolle »Onkel Herbert«?

Grappa macht Theater, ISBN 978-3-89425-042-3
Geheimbund kontrolliert Kulturleben in Bierstadt.

Grappa dreht durch, ISBN 978-3-89425-046-1
Nackte Tatsachen in einem Bierstädter Filmstudio

Killt Grappa!, ISBN 978-3-89425-066-9
Schönheitschirurgie und Satanismus

Grappa und die fantastischen Fünf, ISBN 978-3-89425-076-8
Toter Teppichhändler und Erpresserbande

Grappa-Baby, ISBN 978-3-89425-207-6
Die menschliche Reproduktion zwischen Himmel und Hölle

Zu bunt für Grappa, ISBN 978-3-89425-224-3
Provence: Ein Toter im Melonenfeld

Grappa und das große Rennen, ISBN 978-3-89425-232-8
Wer meuchelte die Sozis im Bierstädter Wahlkampf?

Flieg, Grappa, flieg!, ISBN 978-3-89425-256-4
Wilde Tiere, tote Callboys und aggressive Neonazis

Grappa und die acht Todsünden, ISBN 978-3-89425-267-0
Tödliches Festmahl für sieben Männer und Frauen

Grappa im Netz, ISBN 978-3-89425-278-6
Der OB ist verschollen und untreue Ehemänner werden entsorgt.

Grappa und der Tod aus Venedig, ISBN 978-3-89425-290-8
Grappa und ein Mörder auf den Spuren Thomas Manns

Rote Karte für Grappa, ISBN 978-3-89425-318-9
Wer killte den brasilianischen Stürmerstar Toninho?

Grappa und die Nackenbeißer, ISBN 978-3-89425-335-6
Tote Kitschromanautorin und magische Momente

Es muss nicht immer Grappa sein, ISBN 978-3-89425-355-4
Eine zu früh verstorbene Rentnerin und 35 kg Kaviar

Grappas Gespür für Schnee, ISBN 978-3-89425-359-2
Wer bezahlt die Kokspartys im Bierstädter Rathaus?